日本蒙昧前史

第二部

磯﨑憲一郎

文藝春秋

日本蒙昧前史　第二部

半世紀もの長い時間が過ぎ去った後で、自分たちの生きているこの日常がまさか栄光と恩寵に満ち満ちた、近世もっとも幸福な時代として回顧されることになろうなどとは考え及ばぬままに、当時の我々は貧しく倹《つま》しい、その日暮らしの生活を送っていた、当時は真冬でも、まともな防寒着を身に着けている者は少なかった、皆で下着やシャツを重ね着して寒さを凌いだものだった、小さな子供は達磨《だるま》のように着膨れして、まっすぐに歩くことさえ覚束なかったのだが、それでも恥ずかしさなど感じたりはしなかった、どこの家庭も似たようなものだったのだ。朝霜《あさしも》の残る畦道を走る、二歳年上の兄の後ろを追い掛ける、赤い褞袍《どてら》を羽織った女の子の左肘には、ぬいぐるみの熊が抱えられていた、いや、両腕両脚、そして瘤《こぶ》のように突き出た二つの耳が黒く染められていることから察するに、これは熊ではなく、パンダのぬいぐるみのはずだった、しかし四角い頭にはガラス玉の目と真っ赤な鼻が付き、尻からは白黒縞模様の長い尾っぽまで垂れ下がっていたのだから、これは本当のパンダ、世界でも中国南西部の四川省、甘粛省《かんしゅく》、陝西省《せんせい》の、ごく限られた地域にしか生息しない珍獣、ジャイアントパンダとは似ても似つかない代物だった。当時の日本人で、パンダの実物を見たことのある者などほとんどいなかった、その年の秋に、東京の上野動物園では中国政府から寄贈された雄と雌、番《つがい》のジャイアントパンダ二頭が公開されていたが、連日三万人とも、五万人ともいわれる来園者が押し寄せて、長蛇の列に並んで二時間以上待って、ようやくパンダの檻の前に到着してもそこで立ち止まってはならない、通過しながらほんの十数秒間横目で眺めることが許されるだけで、運が悪ければ泥で汚れた獣毛の背中しか見られない、不愉快で騒々しいばかりのそんな場所にわざわざ遠方から出向こうなどという物好きは、当時だって珍しかったのだ。田舎の畦道で遊ぶ兄妹も、動物園の生きているパンダを見たわけではなかった、二人が見たのは、地元駅前の封切館で冬休み子供映画祭り三本立ての中の一本として上映された、三十分余りのアニメーション作品に登場するパンダだった、映画館に集まる子供たちのお目当てはもちろん特撮怪獣映画だったが、帰宅した二人が繰り返し思い出したのは、スクリーン上を動き回るパンダの親子の方だった、はっきりとした理由は分からなかったが、動物が人間に投げる物珍しげな視線、鮮やかな緑色、弾力に富む太い描線が、普段民放のテレビで見ている漫画とは違うような気がした。

後に国内だけではなく、アジアや欧米にも輸出されて世界じゅうに熱烈なファンを獲得することになる日本製アニメーションの名作の、その原型になったともされる親子パンダの映画にしても、この年、上野に二頭のジャイアントパンダがやってきたことで俄かに沸き起こったブームに合わせて、算盤《そろばん》尽くの映画会社が急いで公開を決めた、乱造されたぬいぐるみや玩具、菓子、看板にパンダのイラストをあしらった食堂、流行歌などと同様の、一種の便乗商法に過ぎなかったのだ。二頭のパンダは日中の国交回復を記念して、中国人民から日本国民へ贈られた「友好の証し」とされていた、戦後長らく途絶えたままだった中国政府との対話を再開し、共同声明の調印にまで一気に持ち込んだのはあの、新潟の牛馬商の息子の政治家ということになっていた、自民党総裁選に勝利し、総理大臣に就任して真っ先に取り組んだ仕事が、隣の大国、中国との国交正常化交渉だった。「政治の要諦は戦機を逃さないこと、そこに尽きる。我々が北京を訪れるべき、機は熟した」それはもともと、前政権が見て見ぬ振りをしながら放置し続けた難題に身を挺して立ち向かおうという義勇心からは程遠い、党内での支持基盤を固めるためにぶち上げたいかにもこの政治家らしいジェスチャー、大言壮語に過ぎなかったわけだが、しかし総理大臣となった今となっては、かつて自らの口から飛び出した言葉は跳ね返って、発言者本人の両肩に重くのし掛かってきていた、ありていに実態をいえば、政治家は怖気付いていた、中国と友好関係を結ぶということは、それはそのまま台湾との断交を意味した、当時の自民党には親台湾派の実力者も多く残っていた、もしも中国との交渉に失敗した場合、政権があっけなく短命に終わることを恐れたのだ。

それでも総理大臣は北京へと旅立った、厚い雲の垂れ込める、九月にしては肌寒い朝のことだった。当時はまだ政府専用機は導入されていなかった、日本航空の特別機には外務大臣と官房長官も同乗していたが、機中では窓の側へ顔を向けたまま、誰も話そうとはしなかった、首相官邸には「中国共産党と手を結ぼうとする国賊《こくぞく》を処罰する」という右翼からの脅迫状が送られてきていたが、同じ内容の脅迫状は外務大臣と官房長官宛てにも届いていた、じっさい日本国内での移動中も、中国に到着した後も、いつどこで誰が襲撃されてもおかしくはなかった、生真面目な性格の外務大臣は遺書まで認《したた》めていた。北京の空は東京とは打って変わって快晴だった、眩しい日射しに顔を顰《しか》めながらタラップを降りた総理大臣の目の前に、太い眉に黒々とした瞳、褐色の日焼けした肌、痩せてはいるが頑丈そうな骨格の、皺一つない青灰色の人民服に身を包んだ人物が立ちはだかった、国務院総理《こくむいんそうり》、つまり中華人民共和国の首相その人だった、いかにも健康的な、快活な笑みを浮かべながら、まるで短剣でも突き刺すかのように鋭く右手を差し出した、牛馬商の息子の総理大臣も即座に応じて右手で握り返したが、その瞬間、前腕から肩にかけて電気が走ったような痛みを感じた、中国人の握力は恐ろしく強かった、たちの悪い冗談なのではないかと思うほどの強さだった、しかも一度握ったが最後、絶対に放さない、満身の力を込めて、相手の右腕を十回、十五回と振り回し続けるのだ。日本政府一行の宿舎は、七カ月前にアメリカ合衆国大統領が泊まったのと同じ、釣魚台国賓館《ちょうぎょだいこくひんかん》だった、北京市の西部にある、清の皇帝が所有していた庭園に造られた迎賓館だが、日本の総理大臣には大きな池に面した、最上級の部屋が割り当てられていた、秘書の指図の通りに順番に荷物が運び込まれた後で、総理大臣は部屋に入った、そして一人きりになるやいなや深く長い息を吐いた、窓からは深緑色の池面を渡る二羽の水鳥が見えた、早朝から続いていた緊張が途切れ、瞼《まぶた》の辺りにこびり付いていた熱が取り払われていくような心地よさを感じた。しかしじつさいこの部屋は涼しかった、空調設備を確かめてみると摂氏十七度に設定されていた、それは暑がりの総理大臣がいつも官邸職員に指示している、自らの執務室と同じ室温だった、まさかと思いながら部屋の右隅のサイドボードを見ると、そこにはガラスポットに入った冷水と共に、総理大臣の好物の台湾産バナナ一房と、東京銀座の老舗パン店の餡パンが盛られた大皿が置かれていた、総理大臣はそのとき初めて、中国共産党の不気味さ、手強さをまざまざと実感した。

その日の晩は人民大会堂で宴席が設けられた、冒頭、主催国を代表して中国首相が乾杯のスピーチを述べた。「……徹底して話し合い、小異を残してでも大同を求めることによって、両国間の国交正常化は必ずや実現できるものと信じている……」続いて、日本の総理大臣が壇上のマイクの前に立った。「……我が国が中国国民に多大なるご迷惑をお掛けしたことに関して、改めてここに深い反省の念を表明する……」翌日、午後の二時から行われた首脳会談で、中国首相は立ち上がって声を荒らげた。「いったいどういう積もりで、どれほどの覚悟を携えて、あなた方は北京までやってきたのか？　観光が目的ならば、有能なガイドを手配してやるから、今すぐにこの部屋から出て行ってくれ！」激怒の理由は、前日の日本国総理大臣の挨拶の中で使われた一語、「ご迷惑」という表現だった、そんな軽々しい言葉は、打ち水をしていた商人が誤って通行人の足を濡らしてしまったときに使われるべきだ、戦争中に日本軍が中国人に与えた深く癒し難い傷、甚大なる損害、今でも毎晩のようにうなされる悪夢に対して、その程度の認識しか持ち合わせていないのであれば、もはやこの場で話し合う意味などない、という抗議だった。いったん落ち着いて、冷静になって考えてみればすぐに分かることだが、それは明らかな威嚇、これから始まる駆け引きで自分が優位に立たんがための虚仮威《こけおど》しに他ならなかった。しかしこのときには総理大臣も、外務大臣も、外務省の官僚も、日本側の出席者全員が中国首相の強い語気に気圧《けお》されて、震え上がってしまった。そしてじっさい、以降の交渉は中国側が主導権を握りながら進められたのだから、中国首相の仕掛けた術中に日本政府はまんまと嵌《はま》った、そう思われても仕方がなかったのだ。

日本側が用意した共同声明の草案を、外務大臣が一箇条ごとにゆっくりと読み上げる、それからその意図するところを逐語訳的に丁寧に説明すると、中国側はいったん別室へ引き上げて、三十分から長い場合には一時間近くかけて吟味した上で、その条文に対する評価と見解を伝えてくる、つまり是非の判断は中国側に委ねられる形になってしまっていたわけだが、中でもとりわけ難航したのが、日本が台湾との間に結んでいる平和条約をどう扱うかという問題だった。この平和条約では日中間の戦争状態は終結し、台湾は賠償請求権を放棄する旨が謳われているが、台湾は自国の一部と主張する中国の立場からすると、平和条約の存在そのものを認めることができなかった。七七《しちしち》事変、盧溝橋《ろこうきょう》事件以来長らく続いていた中国と日本の戦争は、今回の共同声明の調印をもってようやく終了する、戦争で損害を被った大陸の人々のためにも、その時間軸だけは明確に記されなければならない、中国側は何がどうあっても譲らない構えだった、向かい側に座っていた中国首相は、外務大臣の額に触れそうになるほどの至近まで身を乗り出してきて、教え諭すように、小声で伝えた。「大阪万博を思い出して下さい、あなた方が台湾を招請したから、我々は参加しなかった。つまりこれは、国家としての面子《めんつ》の問題なのです」

二日目の夜には在北京日本人会主催の夕食会が予定されていたのだが、それはキャンセルになった、誰からいい出したわけでもなかったが、外務大臣、官房長官、そして外務省の条約局長と中国課長が、宿舎二階の総理大臣の部屋に集まってきた、今日の長い会議を終えて、皆が疲れ果てていた、羽田から北京までの機内と同じように、互いに視線を交えず口を結んだままでいた、外務大臣は部屋に入るなり首のネクタイを無造作に捥《も》ぎ取り、ソファーに倒れ込んで深々と尻を沈ませて、柔道家のようながっしりとした上体を反らしながら低い唸り声を上げたが、官吏出身の彼がそんなだらしない姿を人前で晒すのは極めて珍しいことだった。そこにとつぜん、ドアをノックする甲高《かんだか》い音が二度響いた、反射的に全員が立ち上がって姿勢を正したが、廊下に立っていたのは深緑色の制服制帽の給仕で、これから夕食を運び入れるとのことだった、海老の冷菜、鯉の甘酢餡掛け、北京ダック、羊肉の煮込みがテーブルに並べられた、じつはこれらの献立は昨日の晩餐会と全く同じだったのだが、そのことに気づいたのは外務省の官僚二人だけだった。「まさかとは思うが、毒でも盛られているということはないだろうな」総理大臣は軽口を叩きながら、直箸《じかばし》で料理を取り分けて、茅台酒《マオタイ》をコップに注いで飲み始めた、促されるようにして官房長官も、続いて二人の官僚も、酒を一口含んでから箸を持ったが、外務大臣だけは天井の一点を睨みながら動かなかった、両手を拳骨にして固く握り締め、腕を組んで脇の下に隠していた、その態度は反抗的にさえ見えたのかもしれない、隣に座る総理大臣は一瞥もくれぬまま小馬鹿にしたように、吐き捨てるようにこういった。「大学出のインテリは、こういう修羅場になると弱くて困るな」政治家生命を犠牲にしてでも、今まで六十二年間の人生で築き上げたいっさいを台無しにしてでも構わないから、酒で赤く膨れたこの男の右頬を、握り締めた拳骨で思い切り殴るしかない！　ほんの一瞬で通り過ぎた衝動ではあったが、じっさいに外務大臣は右手に力を込めて、胸の辺りまで持ち上げさえしたのだ。いかなる解釈の下にも、日本と中国が今日に至るまで三十五年間も戦争を続けていたなどと認めることは不可能だった、それは単純に事実の歪曲でしかなかった、しかし目下の問題として、明日午後の人民大会堂での会議の冒頭、日本国代表としてどんな言葉を発すればよいのか？　恐ろしいことに何も考えが浮かばなかった……自己顕示欲の塊でありながら当事者意識の希薄な、自分だけは強運に守られていると信じて疑わない、この男を宰相に据えてしまったことがそもそもの間違いだったのか……外務大臣は隣席でコップ酒をあおる、脂汗で光る額に赤ら顔、吊り上がった目尻、小太り体型の自民党総裁、日本国の内閣総理大臣をしげしげと眺めた、年齢では八歳下だが議員としては二期先輩に当たるこの政治家のことを、彼は「兄貴」と呼んで慕っていた、新人の頃には二人で議員宿舎近くの赤坂のすき焼き屋に三日と置かずに通ったものだが、その親密な交遊はけっして政治家としての打算ばかりではなかったのだ、東京山の手の資産家の子弟か、地方の大地主の道楽息子ばかりの自民党の代議士の中で、猛烈な眠気と尿意、指先のあかぎれの痛みを我慢しながら、休みなく麦わらを編み続けなければ生きてさえゆけない、この世に生まれ落ちたことを呪いたくなるような幼少期の記憶を共有できるのは、新潟の貧村出身のこの男だけだった。

外務大臣は四国香川の西端、三豊《みとよ》郡和田村の生まれで、この地方の農家の多くは生業の米作だけでは家計が賄えず、現金を得るための副業として、就学前の幼児から老人まで一家総出で、麦わら帽子の材料となる麦稈真田《ばっかんさなだ》を編まねばならなかった、後に大臣にまで出世する少年であっても、課されたノルマを果たさねば就寝できないことは同じだった、仄暗《ほのぐら》い土間に無造作に広げられた麦わらは、掃き捨てられるのを待つ枯れ草のようにしか見えなかった、二人の姉が麦の茎を潰して平たくするための「実《み》取《と》り」という道具を回すと、木材が軋む苦しげな音が、農村の夜の底なしの静けさの中に鳴り響いた、幼子の悲鳴めいたその音が聞こえるだけで、少年は今日という一日の終わりがまだまだ遠いことを思い知らされ、絶望的な気分になった。大人には一晩で四菱一反《しびしいったん》を編むことが課されていたが、子供でも同じ長さの三平《さんぴら》を仕上げねばならなかった、仕事中は家族が言葉を交わすこともなく、ただ黙々と十本の指を動かし続けた、睡魔に負けて首が垂れ落ちることもしばしばだったのだが、それでも両手は絶えず麦わらを編んでいた、大人も子供も、どんな狡い手段を用いてでも良いから、一刻も早く自分の割り当てを終えて、この地獄の責め苦のような労働から解放されたかったのだ。指先がかじかむ冬の夜には、作業も思うように捗《はかど》らない、小便がしたくて堪らないのに、いったん立ち上がって、廊下を走り抜けて便所へ向かう、そのわずかな数分が惜しくてずるずると仕事を続けてしまう、過ぎ去った尿意はしばらくすると一層大きな波となって押し寄せてくる、少しでも力めば失禁しそうなほど下腹が膨れ上がっているというのに、それさえも歯を食いしばって耐えて、憑かれたようにひたすら両手を動かし続ける……一番上の姉は十六歳で隣村の木炭商の家に嫁いだが、二年後には胃腸を患って、幼い二人の子供を残したまま死んだ、麦稈真田作りの非人道的な労働が、小便で膨らんだ膀胱が内臓を圧迫し続けたことが、結果的に彼女の命を奪ったのだと、少年は成人して代議士になった後も信じて疑わなかった。

とはいえ貧しい家庭に生まれ育ったという出自が、それがそのまま子供時代の不幸を意味するものではない、それは百年前も今も変わらない、少年の家族は皆、仲がよかった、夏の夜には仕事を休んで、両親と三男三女の一家八人で連れ立って、打ち上げ花火を見物しに行くこともあった、山を下って海岸へと至る暗く長い坂を、家族は手を繋ぎ、歌を歌いながら歩いた。食事も家族全員が揃ってから始めるのが決まりだった、米が三、四分入った麦飯を二升炊きの大釜で炊いて、櫃《ひつ》になど移さず、ちょくせつ茶碗によそって掻き込んだものだった、子供は麦飯を食べているのに、なぜだか両親の膳には白米の飯が置かれていた、仏壇にも仏飯器《ぶっぱんき》に盛った米飯が捧げられていたが、不思議なことだと思いつつ、少年はそれを受け容れていた、おかずは季節とは関係なく、一年じゅう地元讃岐《さぬき》の白味噌と沢庵漬けだった、そこに月に一度か二度、鰯の干物が添えられるだけだった。少年は六歳になり、和田村の尋常高等小学校に入学した、その年の春の、日曜日の朝のことだった、少年が目覚めると既に母親は、祝い事の際にしか取り出さないはずの単衣《ひとえ》の訪問着に着替えていた、朝食を済ませると、父親も兄姉たちも、慌ただしく外出の準備を始めた、握り飯の弁当まで用意していたので、今日は余程特別な行事が、ここから先の長い人生を支える一点の記憶として燦然と輝き続けるであろう、誇らしい出来事が待ち構えているに違いなかったのだが、じつをいうと少年だけは、今日何が起きるのかを知らなかった、しばらく以前に休日の行き先を告げられたような憶えはあるのだが、ぼんやりと聞き流していたのか、どうしてもその内容が思い出せなかった、誰かに尋ねてしまうことは簡単だが、それでは皆が浸っている高揚に水を差す、六歳の子供とはいえ気恥ずかしさもあったのだろう、楽しみで仕方がないような振りを装いながら、愛する家族と共に、少年は山道を一歩一歩登っていった、首筋に玉の汗が浮き出るほどの、暖かな午前だった、誰が見ているわけでもないのに、道端には蓮華草《れんげそう》が並んで薄桃色の花を咲かせていた。やがて瀬戸内海までを一望できる高台へ出たところで、一行は腰を下ろした、父親がさっそく弁当を広げたので、それが合図となった、子供たちもどこか緊張した真剣な表情で、握り飯に齧りついた、海を渡ってくる冷たい風が山の尾根まで吹き上げていた、その風が人々の興奮を醒ましてしまったのかもしれない、大人も、子供も、呆けたように黙ったまま、海面に現れては消える、無数の銀色の反射を眺める時間が長く続いた、砂浜の近くでは二羽の鳶《とび》が楕円を描きながら上昇と下降を繰り返していた。「来たぞ！」父親と兄が同時に立ち上がったとき、少年の視線はまだ海岸線へ向けられたままだった、しかし姉が指差す先の山の稜線の陰から薄灰色の煙が立ち上り、寺院のように大仰な、真っ黒い鉄の塊が徐々に姿を見せ始め、人々の声援に応えて雄叫びめいた汽笛を轟かせるに至って、少年は瞬《まばた》きする一瞬すら惜しんでその蒸気機関車の勇姿に見惚れていた、いや、少年だけではない、この地方の貧しい農民にとってみれば、鉄道の開通は救世主の到来にも等しかった、江戸時代とさして変わらぬ粗末な食生活と肉体を酷使し続ける重労働、古い因習に縛られる毎日から、これでようやく解き放たれるだろうと期待したのだ。

もちろん全部が全部、鉄道のもたらした変化というわけではなかったのだろうが、じっさいこの、多度津《たどつ》線観音寺《かんおんじ》〜川之江《かわのえ》間の竣工と相前後して、少年の生まれ育った村にも、同時代の都会の人々ならば当たり前のように享受していた文明がようやく流れ込んできた、村で最初の英国製の電話機は大地主の家に設置された、日が暮れると村役場の玄関庇には白熱電灯が灯されるようになった、それまで村の家庭の照明といえば石油ランプしかなかったのだ。小学生が筆記具として鉛筆を持ち歩くようになったのもこの頃からだったが、それは列車に乗ってやってきた大阪の商人が、冬季に農家が作り溜めた白下糖《しろしたとう》を仕入れるついでに、村人に売り捌いていったものだった、商人は黒いマントを羽織り、鳥打帽を被り、牛革製の編み上げ靴を履いていた、洋装が珍しいわけではなかったが村人たちは驚いた、そんな格好の人間が実在するとは思わなかったのだ。その商人に連れられて若者が二人、大阪へ旅立っていった、二人は何れも高等小学校を卒業してほどない、村の農家の三男坊だった、半年が過ぎ、大晦日の晩に村に帰ってきた二人は、豹変していたわけではなかったがどことなく落ち着きがないように見えた、正月は雑煮も食わずに寝て過ごし、寝惚け眼のまま再び大阪の職場へと戻っていった、そして彼らの後を追うようにして、毎年何十人もの若い男女が大阪へ出稼ぎに行くようになってしまったのだが、じっさいの話、当時は「東洋のマンチェスター」と讃えられていた日本の商工業の中心都市大阪の、紡績工場の職工として半年間働くだけでも、一家総出で麦稈真田を編む内職の倍以上の収入を得ることができたのだ。職工には工場敷地内の寄宿舎が手配され、二カ月間休まずに皆勤すると二円五十銭の賞与まで出して貰えた、細井和喜蔵の書いた『女工哀史』が出版されるのはこれよりも数年後だが、紡績工場や製糸工場の劣悪な労働環境は新聞紙上でも告発され始めていた、賃上げや勤務時間短縮を求める労働争議が東京や大阪で続けて起こっていた、田舎の香川の農民だって、同時代のそうした現実に全く無知だったわけではない、なのにランプの灯火に次から次へと群がる蛾や虻《あぶ》のように、金を稼ぐために若者たちは都会へ働きに出ては、二、三年後には作業中に吸引した綿屑が引き起こす呼吸器の病気を患って、伏せた目線と痩せこけた両頬で実家に戻ってくる……

恐らくそうした、経済的繁栄の裏面や資本主義が内包する矛盾というよりはむしろ、すり替えられた目的をさえ自らの肉体と人生を犠牲にしながら達成しようと努力してしまう、逃れ難い業《ごう》にも似た人間の習性を、後に大臣となる少年は間近で見ながら育った、彼の目にはそれは一種の弱さとも映った。

中学四年の夏、少年は腸チフスに罹り、床に臥せったままの重篤な状態が四カ月もの間続いた、両親きょうだいが懸命に看病してくれたお陰で少年の病気は治癒したが、まるでその回復の代償ででもあるかのように、翌年、父親が急逝してしまった、とうぜんの責務として、少年は高校進学を諦め、家業を継いだ兄を助けて働く覚悟を固めた、しかし兄の意見は違っていた。「お前はいずれこの家を出ていく人間だ。せめて学問ぐらいは修めておきなさい」奨学金を得て、彼は高松高等商業学校へ入学した、高松市の東隣に位置する、大川郡《おおかわぐん》津田町《つだちょう》に住む叔母の家の一部屋を借り、そこから汽車で一時間かけて通学した、早朝の車輛には年老いた行商人と車掌しか乗っていなかった、車窓からは波一つない、絹織物のように滑らかな起伏ばかりが続く、志度湾《しどわん》の凪いだ海が見えた、昇ったばかりの豆粒のような太陽は対岸の山頂に留まり、青い光を放っていた、改めて考えてみれば、周囲の誰からも関与されず、労働の義務感に煩わされることもなく、一人切りの時間の只中に捨て置かれるという経験は、彼にとっては生まれて初めて知る贅沢だったのだ、それは後ろめたさを覚えるほどの幸福だった。じっさいこのときの彼は涙さえ流していた、彼もまた、この国の歴史にときおり登場する、孤独を求めてやまない人々の同類に他ならないことを自覚したわけだが、この何十年か後、彼の大臣就任が決まって新聞記者からの取材を受けた高校時代の同級生たちが、彼の発言、印象はおろか、同じ教室にいたことすら記憶に留めていなかったのは無理もないことなのだ、思春期の多くの時間を、彼は誰とも交わらずに一人で過ごした、授業の予習はけっして欠かさず、特に第一外国語の、英語の副読本は暗唱できるほど読み込んでいたのだが、放課後は逃げ帰るようにして学校の門を出た、下宿先にほど近い山に登り、山頂の城跡から夕方の漁港を眺めるのを日課とした、漁《いさり》火《び》が灯された黒ずんだ船を見ていると、自分は漁師になるのを拒んで家出した親不孝息子で、離れた場所から恐る恐る実家を覗いているかのような、捏造された記憶に囚われた。夕食後は自室に籠もって、日付が変わる時間まで本を読んだ、『草枕』の画家は鼻持ちならない人物のようにしか思えなかったが、「食う為の職業は、誠実にゃ出来《でき》悪《にく》い」という『それから』の主人公には、どう反論したらよいものか、頭を悩ませた。

夏休みと年末には和田村に戻って畑仕事の手伝いをせねばならなかったが、春休みは勉強が忙しいという口実を設けて帰宅せず、誰にも告げぬままこっそりと一人旅に出た、高校に通い始めてからも貧乏であることに変わりはなかったので、移動はもっぱら徒歩の、ほとんど無銭旅行に等しかった、高松からひたすら山道を歩いて、平家の落人が隠れ住んだという祖谷渓《いやだに》で野宿をした、そこから吉野川に沿って南下を続け、四国縦断を目指した、三月中旬とは思えぬ暖かな日が続いた、好天が先回りをして彼を出迎えてくれているようだった。高松を出発して六日目の夕方、とつぜん目の前に広々とした白い砂浜と、高波が押し寄せる海岸が現れた、初めて見る太平洋だった、彼が知っている海といえば、目を凝らすと水平線の奥にはうっすらと島影が浮かぶ、一年じゅう穏やかな内海《うちうみ》だけだったが、北米大陸カリフォルニアにまで繋がる本物の大海原はその荒々しさだけではなく、色からして違っていた、海底に光源を湛えながら翡翠色《ひすいいろ》に輝いていた、今まで自分が海の色だと信じてきたあれは何だったのか、偽りの青だったのか……夜の高知の街は、異国のような賑やかさ、よそよそしさだった、映画館や料理屋から漏れ出す暖気からは、豊かな城下町特有の猥雑さも感じられた、播磨屋橋《はりまやばし》の欄干に背もたれながら喚く酔客たちには、制帽を目深に被り、染みだらけのオーバーコートを着込んで背嚢《はいのう》を担いだ貧乏学生の姿など、見えていなかったに違いない、柳の枝に吊り下げられた看板が大きく揺れて、若い女の悲鳴が聞こえた、危険を察した彼はその場から全速力で走って逃げた、しかし逃げても逃げても、音楽が鳴り響き赤提灯の並ぶ、酒臭い盛り場から抜け出ることはできなかった、ここはそれほど大きな街なのだ、こういう場所では一夜の寝床を探すのにも苦労する、砂浜で横になろうかとも考えたが、明け方の満ち潮で腰を濡らすことが恐ろしかった、武家屋敷の練塀《ねりべい》が途切れたところに小学校を見つけたので、無断で講堂に上がり込んで、長椅子に仰向けになった、真っ暗な天井を見つめていると、発熱と無気力に苦しんだ、病床での四カ月間が思い出された、ほとんど死を覚悟していたあのときからしたら、健脚の一人旅を続ける今の自分ほど嘘臭い未来はなかった。翌朝、窓から射し込む陽光で彼は目覚めた、直進した光は向かいの板壁に白銀の十字を照らし出していた、短く叫び声を上げて、驚いて上半身を起こした彼は、正面の祭壇に聖母像を見た、自分が一晩を過ごした場所は小学校ではなく、礼拝堂であることを知った。

そのようにして彼はキリスト教と出会ったわけだが、じっさいに入信して熱心な青年使徒として活動し始めるきっかけとなったのは、地元高松で参加した、一人の宗教家の講演会だった、「進化と宗教」と題された二時間の講話は、聞いているこちらが戸惑うほどに抑揚のない、落ち着き払った口調で、生物の進化の歴史においてはアメーバから人間までが動物であり、動物の最終形態たる人間はいずれ霊的、宗教的存在へと変貌を遂げなければならない、我々はそのような使命を担っているという説を理路整然と、まるで何十ページにも亘《わた》る論文を暗唱しているかの如く淀みなく語り尽くした、その人は東京帝大の工科を首席で卒業した科学者でもあった、最後には次のような一文を付け加えることも忘れなかった。「人間は誰しも自分が今生きている、この同時代こそが歴史上のもっとも大きな転換期であり、自らもまた証言者の一人であると信じ込むことによって、その長過ぎる生涯をどうにかこうにか生き抜くことができるようになるのです」この講演会から半年後には、彼は夜の街頭に立って聖書を読み上げたり、太鼓を叩いて寄付を呼びかけたり、東京や軽井沢で行われた青年使徒の修養会にも参加するようになっていたのだが、奇妙なことに、自らの信仰と布教活動について彼は、数名だけいた学校の友人たちにはもちろんのこと、実家の母親やきょうだい、毎晩食卓を共にしていた下宿先の叔母にさえ、ただの一言も伝えてはいなかったのだ、わずかな動揺が与えられただけでも延々と蛇行を繰り返してしまうような、思春期から青年期への不安定な数年間をイエス・キリストの教えが支えてくれたのであればその有難味を、周囲にいる誰彼構わず捕まえて、分かち合いたくなるものではないだろうか？　魂の救済の経験を、説いて回りたくなるものではないのか？　ところが彼はそうしなかった、けっきょく彼にとっての宗教とは、何者にも煩わされずに一人切りの時間を過ごすことが許される、教会という場所を提供して貰える、道理に適った選択だったのだ。東京の大学に進学してからも、彼は午後の三時間、ときには四時間を礼拝堂の椅子に座ったまま、身じろぎもせずに過ごした、深く首《こうべ》を垂れて目は瞑《つむ》り、言葉にならない唸り声を発することもあった、気がついたときには日は暮れていた、いつ雪が降り始めてもおかしくはないような、寒い冬の夜だった、祭壇の燭台にはロウソクの炎が灯されていた、しばらく前から彼の耳には耳鳴りのような、オルガンの柔らかな低音が響いているかのような幻聴が聞こえていたが、じっさいにオルガンは演奏されていた、説教台の左手から三人の、坊主頭の子供が現れて、伴奏に合わせて賛美歌を歌い始めた。「諸人《もろびとこぞ》挙りて、迎え奉《まつ》れ……」クリスマスが、十二月の二十五日が近いのだ、先帝祭《せんていさい》の休日だからといって有楽町のダンスホールで浮かれ騒ぐような連中と関わり合いはなかったがそれでも、今このときも、氷上と変わらぬ冷たさの板の間で震えているであろう故郷の家族から遠く離れて、自分だけが安全な場所に身を潜めているという事実を突きつけられると、彼は後ろ暗い思いを抱かずにはいられなかった。「鉄《くろがね》の扉、打ち砕きて……」一人孤独でありたいなどというのも、しょせんは麦稈真田編みの労働から免れたいがゆえの、逃げ口上に過ぎないのではないか？　昨日とそっくりの太陽が真夏の空に昇り、人々が麦わら帽子を必要とし続ける限り、自分は面倒この上ないその仕事を運の悪い誰かに押し付けるのではないだろうか？

大学では経済学を学んだ、ドイツへの留学経験のある指導教官によれば、いかなる経済活動も不可避的に市場の均衡状態を目指すものであり、資本主義はその歴史上類を見ない大成功がゆえに滅びるよう宿命付けられてはいるが、かりそめの延命措置となり得るのが新結合《しんけつごう》、即ち技術革新であり、その担い手は企業者であるとのことだった。四国出身の多くの若者と同じように、彼も住友合資会社への就職を希望していた、別子《べっし》銅山では母方の従兄弟も働いていた、卒業を半年後に控えた秋のある朝、思い立って彼は、同郷香川出身の大蔵次官を訪ねることにした、次官は彼が奨学金を借りている育英会の会長も務めていた、無事に卒業できる目処が立ったことを報告するための訪問ではあったが、就職の話に移れば、誰かしら住友の幹部を紹介して貰えるのではないかという打算も働いていた。次官の自宅は杉並区の高井戸にあった、彼がその家に到着したときにはもう昼を過ぎていたが、次官は先客との面談中だった、彼は玄関脇の小部屋に通され、そこで待つようにいわれた、空の青が吸い込まれそうなほどに濃い、日曜の午後だった、格子窓の外には、かろうじて枝に吊り下がっている、熟し切った朱色の柿の実が見えた、するといきなり突風が吹いて、窓枠が歪んだ、目の前が黒い影で遮られた、大鴉《おおがらす》は鎌のような鋭い爪で把手を摑んでいた、油を含んで紫色に光る羽は惚れ惚れとする美しさだった、あり得ないことだが鳥は彼に視線を向け、微笑んだように見えた、そして嘴《くちばし》に挟んだ甘い柿を窓ガラス越しに見せびらかすと、無言のまま大きく両翼を広げて、晴れた秋の空へ飛び立っていった。「君は大蔵省に来なさい。本日ただ今、この場で採用を決めてやる。もはや他社を受ける必要はない」後から振り返って考えてみれば、このとき彼の人生の進む方向はわずかに角度を変えたのだ、それは大きな逸脱ではなかった、むしろ予期せぬ形で、今までの生き方が肯定されたような出来事だった、じっさい彼はこの日の晩、喜びと興奮の余り故郷の家族に宛てて手紙を書いている、そこには讃岐の百姓のせがれに大蔵省のお役人が会ってくれた、卒業した後の就職先も面倒を見るといって貰った、しかも帰りには車まで手配してくれた、これほどの幸運があるだろうか？　と記されているのだ。これは職業の選択という局面では、いつの時代の、誰にでも起こり得る偶然、もしくは奇縁めいた巡り合わせに過ぎなかったのかもしれない、けれども官吏となったことによって、その後の彼は請われるがままに、大蔵大臣秘書官の仕事を引き受け、更には自由党から立候補して、何がどう間違っても自分だけはぜったいになるはずがないと思っていた代議士になってしまったのだから、わずかな角度の開きは、長い歳月の延長線上で、取り返しのつかない遠方にまで彼を連れ去ったことになる。権力の中枢に取り込まれて、内閣官房長官や通産大臣、外務大臣を歴任するようになった後でも、彼は自分ほど政治家に不向きな人間はいないと考えていた、一方でそうした人間が政権内部にいることで醸し出される含羞《がんしゅう》が、政治とは誰かしらが引き受けねばならない、面倒この上ない仕事、貧乏籤《びんぼうくじ》に他ならないことを国民に示すと、自分自身にいい聞かせてもいた、終戦の年の春、彼は自ら願い出てキリスト教会から退会しているが、聖書だけは晩年まで手許に置いて放すことはなかった、旧約聖書の中のエレミヤ書を好んで、繰り返し読んだ。

とうてい埋めることのできない、絶望的な隔たりがあるように思われた日本と中国の国交回復交渉だったが、最初の首脳会談から数えてたったの五日で、両国は共同声明に調印してしまった、日本は世界で七十九番目の、中華人民共和国政府の承認国となった、中国側が拘っていた「戦争状態の終結」という問題に関しても、「これまでの不正常な状態は……終了する」という文言を声明文に盛り込むことで、あっさりとけりが付いてしまった。しかしこれは表現を変更したからといって、済まされるべき問題なのだろうか？　もしいつ終戦したかが表現の違いによって恣意的に決められるのだとすれば、開戦もまた同様に、言語表現を変えることで回避し得たのではないか？　そもそも自分は一度でも、詭弁を弄することと政治的解決の間にははっきりとした境界線が存在するなどと、本気で信じたことがあっただろうか……若い頃と同じように、外務大臣はじっと俯いたまま内省し、後ろ暗い思いに囚われていたが、一方の総理大臣は上機嫌だった、空港までの沿道をぎっしりと埋め尽くす、人民服を纏《まと》った老若男女が作り笑顔で赤い小旗を振る姿は、戦時中の日本の出征兵士の見送りを思い出させる気味の悪い光景だったが、その群衆に対しても総理大臣は、右の手のひらを目線の高さまで掲げる、日本ではお馴染みのポーズで応えて見せた、華々しい仕事のすぐ後ろに控えている、台湾への国交断絶通達や帰国後の両院議員総会での説明、親台湾派議員との応酬といった、思わず逃げ出したくなるような面倒な後始末はことごとく、外務大臣が引き受けねばならなかった。

「なお日中国交正常化を記念し、中国人民から日本国民へ、パンダ一対、雄と雌が贈られましたことを、ここにご報告申し上げます」共同声明調印後の記者会見が終了する寸前、外務大臣と並んで座った官房長官は一言、さらりと付け加えた、きっと官僚が作成したのであろう手許原稿をぼそぼそと読み上げるだけの、感慨の込められていない口調だった。その模様は中国とは時差が一時間ある日本にも、テレビで生中継されていた、その日は金曜日で、東京では午前中に小雨が降った、上野動物園の飼育課長は雨が上がったのを見計らって同僚二人と連れ立って、不忍池《しのばずのいけ》近くの行き付けの蕎麦屋へ昼食を取りに出かけた、この年のカラーテレビの普及率は六割を超えていたが、蕎麦屋の入り口脇の棚に設置された小型のテレビは、まだ白黒のままだった、注文した蕎麦をすすりながら、三人はぼんやりとその小さな画面を見遣っていた。後から考えてみると奇妙なことだが、このときにはまだ三人とも、調印式後のセレモニーか何かで両国友好のシンボルなどと称して、北京動物園で飼育中のパンダが担ぎ出されただけの話だろうと思い込んでいた、動物飼育員の世界では、ジャイアントパンダという珍獣はそれぐらい門外不出の、謎と、真偽の不確かな伝承に守られた神聖な存在だった、実物が日本にやってくる可能性にまで考えが至らなくても無理もなかったわけだが、それから三十分以内に動物園の代表番号にかかってきた七本の電話、新聞社の社会部から三本、テレビ局一本、ラジオ局一本、一般の動物愛好家からの二本によって、生きたジャイアントパンダ二頭の来日は既に決定済みであることを知らされた、そしてその受け入れ先として、もっとも有力視されているのが他でもない、東京都恩《おん》賜《し》上野動物園だったのだ。

もともと上野動物園は、文明開化期に上野公園に博物館が開設された際、その附属施設として、日本の農村で飼育されている家畜を囲い柵を作って展示したのが始まりだった、開園当初に集められた動物は、当時の人々にとってはさして珍しくもない、熊、猿、狐、狸、水牛、鷲、水鳥、小鳥、亀などに過ぎなかった、開園翌年には、海軍の巡洋艦がオーストラリアから持ち帰ったカンガルー一頭を公開しているが、これは上野動物園が飼育した最初の外国産野生動物だった。関東大震災に見舞われたときにも、動物園は表門の門柱と便所一箇所が全壊しただけで、動物舎はさしたる被害を受けずに済んだのだが、上野公園には五十万人もの被災した人々が集まり、臨時の大避難所となった、このことをきっかけに災害発生時に都市公園が果たす役割、保安機能が声高に叫ばれるようになり、翌年一月の皇太子成婚を記念して、公園と共に動物園も、宮内庁から東京市に下賜《かし》されることとなった。日中国交正常化の副産物として、とつぜんパンダの来日決定を知らされた飼育課長は、ちょうど開園七十周年の記念祭が大々的に催された年の春に、臨時雇いの獣医師として上野動物園で働き始めた、終戦からまだ六年半しか経っていなかったが、動物園とその周辺は、空襲の翌朝の焼け野原などぜんぶ嘘だったかのような華やかさ、騒々しさだった、正門前の広場には実物のプロペラ式飛行機と、大人の背丈の倍以上もある大地球儀が陳列されていた、レース鳩や錦鯉の品評会も行われていた、不忍池の畔《ほとり》の野外大劇場ではアメリカから招かれた二人の猛獣使いが鞭《むち》を振るって、八頭のライオンを並んで行進させた後で、一頭ずつ順番にリングをくぐり抜けさせるという曲芸を披露していた。「これではまるで、サーカスじゃあないか……」香川出身の外務大臣と同じように、飼育課長も茨城県の南部、牛久《うしく》村の稲作農家の次男坊として育った、実家は裕福ではなかったが、戦時中も米飯と薩摩芋だけは満腹になるまで食べることができた、茨城のような田舎でも空襲への備えとして防空頭巾を縫わされたり、灯火管制が敷かれたりしていたが、どうせ標的となるのは日立や水戸の工場に決まっていると高を括っていた、牛久沼沿いに開墾された田畑から見えるのは、遠い東の空に浮かぶ、虻《あぶ》のように小さな零戦《ぜろせん》の機体ばかりだった。動物飼育の仕事を志す子供の多くがそうであるように、少年時代の飼育課長も犬を飼っていた、母親が親戚の家から貰い受けてきた雑種の子犬だったが、残飯を餌として与えている内に、軍用犬のシェパードにも負けないほどの大きな体格に育った。飼い主となった少年は、小学校四年から国民学校高等科を卒業するまでの五年間毎日、一日たりとも欠かさずに、犬を散歩に連れていった、家の裏手から雑木林に分け入る小道を歩き、竹林の広がる高台まで出たら、犬の首輪に結んだ鎖《くさり》を解いてやる、すると次の瞬間にはもう愛犬の姿は消えている、夕暮れ時の冷たい風が吹いて、柑橘に似た香りが漂ってくる、笹の葉同士の触れ合う乾いた音だけが聞こえている、やがて背後の藪が小刻みに動いて、勢いよく犬が飛び出してきて少年を驚かせる、そんな遊びを飽きることなく幾度も繰り返した、このときの少年は知る由もなかったが、じつはこの高台も、戦国時代末期に豊臣秀吉によって滅ぼされた領主の城の跡だった。

終戦の一年ほど前から、牛久村にも東京都内から疎開してくる人々が増え始めた、少年の通う国民学校でも淀橋《よどばし》区戸塚町《とつかまち》の児童百名以上を受け入れていた、地元の子供の中には東京の子供を「疎開っ子」と呼んで理由もなく敵視して、けっして交わろうとはしない者も少なからずいたのだが、少年だけはむしろ自ら進んで、露骨に意図的に、都会からきた彼ら彼女らに近づいていった、彼ら彼女らは田舎の子供では入手することが難しかった、『子供の科学』や『少年倶楽部』『少女の友』といった雑誌を持参していた、『吼える密林』や『冒険ダン吉』は荒唐無稽なばかりで面白いとはとても思えなかったが、鉱石ラジオの作り方、陸軍戦車の無限軌道の仕組みのような科学の特集記事を見つけると、少年は時間が経つのも忘れて読み耽った。上野動物園で飼育されていたクロヒョウ脱走事件の顚末《てんまつ》も、疎開してきた友達が貸してくれた、古い『少年倶楽部』の記事を読んで知った、シャムから運ばれてきた雌のクロヒョウは誇り高く、けっして人間から与えられた餌を食べようとはしなかったのだという、そして宿直の飼育員も寝静まった深夜に、猛獣舎の天井のわずかな隙間から逃げ出した、翌日、動物園は臨時休園となった、警視庁の特別警備隊、地元の警防団、猟友会など総勢七百名余りが動員され捜索した結果、暗渠《あんきょ》の奥深くで怪しく光る、二つの黄色い眼が見つかった、重油を燃やした松明《たいまつ》の煙で燻《いぶ》し出され、クロヒョウは脱走から十四時間後に生きたまま捕獲された。「東京で飼っていた犬は、警察署に献納してきたんだ」寂しそうに、というよりはどことなく恥ずかしげに、友達が発したその言葉を聞いて少年は驚いた、航空兵の被る防寒帽用の毛皮が足りないので、都会では隣組が犬猫や兎を供出するよう各家庭に呼び掛けている、という話はもちろん知っていたが、まさか本当に飼い犬を差し出した馬鹿正直がいるなどとは思ってもいなかったのだ。従順さを、少年は恐れた、目の前の危機を遣り過ごすまでは、今に限っては辛抱して、本意ではないことも受け容れなければならないと考えているこの友達は、きっと一生、本意ではない生き方を強いられる、愛犬を供出し続けるに決まっている、だから戦争はいつまで経っても終わらない。

庭から聞こえてくる物音で、少年は目覚めた、人家も、畑も、森も、田舎の全てがまだ暗闇に沈んでいる、夜明け前のことだった、戸板に爪を立てて引っ搔くような、苛立たしげな音が繰り返された。「まさかとは思うが、クロヒョウが来たのではないだろうな……」雨戸を開けてみると、そこにはもちろん彼の愛犬がいた、何者かによって鎖は外されていた、犬は縁側に前足を置いて立ち上がり、訴えかけるような涙目で飼い主を見つめていた、鳴き声こそ発していなかったが、切実さは痛いほど伝わってきた。学校の制服に着替え、台所にあった干し芋を背嚢に詰めて、少年は犬を連れて家を出た、日の出までにはまだしばらく時間があった、飲み込まれてしまいそうな深い山霧が視界を塞いでいたが、犬は自信に満ちた足取りで導いてくれた、まるであらゆる地形を把握しているかのようだった。利根川の堤防まで歩いたところで、東の空が青く染まり始めた、ようやく登場した太陽は、河口から少年の足元まで続く、一本の橙色の長い直線を引いた、両脇には紫色にさざ波立つ川面が広がっていた、穏やかな秋の朝だった。「犬が徴用されるのに先んじて、遠くへ逃げなければならない……」少年は今日の明るい内に、千葉の銚子港まで歩いてみる積もりだった、それより後のことは何も決めていなかったが、犬と一緒に日本じゅうを旅しながら生涯を終えるのも悪くはないと思っていた、少年はもう国民学校高等科の二年、十四歳だった、贅沢さえいわなければ、自分と犬の食糧ぐらいは確保できる自信があった。堤防の天《てん》端《ば》に続く砂利道を、少年は歩いた、空気は冷たいが風のない、歌でも口ずさみたいぐらいの快適な陽気だった、ときおり川岸の葦原《あしはら》に向かって、犬が吠えた、少年の目には何も見えなかったが、狸でも隠れているのかもしれなかった、大鷹《おおたか》ではないだろうが鳶よりは明らかに大きい、綺麗な白黒斑《まだら》模様の猛禽《もうきん》が、少年と犬の見上げる空を旋回していた、鳥は接近したり、離れたりしながら、二人を攻撃圏内に収めているようにも見えた。「今ここで、敵の艦載機に狙われたら、どこにも逃げ場はないな……」前週の金曜日に武蔵野の飛行機工場へ爆撃があったばかりだったのだが、むしろ少年が恐れたのは警官に見つかることだった、職務質問を受けたが最後、応答の内容如何によらず、最寄りの派出所までしょっ引かれるのはまず間違いなかった、それにしても有史以来、いや今後百年の未来まで見通しても、ただ犬を連れて川縁《かわべり》を散歩しているだけで罪人扱いされてしまう、これほどまでに短絡的で暴力的な、愚かな時代が他にあるものだろうか？　堤防の上は目立つので危険だと考えた少年は、迂回路を取ることにした、太陽の位置を頼りに東方へ向かうよう心掛けたが、畦道は蛇行していた、その不規則な曲がり方は、この辺りがかつて水害に苦しめられた地域であることを物語っていた。少年と飼い犬は人気《ひとけ》のない神社の手水舎《ちょうずや》で水を飲み、干し芋を分け合って食べた、拝殿は荒れ果てていた、銅板葺《どうばんぶ》きの屋根は剝ぎ取られ、鈴緒《すずお》は泥で汚れ、扉には枯れた蔦《つた》が絡まっていた、廃れた神社に参拝すると邪神を引き寄せてしまう、そんな伝承を聞いたこともあったが、少年は信じてなどはいなかった。「珍しいぐらいに、大層賢そうな犬だ……」そこには一人の、瘦せ細った手足に乱れ髪の老婆がいた！　枯れ草と見分けが付かなかったものは、じつは生身の人間だった！　少年は叫び出したいほど驚いたが、自らの犯した不謹慎な取り違えを恥じ入り、それを隠すために、じっと黙ったまま会釈だけした。「弘法大師も二匹の犬に案内されて、高野山にお寺を開いたんだから……犬に付いていきさえすれば、あんたの身の上も心配はない」夕方、少年と犬は海岸に到着した、太陽はまだ西の空の高い角度に留まっていた、どこまでも続く、凪いだ紺色の水面を眺めながら、少年は犬の頭を撫でた。もしもこの日、少年の村が空襲に見舞われ、山火事でも発生していたのならば、動物の持つ不思議な予知能力が飼い主の命を救ったことになり、新聞に掲載されるような美談、もしくは奇譚として語り継がれたのかもしれないが、我々の生きる現実にはそんな都合のよい落ちは付かないものだ、それどころか、少年が辿り着いた場所は千葉の銚子の海ではなかった、二人の目の前に広がっていたのはじつは茨城の、霞ヶ浦の湖水だった、それでも少年はこの日、人生の支えとなる学びを得たはずだ、犬の嗅覚は人間の一千倍とも、一億倍ともいわれる、一億倍の花の香りを、雨の匂いを、誰が想像できるだろう？　それほど研ぎ澄まされた感覚をもってすれば、人間ではとうてい知り得ない、世界の奥深くに隠された秘義を犬が知っていたとしても何らおかしくはない、この日を境に少年にとって動物とは、先導者であると同時に教えを乞うべき師匠にも等しい、仰ぎ見上げる存在となったのだ。

国民学校高等科を卒業した少年は、地元の農学校の畜産科に進み、更に栃木県内の専門学校で学んで獣医師免許を取得した、専門学校卒業後は上野動物園への就職を希望したが、当時の動物園では新規の職員採用は見送られていた、戦争中に後の時代の都知事に当たる東京都長官が発した猛獣殺処分命令によって、上野動物園ではライオン、ホッキョクグマ、ニシキヘビ、インドゾウなど十四種、二十七頭の動物が薬殺、絞殺、もしくは餓死させられていた、脱走事件を起こしたクロヒョウは、殺処分命令が下される三年前に病気で死んでいた、なけなしの予算は人間ではなく、失われた動物の再収集に当てなければならなかった。正規の職員は採用していなかったが、日給二百三十五円の臨時作業員ならば募集していたので、後に飼育課長となる獣医師はこれに応募し、上野動物園で働き始めることになった、ところが出勤初日に獣医師が見せられたものは、サーカスまがいのライオンの曲芸ショーや、日劇ダンシングチームの踊り子による寸劇だったわけだ、財政難のはずの動物園で、どうしてこんな派手なお祭り騒ぎが行われているのか？　これにはさすがに呆れたが、彼の場合はこの職場で働くことができる喜びの方が勝っていた、最初に割り当てられた担当は「キリン立《たち》番《ばん》」だった、来園客が勝手にキリンに餌を投げ与えないよう、柵の手前に仁王立ちになって見張る仕事だったが、果たしてこれが獣医学を勉強してきた専門家が担うべき役割だろうか？　メガホンを片手に決まり文句を叫び続けることぐらい、小学生にだってできるのではないか？　そんな自尊心にまみれた不満は一瞬で過ぎ去った、世の中には自称動物愛好家が無数に存在するが、風変わりな外見に生物の進化の不思議を感じずにはいられない、マントヒヒやアルマジロの実物を毎日至近で観察することが許される、幸運な特権に浴する人間は限られている、早朝から晩の八時、九時まで働き詰めで、歩きながら昼食の蒸しパンを食べた、トラの檻と隣り合わせの簡易ベッドで仮眠を取ることもあった、そうした劣悪な労働環境にも拘わらず、彼の新生活は輝いていた、今日も、明日も、それ以降もずっと、愛すべき動物たちに囲まれて一日の大半を過ごせる役得に、平伏して感謝したいぐらいだった。腹にガスが溜まって苦しんでいるインドゾウを見つけ、肛門にゴムホースを挿し込んで浣腸液を流し入れたこともあった、尻にいくつもの円を描くようにさすって排便を促してやると、とつぜん大きな破裂音がして、辺り一面が茶色く染まった、身体じゅう糞だらけになった獣医の彼は微笑みながら、それでもまだゾウを撫で続けていた。

ほとんど信仰にも近い、彼の動物に対する愛情、そして尊敬は、園長を初めとする動物園の管理職たちの目には職務への邁進と映った、この時点で既に疑いようもなく、動物飼育の仕事は彼の天職だった、ベテランの飼育員からは、臨時雇いでは可哀想だから、早く常勤の職員に昇格してやれという意見も出たが、それでも彼が動物園獣医として正式採用されるまでには、丸四年の時間を要した。東京都吏員として定められた俸給《ほうきゅう》を貰える身分になってほどなく、彼は同郷茨城出身の女性と結婚した、実家の稲作農家を継いだ兄の紹介による見合い結婚だった、新居は上野駅まで京浜東北線一本で通える、蕨《わらび》駅近くの借家だった、六畳に四畳半と台所のみの小さな平屋だったが、この家にも分不相応に広い庭が付いていた、赤い金魚とメダカの泳ぐ、ささやかな池《ち》泉《せん》まで設けられていた。夫婦仲はとてもよく、三人の子供を授かった、三人とも女の子だった、一番下の女の子が小学校に入学した翌年、彼は東京都が派遣する海外研修生の選考試験に合格した。「じっさいに海外で生活してみると、異質な文化や習慣に驚かされるというよりは、いかに自分たちの常識が非常識であるか、拘りが取るに足らないものであるかを、嫌というほど思い知らされるものです」十名の海外研修生は東京駅前丸の内の都庁舎に呼び出され、東京都知事からちょくせつ辞令を受け取った、禿げ上がった額に銀縁の眼鏡、穏やかな笑みを湛えながら話す、元大学教員で革新系のこの都知事に、彼は不思議な親近感を抱いていた、以前からよく知っている誰かに似ているような気がするのだが、それが誰なのかはどうしても思い出せなかった。

「拘りさえ捨てれば、心持ちが軽くなるものです。距離は軽さを生む、その事実を、皆さんは身をもって知ることになるでしょう」研修地はイギリスで、研修期間は九カ月だった、一ドル三百六十円の固定相場制、外貨持ち出し制限付きの時代の海外出張は、親戚じゅうを巻き込んでの祝い事になった、親族一同、動物園の上司同僚、友人たち、総勢四十名の万歳三唱に見送られて、獣医の彼は羽田空港から日航機で旅立った。ロンドン動物園は、珍しい動物を展示して人間の見世物にするのではなく、動物学の研究と教育を目的とする施設として開園された、世界で最初の「科学動物園」だった、日本人の獣医が到着するなり、口髭を蓄えた長身の園長は無言のまま、全て分かっている、心配するなという風に二度頷き、右手を掲げて合図をした、獣医は園長の後を追って、小走りで、森の中の小道のような薄暗い通路を進んだ、小高い丘の斜面の、見晴らしのよい場所に出ると、雲の隙間から四、五本の青白い光線が射し込んだ、すえた藁のような、酸味の利いた匂いが鼻を突いた、広々とした獣舎の真ん中に築かれた岩山の上に、白黒二色の頼りない、柔らかそうなものが物憂げに寝転がっている姿が見えた、当時の西側自由主義世界にはたったの一頭しかいなかった、生きている本物のジャイアントパンダだった。

ゾウには釈迦の生母摩耶《まや》夫人が、白いゾウが胎内に入る夢を見て懐妊したという伝説があり、ライオンには弱い者の怯懦《きょうだ》を利用して強い者が利益を独占する、「獅子の分け前」の寓話がイソップ物語にあるが、しかしパンダにはそれがない、パンダという動物は十九世紀より以前の人類の歴史に、まったくといってよいほど登場しない、『日本書紀』には、西暦換算六八五年十月二十二日に唐代の女帝則天武后《そくてんぶこう》が、日本の天武天皇に番のパンダ二頭とその毛皮七十枚を贈呈した旨の記述があるそうなのだが、両帝の在位期間の不一致や、贈られたのはパンダではなくホッキョクグマではないかという指摘もあり、この説の真偽のほどは怪しい、これ以降一千年以上に亘って、世界じゅうのいかなる文献を探しても、パンダに関する記述らしい記述は見当たらない。十九世紀の後半になって、一人のフランス人宣教師が中国西部で手に入れた新種の熊の標本をパリへ持ち帰った、極端に鼻が低く、頭蓋骨は丸みを帯びている、尾は人間の小指ほどの長さしかない、恐らく主食である竹を摑むときに役立つのであろう、前肢の親指の付け根に「第六の指」を持つこの動物は、北米のアライグマやヒマラヤ山脈で発見されたレッサーパンダの仲間に分類すべきか？　それともヒグマやツキノワグマなどと同じ、クマ類の一員と見做《みな》すべきなのか？　動物学者たちの間では議論が沸き起こったが、何よりも当時の人々の目を惹いたのはその毛皮だった、ふさふさとした体毛は四肢と耳、そして目の周りを縁取るように漆黒に染められていて、それ以外の胴体と頭部は真っ白だった、このツートーンカラーはいくら何でもやり過ぎだ、余りに人工的で、子供騙しで、嘘臭く見えたのだ、八百七十万種ともいわれる地球上の生物の内、人間が発見したのはそのごく一部に過ぎないのだと心得てはいても、弱肉強食、適者生存の生物進化の歴史の中で、緑の木々や褐色の岩肌の背景とはけっして融合しない、こんなに目立つ容姿の哺乳類が生き延びられるとは、とうてい信じることができなかった。

しかしいつの時代でも同じだが、いかにも実在が疑わしい、謎めいた生き物ならば、自分がその正体を確かめてやろうという人物が現れるものだ、百年前の欧米人にとっては、アジアはまだ、博物学的探求という名目さえ立てれば、勝手に土足で踏み荒らしても構わない場所ということになっていた、探検隊が次々に派遣され、竹を主食とするレッサーパンダとの類似性から「ジャイアントパンダ」と命名されたその珍獣を探し求めて、中国四川省の密林に分け入った。とうぜんのことながら断崖から滑落して大怪我を負ったり、高熱と下痢を伴う感染症に罹患して、ベッドに横たわったまま帰国する者が絶えなかった、イギリス軍人の探検家は、長江上流金沙《きんさ》江《こう》沿いの小さな村に滞在しながら、連日休みなく山の中を歩いていた、現地の人々の話す言葉は理解しなかったが、探索に必要な労力と食糧を確保するに足る互恵関係は築いた積もりだった、あるとき村の若い娘がやってきて、成獣のパンダを見つけたと探検家に告げた、膝丈まで積もった雪を踏み締めながら、親子ほど年齢の離れた二人は山を登った、尾根を二つ越えたところで、娘は匕首《あいくち》を取り出し、無言のままいきなり探検家の背中を刺した、探検家は何とか自力で村まで帰り着いたが、そこで力尽き、息絶えた、雪の上には点々と、赤い梅花のような血痕が残っていた。フランス人宣教師が標本を持ち帰ってから半世紀が過ぎても、パンダという動物が本当に存在するのか？　確証は得られていなかった、かつては存在したが、今はもう絶滅したのだろうという説を唱える者もいた、ならばまだ誰もその実物を捕らえていないパンダとやらを、自分たちが最初に射止めてやろうじゃあないか！　そう誓いを立てた、アメリカ人の兄弟がいた、ハーバード大学を卒業して実業家、軍人としてニューヨークの邸宅で暮らす、典型的な金持ち家庭の息子たちだったが、彼らが特別扱いされたのは、彼らの父親が第二十六代の、アメリカ合衆国大統領だからだった、兄弟に共通する、野生動物に対する強い興味、もしくは病的なまでの狩猟好きと蒐集癖は、偉大過ぎる父親から影響を及ぼされてのことだった。シカゴの自然史博物館から潤沢な資金援助を受けて、兄弟の探検隊は出発した、英領ビルマから中国大陸へ上陸し、雲南省から四川省へと北上した、名うてのハンターや現地人のガイドも雇っていたが、パンダは見つからなかった、猟犬が嗅ぎ付けるのはいつも、もしかしたら熊が残したのかもしれない、大量の糞ばかりだった。降り積もる雪の中で過ごす数カ月が過ぎ、探検隊のメンバーの間にも諦めの気持ちが伝播し始めていたある朝、とうとう彼らは「勝利」してしまう、泥濘《でいねい》に残された真新しい足跡を見つけた一行は、物音を立てぬよう慎重に後を追った、森が途切れて広場のような場所に出ると、赤ん坊の泣き声に似た甲高い音が響いた、倒木の幹の陰から白黒二色の顔が現れ、いったん周囲を見回してから起き上がり、のんびりと草の上を歩き始めた、紛れもない大人のジャイアントパンダだった。ところがここで問題が起こった、兄弟が二人とも銃を構えたのだ、パンダを仕留めた最初の白人として歴史に名前を刻むのは、兄であるべきか？　弟であるべきか？　諍《いさか》っている暇などないことは明らかだった、二人は同時に発砲し、銃弾は二発とも獲物に命中した、悲鳴も上げずに、パンダはその場に倒れた。

今では吐き気さえ催させる、こうした蛮行は当時の知識階級、特に動物学者から「偉業」として讃えられた、大統領の息子たちが持ち帰ったパンダの剥製は、この探検のスポンサーであるシカゴの博物館に誇らしげに飾られた、これ以降競い合うように、欧米列強の博物館は中国へ探検隊を送り込んだ、少なくとも四頭、もしくは五頭のパンダが撃ち殺されたという記録が残っているが、じっさいにはそれを遥かに上回る数のパンダが犠牲になったのは間違いない、素性の知れない業者が売り込んでくるパンダの毛皮や頭蓋骨でさえも、博物館は言い値で買い取っていたのだ。騎士が大活躍していた中世盛期であればいざしらず、今からたった百年前に、動物の死体が開拓者の勇気を讃える勲章と見做されていた、その歴史的事実は、同時代の支配的な価値観などというものがいかに眉唾であるかを露呈しているように思われるが、そうした戦利品としての死んだパンダが珍重された時代は、一人のアメリカ人女性が生後九週の赤ん坊のパンダを生きたまま母国に連れて帰るまで続いた、その女性は探検家でも、動物蒐集家でもなく、ニューヨークの服飾業界で働くデザイナーだった、黒髪は短く切り揃え、ゆったりとしたシルエットのドレスを着る、音楽はジャズを好んで聴き、カクテルを飲み煙草も吸う、当時は「フラッパー」と呼ばれた、古臭い規範に囚われることを嫌う若者の一人だった。彼女はニューヨークで知り合った裕福な青年から求婚され、結婚した、ところがそのわずか二週間後、夫は珍獣パンダを探す旅に出発してしまった、夫は旅先で不運に見舞われ続けた、船は故障を繰り返し、寄港地では荷物の盗難に遭った、ようやく上海に到着したときには、仲間は誰もいなくなっていた、仕方なく夫は、元は銀行員だったという、日本生まれのアメリカ人探検家を新たなパートナーとして迎え、パンダの棲む四川省の山林を目指したが、なぜだか中国科学院は調査許可証を発行しなかった、一年以上待ったが許可は下りず、夫は奇妙な病気に罹って客死した。遺《のこ》された妻は夫の仕事を引き継ぎ、自ら中国に赴いてパンダを見つけると宣言した、家族や友人は翻意させようと試みたが、引き止めれば引き止めるほど、彼女は頑なになった、上海にやってきた彼女は、夫が滞在していたのと同じ、英国租界《そかい》の目抜き通りに建つ、六階建てのホテルに部屋を取った、すると当然といえば当然の流れではあるが、夫のパートナーだった日本生まれのアメリカ人探検家が、彼女に接触してきた。「悪いことはいわないから、ここで引き返しなさい。奥地へ進めば、動物の血だけではなく、人間の血も見ることになる」危険な仕事はその道のプロに任せるよう、探検家は忠告した、しかし彼女の聡明さは、単にこの男が金に困っているだけであることを見破った、探検継続を難しくしている金銭上の問題は、夫の死と何かしら関係があるのかもしれなかった。探検家からの申し出を丁重に断った後で、彼女は別の伝手を頼って、中国人のハンターと連絡を取った、するとその中国人は自分ではなく弟を探検に同行させると答えた、弟は二十歳になったばかりで、浅黒い肌の、痩せ細った少年のような風貌だったが、兄同様に猟銃の腕前は確かだった、流暢な英語を話すこともできた。

未亡人と二十歳の中国人ハンターは蒸気船に乗り込んで、揚子江を上っていった、不可解なことだったが、夫があれほど待ち焦がれながらついに発行されなかった調査許可証は、彼女が申請するとすんなりと得ることができてしまった、当時はちょうど、中国国民党軍が共産党の紅軍《こうぐん》と激しい内戦を繰り広げていた時期だった、探検家が忠告した通り、いつ凄惨な場面に出会《でくわ》してもおかしくはなかったのだが、旅は不思議なくらい平穏に、順調に進んだ、河岸では朝霧の中、三日月のような立派な角を生やした牛の親子が、並んで草を食《は》んでいた、中国にも牛がいることすら彼女は知らなかったが、その光景は恐ろしくのどかで、調和が取れていて、美しかった、季節は夏の終わりだった、このときの彼女もまた、距離が生んだ軽さを実感していたのかもしれない、ニューヨークのファッション業界で飛び交っている野蛮な怒声など、もはや自分には何ら関係ないように思えてならなかったのだ。重慶で荷揚げをして成都へ向かう途中で、三週間前に別の探検隊が同じ場所を通過したという情報が入った、恐らくそれは日本生まれのアメリカ人探検家一行と見て間違いなかったのだが、彼女が取り乱すようなことはなかった、竹の群生と岩場が続く急な斜面を、彼女はときには四つん這いになりながら登っていった、中国人ハンターが設営してくれたキャンプで横たわると、涙が溢れ出てきた、全身が硬直するほど疲弊し切っていることに、彼女は我なながら愕然としたが、それでも成功への予感は高まるばかりだった。十一月のある朝、雪上にパンダの糞が見つかった、すぐさま追跡を開始した中国人ハンターの後を、彼女は必死で追い掛けた、二つ目の尾根を越えたところで、前方に生命の気配がして、竹藪が大きく揺れた、乾いた銃声が山腹じゅうに響き渡った。「止めなさい、ダニー!」一番驚いたのは、言葉を発した彼女じしんだった、それは彼女の、ペンシルバニア州の実家に残してきた弟の名前だった、禁忌を犯した秘密を吐露してしまったかのような言い間違えに、彼女は激しく動揺したが、幸いにして動物は逃げ果《おお》せてくれた。二人がその場から離れようとしたとき、中国人のハンターは何かを感じ取って足を止めた、踵を返して戻り、笹の群生を掻き分けると、朽ちた倒木の中へ両手のひらを差し入れた、青年の胸には柔らかな毛糸玉のような、生後間もないパンダの赤ん坊が抱かれていた。彼女はパンダをキャンプに連れて帰るなり、持参していた哺乳瓶で、お湯に溶いた粉ミルクを与えた、人間の赤ん坊と変わらぬ旺盛さでパンダはそれを飲んだ、翻訳すると「非常に美しいものの片鱗」という意味になる、中国人ハンターの義姉の愛称を貰って、パンダはスーリンと名付けられた、上海からアメリカ行きの客船に乗船しようとした直前、税関職員が嫌がらせをして、輸出税を払っていないと難癖をつけてきたが、金で買収して片をつけた、後々の語り種《ぐさ》となる、「犬一頭、二十ドル」と記載された輸出許可証が発行されたのもこのときだった。

このようにして、最初の生きているジャイアントパンダは西洋世界にもたらされた、それが大きな身体の成獣ではなく、体重十キログラムにも満たない幼子だったことが、後の時代のパンダのイメージを決定付けた可能性は高い、三カ月に亘る争奪戦の末、スーリンを獲得したシカゴの動物園が公開を始めるやいなや、初日だけで五万三千人の来園者が押し寄せた、こんなものが売れるのかと半信半疑で動物園の売店に並べてみた、フェルト布を縫い合わせただけのパンダのぬいぐるみでさえも、製造が追いつかぬほど売れた、博物館に展示されたパンダの死体を珍しがって見学していたはずの世論は、恥ずかしげもなく、手のひらを返したように、こんなにも愛くるしい、見ているだけで覚えず笑みがこぼれてしまう動物を銃で撃ち殺して、骨を抜き取って毛皮を剝ぐなど、いかなる学問上の必要があろうとも許されるはずがない、そんなのは文明社会の善き住人のする行為ではないと態度を豹変させ、かつては英雄と褒め讃えられた狩猟家たちを公然と非難し始めたのだ、するとあの、パンダを仕留めた最初の白人である大統領の息子たちもやってきて、生きて動くパンダと対面する機会が設けられた、このとき政治家になっていた兄は悪びれることなく、真顔でこう述べた。「こんなに可愛い動物を剝製にするなんて、自分の実の息子の皮を剝いで、居間の壁に飾っておくようなものだ」人気者のスーリンは、ラジオ局に招かれてマイクの前で鳴き声を披露させられたり、缶詰会社の広告に起用されたりした、そんな外国産動物はアメリカの歴史に未だかつて存在したことがなかった、しかしこうした滑稽で狂信的ともいえる騒動はアメリカでのみ起こったわけではなかった、二年後、ロンドン動物園は三頭のパンダを購入したが、それは日本生まれのアメリカ人探検家が自らの命と引き換えに中国から連れ出した六頭の内の、生き残りの三頭だった、ロンドン埠頭で無事にパンダが引き渡されたのを見届けてからほどなく、探検家は結核で死んだ、シカゴでの大はしゃぎを見ていればじゅうぶん予想されたことではあったが、ロンドンでもパンダが公開されるやいなや、無邪気な群衆は動物園に殺到した、来園者の中には後のイギリス女王となる王女とその妹まで混ざっていた、新聞も連日パンダの動向を伝えた、その日食べた竹の子の本数だとか、昼寝の時間帯だとか、雌が雄に性的な興味を覚えた素振りを見せたといった、他愛もない記事がほとんどではあったが、紙面の占有率は、当時ポーランド侵攻を窺いつつあったアドルフ・ヒトラーに関する記事にも匹敵するほどだった。つまりパンダは、戦時下におけるイギリス国民の偏愛の受け皿、アイドルだった、とうぜんそうした安直なブームに苦言を呈するジャーナリストや作家も現れはしたのだが、すぐさま信奉者の集中砲火を浴びて引き下がるか、もしくは完全に黙殺された、商魂逞しい連中はここぞとばかりに便乗商法を編み出した、パンダの描かれた絵葉書や漫画、ぬいぐるみはもちろん、パンダの顔を象《かたど》ったブローチ、パンダの形の目覚まし時計、磁器製の竹林で遊ぶパンダの置物、本物の黒兎と白《しろ》貂《てん》の毛皮を使用したパンダ柄の鳥打帽など、冗談としか思えないような企画までじっさいに商品化され、しかもそれらは例外なく、よく売れたのだ。

有り体にいってしまえば、パンダは金になった、そのことに皆が気づいてしまった、「客寄せパンダ」という日本語は、あの牛馬商の息子の総理大臣の発言が元になっているらしいが、過去のあらゆる時代の、世界じゅうの商売人たちは客集めに苦労してきたのだから、彼ら彼女らがパンダという救世主に飛びつかないはずがなかったのだ。第二次世界大戦が終結し、中国では国民政府軍に勝利した共産党が新しい政権を樹立したが、かろうじてその実在を示すに足る、極めてわずかな頭数のパンダのみが、西側世界に供出され続けた、そこにはもちろん、国際社会復帰を目論む中国の政治指導者たちの打算も介在していたのだが、動物園としては檻の中にパンダがいてくれる限り、来園者の長蛇の列は途切れることがなく、営業収支上の黒字は確保される、その恩恵が得られるだけでじゅうぶんだった。上野動物園の獣医が研修先のロンドンで出会ったのも、そのようにして異国に里子《さとご》に出された歴代のパンダの内の一頭だった、研修期間中、獣医は毎日パンダ舎を訪れ、観察日誌をつけた、じつはそのときはちょうど、モスクワの動物園で飼育されていた雄をイギリスまで連れてきて、ロンドン動物園の雌と見合いをさせている最中だったのだが、二匹には既に老いの兆候が見られた、互いに関心を持つことはなく、日がな丸太小屋の屋根の上か、もしくは木陰の穴倉で眠り続けるばかりだった、仕方なく獣医は、パンダの食事の献立を書き写した、米飯、食パン、バナナ、オレンジ、林檎、人参、生卵、砂糖、塩、それとビタミン添加物をミキサーで混ぜて、粥状にしたものを朝夕二回に分けて与えていた、竹と竹の子はノーフォーク州産の新鮮なものを檻の中へ投げ込んでいた、日中の国交が回復し、ついに日本にもパンダがやってくると聞かされたとき、飼育課長となった獣医が最初に取り出して、読み返したのも、自らが海外研修中に記したこの観察日誌だった。しかしパンダの来日決定という知らせだけで、それがそのまま上野動物園が受け入れ先となることを意味するものではもちろんない、この場合は動物園本体というよりは恐らく、それを管理する側の地方自治体がパンダ招致による経済効果を期待してのことだろうが、意外にも全国の、少なくとも八箇所の動物園が立候補を表明したのだ。「飼育条件を考慮すれば、年間を通じて爽涼、寡湿の、パンダの棲む野生にもっとも近い気候の、北海道が最適である」「飼育技術の高さと実績においては、京都市動物園が日本一であると自負する」「万博の大成功によって国際都市となった大阪こそが、パンダを受け入れるに相応しい」「パンダの主食となる孟宗竹《もうそうちく》は、山口県の名産品である」じっさいにはこうした各動物園間の争奪戦は、多分にマスコミが煽って作り上げた、いわば捏造された対立構造に過ぎなかったわけだが、この機会を利用して金儲けを企む地元企業の経営者や、政権中枢とのパイプの太さを誇示しようと考えていた政治家たちにとっては、これは本気の勝負だった、面子を賭けた戦いだった、だから単なる儀式としての「自由で、開かれた議論」さえ一度も行われぬまま、政府の独断によってあっさりと、パンダの飼育は上野動物園に委ねられることが決定した後でもしばらくの間は、地方の顔役や政治家の心象には禍根を残すこととなったのだ。

日中国交正常化が発表されてからもうすぐ一週間が経とうという朝、上野動物園の園長は首相官邸に呼び出された、動物園側としてみればもちろんこれは予期していた通りの展開だった、連絡が来るのが遅いぐらいだった、園長と飼育課長が永田町の官邸に到着すると、そのまま二階の官房長官室に通された、意外なほど小ぢんまりとした部屋の中央に、古びて傷だらけの応接セットが置かれ、壁には外国の港を描いた風景画が飾られていた、窓は無防備に開け放たれていて、ときおり秋の生温い風が吹き込んできた。十分ほど待たされたところで、官房長官はやってきた、テレビのニュース番組で観るのと同じ、銀髪のオールバック、太い眉、下瞼の窪んだ大きな瞳、語尾のはっきりとしない、陰気な口調で、中国政府から贈られるパンダ二頭の管理と飼育は上野動物園に担当させる旨を、淡々と述べた。園長から型通りの謝意を伝えられてもそれには応えず、官房長官は黙ったまま緑茶を口に含んだ、そして肉食獣めいた上目遣いで、斜向かいに座る飼育課長を睨みつけた。「ぜったいに、殺さぬよう……」これは明らかな恫喝《どうかつ》だった、帰りのタクシーの中で、園長と飼育課長は蒼ざめていた、ほとんど言葉を発せられないほどだった、今日の午前中までの自分たちの思い上がりが恥ずかしかった、幻の珍獣を育てられるなどと浮かれていたが、それは政治の駆け引きに巻き込まれることでもあると気づかなかった、官房長官は新潟出身の総理大臣の一番の腹心だった。どんなベテランの飼育員だって、未知の動物と接するときに失敗への恐怖を感じない者はいない、動物によってはいったん敵と見做されたが最後、痩せ衰えて死ぬまで餌を食べてくれない場合もある、これから何年にも亘って、休日祝日、盆暮れ正月関係なく続くであろう緊張、混乱、周囲への八つ当たり、家族に強いるであろう負担を考えると、二人は絶望的な気分になった。しかし当事者たちの感情などにはお構いなく、パンダ受け入れ先決定の一報を受けたマスコミは、群れを成して集まってきた、記者たちに取り囲まれた園長と飼育課長は、戦争末期の出征兵士のような悲壮な覚悟を、上擦《うわず》った大声で叫ぶしかなかった。「日中両国政府の恩情に報い、期待に背くことがなきよう、死ぬ気で、一生懸命やります」しかし目先に突き付けられた問題として、じっさいにパンダが来日するまで残された時間は、たったの三週間しかなかった、過去に飼育経験のない動物を受け入れる準備期間としては、余りに短かった、それでもやるしかなかった、パンダ専用の獣舎を新たに建造していては間に合わないので、猛獣舎の一部、チョウセントラの檻を改修し、仮のパンダ舎とすることとした、土壌を入れ替え、消臭、消毒を施し、杉材を組み上げた頑丈なベッドと梯子、古タイヤで作った遊具を置いた。見学スペースとの仕切りには、猟銃で撃たれても貫通しない強化ガラスを張り巡らせた、この年の初めには浅間山荘事件があり、五月にも日本赤軍がイスラエルのテルアビブ空港で起こした銃乱射事件で、犯人二名を含む二十六名の命が奪われていた、過激派とはいえどうしたら国立大生がそんな簡単に拳銃や爆弾を入手できるものなのか？　当時の人々も不可解でならなかったが、そう遠くない将来どうせ日本もアメリカと同じように、夜毎《よごと》銃声やパトカーのサイレン音が聞こえてくる物騒な国へと変わってしまうのだろうと、半ば諦めてもいた、この頃は銃器による犯罪に対する警戒心が、神経質なまでに高まっていた時期でもあった。

当時の日本ではパンダの飼育方法に関する資料はほぼ皆無といってよかった、動物園の職員は空き時間を利用して、大学の図書館や神田の古書店街を訪れてパンダ関連の文献を探し漁ったが、見つかったのは英語で書かれた短い論文が三本だけで、それらはいずれも分類学、解剖学的な研究だった、一番困ったのは餌の問題だった、竹を主食とすることは分かっていても、その竹とは枝葉の笹の部分を意味するのか？　それとも節を含む竹稈《ちくかん》のことなのか？　幼いパンダは竹の子を好んで食べるのだろうか？　一匹につき一日最低何キロを用意すればよいのか？　そうした基本的な情報がまったく入ってこなかった、日本産の竹の、どの品種を与えるべきかについても意見が分かれた、やはり野生のパンダの生息地である中国四川省で繁茂する竹にもっとも近い品種とすべきだろうが、それは江戸時代に中国から輸入されたといわれる孟宗竹なのか？　弾力性に富み歯応えを生む真竹《まだけ》なのか？　中国原産で竹の子が美味とされる淡竹《はちく》か？　隈笹《くまざさ》を与えてみても面白いのではないだろうか？　その場で捻り出す思い付きと、根拠を欠いた憶測による暗中模索が繰り返され、ただ時間ばかりが過ぎていく中で、唯一信頼に足る情報として動物園の飼育員たちが拠り所としたのは、飼育課長の獣医がロンドン研修中に記した、あの観察日誌だった、ロンドン動物園で学んだレシピに基づいて、飼育員はわざわざ築地の市場まで出向いて最高の食材を買い揃えて、パンダの餌となる粥の試作を繰り返した。「つまりここにいる誰もが皆、パンダの実物を知らない、見たことも、触れたこともない……それを知っている人間はたった一人、この俺だけなのだ……」そう考えた途端、首相官邸からの帰り途と同じように、重圧と焦りを感じた彼の顔面からは血の気が失われた、そんな素人同然の集団が国賓扱いの動物を託されて、大事に長生きさせるよう、何があっても死なせないようなどと無理難題を吹っ掛けられたのであれば、それではまるで致命的な事故が起きるまで猶予を与えられているだけの、飼い殺しにされている下僕と変わらないじゃあないか！　そんな仕事ならば、愛犬を素直に軍隊に供出してしまうような、お人好しに任せたらよいじゃあないか！　動物園の職員たちが連日の徹夜仕事で疲弊し、弱気になっていたところに、追い討ちをかけるように、ある新聞社系の週刊誌に見開き二ページの短い記事が掲載された、上野動物園の無神経さには呆れる、今般中国から寄贈されることが決まったパンダ二頭を、トラやヒョウと同区画の猛獣舎で飼う予定だという、壁一枚隔てた隣室から天敵の咆哮が聞こえたならば、この心優しい希少動物はおちおち食事などしていられない、早晩ノイローゼに陥って重病に臥せってしまうだろう、そんな内容だった。記事を読んだ飼育課長は、悪意に思い当たるところがあった、確証はなかったが、パンダの招致に失敗した地方の有力者から当《あ》て擦《こす》りが入ったのだろうと察した、あわよくば今からでも巻き返して、上野からパンダを取り上げてやろうという魂胆なのかもしれなかった。

翌日の全国紙朝刊にも同様の記事が掲載された、他社の週刊誌、女性誌も追随した、上野動物園の代表番号には再び、ひっきりなしに電話がかかってくるようになってしまった、自称動物愛好家からがほとんどだったが、飼育課長は言葉を選びながら、慎重に、ロンドンとモスクワの事例を調べてみても、トラの体臭や鳴き声がパンダの生育に悪影響を与えたという報告は見つかっていないと説明した、するとＮＨＫの報道番組にゲスト出演していた女優が、こんな発言をした。「ジャイアントパンダは皆さんがお望みのような、気弱で神経質な動物ではありません。いざとなれば銃を構えた人間にだって立ち向かってゆく、勇敢な孤高の生き物なのです」女優は当時としては珍しく英会話が堪能で、海外のパンダを視察した経験を持っていた。素人相手の同じ問答の繰り返しではあっても、それが日に何十回も続くとなると、精神的には消耗する、パンダは二頭とも動物園での繁殖ではなく、飼育が難しいとされる、野生で捕獲された個体であるとの情報が入ってきていた、飼育課長は本心では、十中八九の確率で、パンダは新しい環境に馴染めないだろうと考えていた、不吉な予感を拭い去ることができなかった、情け容赦のない現実から目を背けるように、彼は観客の消えた園内を早足で歩き回った、晩秋の夕暮れ時だった、ゾウ舎の前から動物病院に向かってまっすぐに進み、木立の間を抜けて東園から西園への連絡橋「いそっぷ橋」を渡った、向かいから三角巾《さんかくきん》を被った清掃係が四人、談笑しながら歩いてきたが、擦れ違う中年男の姿は視界に入っていないようだった、不忍池に面した広場では一輪車に乗ったチンパンジーが、八の字を描きながら往復していた、冬休み期間中の催し物の動物ショーで披露する曲芸だった、調教師は戦前から動物園に勤務するベテランで、新人時代の彼も世話になった一人だった。「お偉いさんが浮かない顔をしていたら、動物まで心配して具合が悪くなるぞ」笑い声だったが、顔は池の方を向いたままだった、皺だらけの老人の手が差し出され、握り締めた拳《こぶし》が開いた、中からは薄紙に包まれたキャラメルが一粒現れた。礼を述べて受け取ろうとした瞬間、彼は間違いに気づき、口元が震えるほど動揺した、菓子を手渡したのは調教師ではない、チンパンジーだった！俺は動物から食べ物を恵まれてしまった！　いや、同じ霊長類同士であれば、けっして起こり得ないことではないと、動物飼育の専門家としてもちろん知ってはいた、しかし今、無言のままこちらを見つめる黒い瞳のチンパンジーは、人間なんかを遥かに上回る的確さで、自分の内面を読み取ってくれていた、気弱な男を気遣って、慰めようとしてくれていた、そうだった、危うく忘れるところだった、動物に導かれ、動物に教えを乞う人生を、俺は今まで生きてきたんじゃあないか！　窮地に陥ったときはいつでも動物の方から歩み寄ってきて、偽りの欲望に囚われた、愚かな人間を救ってくれたじゃあないか！

パンダが到着する日の朝は、前日までの暖かな気候から一転して冷え込んだ、薄灰色の雲の垂れ込める空を見遣りながら、飼育課長の彼は自宅から駅までの道を、自分の歩幅を計測するようにゆっくりと歩いた、線路沿いの畑では農家が葱を収穫していた、掘り起こされた黒土は消毒薬めいた臭気を放っていた、道端に吉兆となるようなものでも落ちていないかと探し求めたが、何も見つからなかった。動物園は通常通り午前九時に開門した、職員たちも変わった様子は見せずに、各自担当する仕事に集中していた、この日の午前中にはヒトコブラクダに通常の倍の分量の餌を与えてしまうというミスと、出席者の一部が重複する別々の会議を同時刻に設定してしまう手違いが起こったが、それらはけっして緊張の伝播がもたらした瑕疵《かし》などではなく、日々懸命に仕事をこなしていく過程で避け難く起こってしまう抜け落ち、瑣末な軋みのような出来事であるはずだった。彼は動物病院の検疫室を覗いてから、トラ舎を改装したパンダ舎と、その隣りの調理室を見て回った、新たに購入した大型冷蔵庫の中には、果物、鶏卵、牛乳、笹の葉が並べられていた、準備に抜かりはないようだったが、何をもってして抜かりはないといえるのか、根拠はなかった、来日するのは雄が二歳、雌が四歳の子供のパンダで、共に野生で捕獲された個体であるという以上の情報は、事前には何ら提供されなかった、このときの彼は自分でも神経症気味であることを自覚していたが、指南書抜きでどこまで正解を導き出せるものか？　この任務に身命《しんみょう》を投げ打つだけの覚悟はあるのか？　全体主義国家中国に一人の日本人が試されているような気がしてならなかった。夕方五時になると関係者は動物園の裏門に集合し、五台の乗用車と動物輸送用トラックに分乗して、羽田空港に向けて出発した、彼はパンダ専属の飼育員、獣医と共に、トラック荷台のコンテナに乗り込んだが、移動中は誰も、一言も話さなかった、上下左右を壁で閉ざされた、小さな室内灯一つの仄暗い空間で、冷たい床に尻を下ろして座っていると、自分が囚人になったかのような錯覚に陥るのも無理はなかったが、じっさい彼らはこれから何カ月も、いや何年にも亘って続くであろう喧騒に翻弄される身の上であることも認めざるを得なかったのだ。

　機首に立てた日の丸と五星紅旗《ごせいこうき》の小旗を夜風になびかせながら、二頭のジャイアントパンダを乗せたＤＣ８型機は定刻五分前の、午後六時五十五分に羽田空港に着陸した、巨大な海洋生物を思わせる銀色の機体は、空港南端の貨物専用スポットに横付けされた、動物園関係者たちがタラップを駆け上がると、眩しいほど明るい機内には草色に塗装された大きな木箱が二つ、並べて置かれていた、檻に被せたカバーを捲ろうとしていた検疫官は既《すんで》の所《ところ》で手を止め、押し殺した低い声で「どうぞ」と呟いた。不吉な予感に飲み込まれ、彼の気持ちは動転した、まさかとは思うが空輸の負荷に耐え切れず、動物は死んでしまったとでもいうのか？　これから俺は何を見ねばならないのか？　しかし恐る恐る右手を伸ばし、最初の留め金を外した瞬間とつぜん蘇った、愛着を帯びた感覚の記憶に彼は救われた、それは過去に嗅いだことのある匂い、ロンドン動物園で初めてパンダと対面したときに鼻腔を刺激された、あの酸味の利いた匂いに他ならなかった。「課長が憶えていたのではなく、それはきっと動物が人間に残しておいた痕跡、マーキングですよ」若い獣医が冗談めかして、その場の緊張を和らげてくれた、だが檻の中を覗いた二人は再び押し黙ってしまった、想像を超えて、パンダは余りにも大きかったのだ、可愛らしいなどという形容からは程遠い、鋭い犬歯を晒しながら威嚇する白黒二色の猛獣の頭は、木箱の断面いっぱいに広がってこちらに迫ってきた、前脚の太さ、背筋の盛り上がり方を見ても、これはツキノワグマの成獣に近いように思われた。片肘で抱き上げてやればしがみ付き返してくる、子猿のような赤ん坊のパンダがやってくるに違いないと思い込んでいた自らの無知を、考えの浅はかさを、彼は今更ながらに恥じた、大型動物の世話をするのであれば、食事の量と献立、一日当たりの給餌回数を見直さなければならないだろう、なけなしの予算を注ぎ込んで準備したパンダ専用の寝室や運動場だって、今のままでは狭過ぎるという指摘が出るかもしれない。更にある事実を知らされて、その場にいた全員が唖然としたのだが、北京動物園が気を利かせて飛行機に積み込んでくれた竹と笹の葉を、現地の植物検疫官が国外移出不可と判断して、その場で廃棄させたのだという、どこの国でも官吏という人種は、どうして救い難く愚かなのだろう！　規則を遵守するためならば、世界が破滅しても構わないと思っているんじゃあないか！　自分もその同類であることを棚に上げて罵りの言葉を吐きながら、彼は二つの木箱がベルトコンベアーに乗せられ、無事にトラックに積み替えられるのを見届けた、そして不安と憤りの感情を抱いたまま、往路と同様にコンテナの荷台に飛び乗ろうとした間際、トラックの前後に並んだ黒塗りの乗用車の列と、それらを先導する警視庁のパトカーの屋根の、回転する赤色灯が目に入った。「これではほとんど、ビートルズの来日と変わらないじゃあないか……」

しかし今回も現実は、思わず漏らしたその予見の通りになったのだ、トラックが動物園裏門に帰り着き、コンテナの扉を開くやいなや、人いきれを孕《はら》んだ、真夏の嵐のような熱風が吹き上がった、内部にいた関係者、そして二つの木製の檻は、テレビカメラの強い照明を浴びた、シャッターを切る音が間断なく続き、ストロボの閃光が眩しくて目も開けていられないぐらいだった。「……雄が二歳で、名前は康康《カンカン》、雌の方は四歳で蘭蘭《ランラン》。二匹とも日本へ寄贈するに当たって、命名し直したとのことです……」時刻は八時を回っていたが、待ち構えていた報道陣の数は五十名を超えていた、過去にもシロサイやゾウガメといった珍しい動物が来園する際には取材を申し込まれたが、やってくる記者はせいぜい三、四人だった、この関心の高さ、注目の集め方は明らかに異常だった、動物の飼育環境にも悪影響を及ぼすことが危惧された。消し炭《けずみ》色のスーツ姿の新聞記者とカメラマンばかりの中で、一人だけ際立って目立つ人物がいた、半円形に結った髪型、臙脂色のドレス、肩に黒い毛皮のショールを巻いた中年女性だったが、それはパンダ通として知られ、テレビの報道番組でコメントしていた、あの女優に他ならなかった、ほんの数秒間だったが彼女は目を細めて、優しげな視線を送ってきた、飼育課長の彼はそれを無視した、自分は有名人だから、約束なしでもこの場に現れたならば、パンダを抱かせて貰えるかもしれない、その写真は明日の朝刊社会面を飾ることになるだろうとでも考えたのだろうか？　当事者たちの心労も、夜を徹しての準備も知らずに、好い気なものだ……子供染みた八つ当たりだとは分かっていたが、彼にはこの女優の放縦さが癇《かん》に障《さわ》ってならなかった。即席のパンダお披露目会見は十分足らずで終了した、職員十人掛かりで息を合わせて檻を持ち上げ、コンテナの荷台からリヤカーへと移し、大きな物音を立てぬよう注意しながら、来園者のいない真っ暗な坂道を皆で押して上っていった、こうした純粋な肉体労働に従事している時間だけが、現代人と動物をかろうじて繋いでくれていると、彼は考えていた、和禽《わきん》舎のシマフクロウはいつもの夜とは違う異変に気づき、黄色く光る両目で通り過ぎる二台のリヤカーを凝視していた、動物園生まれの雄のアメリカバクは「我関せず」という態度で、砂場の上を何周か歩き回ってから先細った口で草を嚙んでいた、植栽が揺れるたびにその陰に新聞社のカメラマンが潜んでいるのではないかと恐れたが、誰も追ってはきていないようだった。

　検疫場となる動物病院の手前では、二人の男が待っていた、中国政府が派遣したパンダ飼育の専門家と通訳だった、雄のパンダをリヤカーから降ろそうと職員皆で檻に手を掛けたところで、中国人の専門家が短い言葉を発してその動きを制した、理由は示されなかったが、この場でパンダを檻から出すなということらしかった。飼育課長はそのとき初めて、動物病院の玄関灯の真下で、中国人専門家と正面から向き合い、その顔をじっくりと見て、息を吞んだ、綺麗に撫で付けた短髪、太い眉に大きな目玉、突き出した頰骨《きょうこつ》、長身痩軀《ちょうしんそうく》を灰色の人民服に包んだ風貌は、新聞の写真やテレビのニュース番組で観た、日本の総理大臣と並んで国交回復の共同声明に署名していた、あの中国の首相と瓜二つだった！　余りによく似ていた！　首相本人でなければ兄弟か、近い血縁の親戚なのだろうか？　まさかとは思うが、身分を偽って、お忍びで来日した可能性は考えられないだろうか？　いかにも馬鹿げた空想だと心得てはいたが、いっさいの妥協を撥ね除ける厳しさが備わっているように見えるところもまた、専門家は中国の首相そっくりだった。命ぜられるがままに、職員たちは檻をリヤカーに戻し、再び夜の動物園を歩き始めた、緊張が高じて誰も口を利けず、足取りは重く、すっかり葬列めいた行進になってしまった、飼育課長の彼は仕方なく、改装した猛獣舎へ中国人専門家を案内することに決めた、専門家は運動場に吊り下げられた古タイヤの遊具を一瞥してから、パンダ用の寝室に入った、木製のベッドや鉄柵、コンクリートで固めた床面に手のひらを押し当てて、しきりと何かを確認しているようだった。弱みや後ろめたささえも、率先してそれを開示することによって、自分は相手よりも上位の、俯瞰《ふかん》的な立場にいるかのように装うことができるものだ、そのタイミングを逃してはならない、思い切って飼育課長は、この檻ではつい最近までチョウセントラ二頭を飼育していたこと、隣の檻では現在もヒョウを育てているが、そうした周辺環境は、ジャイアントパンダに何ら悪影響を及ぼさないと了解していることを、努めて感情を抑えつつ中国人専門家に伝えてみた、専門家は愛想笑い一つせず真顔で振り返って、彼の顔をまじまじと覗き込んだ、その目力《めぢから》の強さは、やはり中国の首相を思い出させたが、さらりとこのように返した。「パンダはそんな小心な、臆病な動物ではない。パンダの生息地にトラはいない、トラという動物の存在をそもそも知らない」そして鞄から黄色がかった、一枚の紙を取り出し、通訳に手渡してその場で翻訳文を読み上げさせた、それは「パンダの生活習性と飼育方法」と題された、北京動物園が作成した資料だった。「……標高二〇〇〇〜四〇〇〇メートルの高山で、湿気のある密生した竹林に棲息する。棲息地の湿度は高く、平均気温は、一月が摂氏零下七度前後、七月が摂氏一八〜二〇度である……樹のうろや山の洞窟に棲み、群れをなさず、孤独を好み、木登りが上手である。主に竹の枝や葉、タケノコを食べる。四月か五月ごろに交尾し、秋に子を産む。一腹一〜二子で、まれに三子を産むこともある……動物舎の運動場と寝室には、パンダが登るための築山を設ける。運動場には大樹を日除けとして植え、その樹の周辺は、木登り防止柵をする……冬期、パンダの寝室は摂氏五度前後に温度を保つようにし、陽のよく当たっているときにパンダを室外に出し、日光浴をさせる。パンダは雪が降ると、好んで雪遊びをする……」

北京動物園を出発してから十四時間後、木製の檻の錠は外され、小さな空間に閉じ込められていた二頭のパンダはようやく解放された。二歳の雄は何事もなかったかのように、寝室の四隅を嗅ぎ回ったり、水を飲んだり、壁面に背中の体毛を擦り付けたりしていたが、四歳の雌はうずくまったまま、狭い檻の奥から出てこようとはしなかった。飼育員が話しかけても、餌を見せても駄目だった。三十分以上待ったところで、雌はようやく上半身を檻から出した。その場にいた飼育課長の彼も、飼育員や若い獣医も、短く感嘆の声を上げたのだが、雌の頭と背中は正しく純白、新雪と見紛う白さだった。これほど毛並みの綺麗な動物を他に挙げることは難しいように思われたが、それは取りも直さず、自分たち日本人はジャイアントパンダという動物についてまだ何も知らないと白状しているに等しかった。その日の晩は四人の飼育員が作業着を重ね着して、通路に毛布を敷いて泊まり込みで、二頭のパンダの一挙手一投足を五分間隔で細かく記録した。消灯してからしばらく経つと、雄のパンダが夜闇に溶け出しそうな、甘ったるい、鼻にかかった声で鳴き始めたが、このときまで彼らは、パンダが声を上げて鳴く動物だということさえ知らなかったのだ。

中国から贈られた二頭のジャイアントパンダの到着は、翌日の全国紙朝刊一面、社会面に写真入りで大きく報じられたが、その記事を見て、そのほんの九カ月前に、場所も同じ羽田空港に、グアム島から二十八年振りに帰還した元日本兵が降り立ったことを思い出した者はほとんどいなかった、その九カ月の間には、冬季と夏季の二回のオリンピックがあり、連合赤軍浅間山荘事件とそれに続くリンチ殺人の発覚、テルアビブ国際空港での銃乱射事件があった、ノーベル文学賞作家の不可解な自殺があり、高松塚古墳《たかまつづかこふん》壁画の発見、ロマンポルノ映画の摘発事件もあった、百十八名の死者を出した大阪千日デパートビルの火災、八十六名が死亡したインド・ニューデリー空港着陸直前の日航機墜落事故があり、沖縄の本土復帰、首相退陣と自民党総裁選、そして日中共同声明の調印があった、我々の通俗的な好奇心を一点に収斂させるような、強烈な出来事が矢継ぎ早に起こり続けた、不可思議な時期でもあったのだ、両脇を抱きかかえられながら飛行機のタラップを下りる元日本兵を見た記憶がおぼろげになっていたとしても、それは無理もなかったのかもしれない。

　終電で蕨市の自宅へ帰った飼育課長は、けっきょく一睡もできぬまま、また始発電車に乗って上野動物園に出勤した、そのままパンダ舎に駆けつけたが檻の中を見るより先に、はにかんだ表情で小さく手を振っている、若い獣医の姿が目に入った。「二匹とも問題なく、元気でしたよ」しかし昨晩一晩じゅう、いかなる変化も見落とさぬよう五分置きに記された観察記録を調べてみると、パンダは雄も雌も、ほとんど眠っていないことが分かった、落ち着きなく檻の内部を歩き回ってばかりいた、一日に十五、六時間も眠るといわれている動物としては、これは異常なことだった。午前九時になると、十日間の期限付きで中国政府から派遣されているパンダ飼育の専門家が、動物園にやってきた、関係者全員が調理室に集まり、飼料管理の打ち合わせが始まった、テーブルの上には用意された材料が整然と並べられていた、専門家は林檎や柿、ジャガイモを、まるでその食物を初めて差し出された未開人のようにじっと見つめ、一つ一つ手に取って硬さを調べたり、匂いを嗅いだりしていたが、とつぜんその作業が止まった。「これは何の積もりか?」それは築地の生鮮市場から取り寄せた、高級料亭や和菓子店で使用されている新潟県産の隈笹だった。「こんな紛い物、動物は食べない」米飯に果物やビタミン添加物を混ぜ込んで作った粥に対しても、同様の斬り捨て方だった、これはじっさいにロンドン動物園でパンダに与えられていた餌なのだと食い下がっても無駄だった、相手にされなかった。しかしいくら中国がパンダの生息地をその領土内に保有する世界で唯一の国家であり、北京動物園が過去二十年近くに亘ってパンダの飼育と繁殖の実績を積み上げてきたといっても、全ての動物は人間の永遠に知り得ぬ時間を生きていることに変わりはないだろう、過剰とも思える、中国人専門家の自信がどこから来ているのかは分からなかったが、二頭のパンダに関するあらゆる是非の判断を、この人物に仰がねばならないことは、その場にいた誰の目から見ても明らかだった、それは正しく、日中共同声明の条文を練り上げる交渉局面における、中国と日本の関係の再現に他ならなかったわけだが、じっさいその日の昼前には、動物園の職員たちは専門家から餌の原料として指定された、粗挽《あらび》きの黄粉《きなこ》を探し求めて、埼玉や群馬の飼料工場にまで足を運んでいたのだ。

とはいえ強面《こわおもて》の中国人専門家は、上野動物園でパンダ飼育に携わることになった人々の頼りになる味方、いざというときの後ろ盾であることは間違いなかった、飼育課長たち動物園の関係者が本当に対峙せねばならない相手はもっと別にいた、それはグアム島から帰還した元日本兵に不信感と軽蔑を抱かせた人々であり、このおよそ三年半後には五つ子の両親に執拗に付き纏って、悩ませ続けることになるのとも同じ人々だった。テレビ、新聞、週刊誌の記者、カメラマン、取材を申し込んでくるジャーナリストたちは、どういう理由からなのかは分からないが、動物園開門前の早朝や、宿直の飼育員を残してそろそろ帰宅しようかという夜の遅い時間帯に、たいていは一人単独で、そうでなければ記者とカメラマンの二人組で、相手を驚かせ怯《ひる》ませることが目的であるかのように、建物や電柱の陰からいきなり現れ出てくるのだった。「すぐに済ませます。一枚だけ、撮らせて貰えませんか?」パンダの贈呈及び歓迎式典と報道関係者へ向けた特別公開は、その週末の土曜日に予定されていたが、それよりも先んじて紙面に写真を載せることに価値があるのだ、特種《とくだね》こそが自分たちマスコミに課せられた使命なのだと、彼らはいい張った、彼らの足元には十や十五では足らない、積み上がるほどの数の煙草の吸い殻が落ちていた、この連中にも家族や恋人がいるのだろう、家に帰れば幼い息子だって待っているだろうに、こんな暗がりに何時間も突っ立って、人生を浪費していることに後ろめたさを覚えないのだろうか……自己欺瞞を見て見ぬ振りをすることでしか報酬を得られないのならば、そんな仕事はとっとと辞めてしまえばよいのに……努めて冷静に、感情的な物言いにならないように気を配りながら、飼育課長は記者の要望を撥ね除けた、だがしばらく歩くと、上野駅公園口の東京文化会館の手前では他社の記者が待ち構えていて、また同じ問答を繰り返さねばならないのだった。

　連日連夜こんな有り様だったので、ある程度予想はしていたのだが、特別公開日の取材申し込みが二百五十社、一千人を超える見込みであることを知らされたときには、さすがに飼育課長の彼も啞然とした、常軌を逸しているとしか思えなかった、自分がこんな言葉を吐ける立場ではないが、いくら幻の珍獣ジャイアントパンダといったって、しょせんは熊や牛と同じ、たかが哺乳類じゃあないか！　マスコミが寄って集《たか》って似通《にかよ》った映像を撮ったところで、視聴者はその内の一つのチャンネルしか観られないのだから、そんなのは全部徒労じゃあないか！　しかし他ならぬそのマスコミのせいで、事態はとっくに進行してしまっていたのだ、その週に発行された全国紙、夕刊紙、週刊誌、月刊総合誌から、ファッション誌、成人雑誌、少年漫画誌、少女漫画誌、幼児向けの学習雑誌に至るまで、ありとあらゆる紙媒体に上野動物園の二頭のパンダは登場していた、テレビ局各局も午前と午後のワイドショーでパンダの話題を取り上げたが、二頭に関する目新しい情報は得られていないため、来日当夜の即席のお披露目会見の、ほんの一、二分間の映像を繰り返し流すしかなかった、それでは間が持たないので、あるテレビ局では霊感が強く、予言が的中すると評判の女性占い師をゲストとして招いた、占い師はあの、万博協会の会長就任を頑なに拒んだ、大手家電メーカーの創業者社長とも懇意にしているという噂の人物だった。「体毛が白黒二色に分かれている動物は概して繊細です。パンダは暑さと湿気に弱いので、来年の梅雨は何とか持ち堪えるかもしれませんが、気温の上昇する盛夏に胃腸の病気、もしくは皮膚病に罹って一頭が死にます。しかし残りの一頭は生き残るでしょう」銀髪でオールバックの官房長官がパンダの受贈を発表したあの記者会見から、まだ一カ月しか経っていないことを考えれば目を疑いたくなる光景ではあったのだが、このとき既に、日本じゅうでパンダの便乗商法が横行していた、デパートの催事場には白と黒のツートーンカラーの子供服や帽子、文房具が並び、製菓会社はパッケージにパンダの絵柄を印刷したスナック菓子とチョコレートを急遽発売することにした、地方都市の繁華街にも「パーラーパンダ」「中華料理ランラン」といった、看板を挿《す》げ替えただけの飲食店が乱立したのだが、動物園の地元上野のはしゃぎ振りは酷かった、アメヤ横丁の入り口には巨大なパンダのアドバルーンが揚げられたが、それはもともと白熊だったものの手足を黒く塗っただけの急造品だった、子供たちには黒い半円形の耳が付いた紙帽子が無料で配布された、土産物屋ではパンダ饅頭、パンダ煎餅、パンダの顔を象《かたど》ったカステラ生地の人形焼が売り出され、店頭には塩化ビニール製の、空気を吹き込んで膨らませるタイプのパンダ人形が並べられたのだが、それは十二年前の夏に爆発的に流行した、あの「ダッコちゃん」人形の売れ残りを、顔と胴体だけ白色で上塗りしたものに他ならなかった。こうした現象は単に、かつてシカゴやロンドンで沸き起ったのと同様の熱狂が東京でも繰り返されたに過ぎないと斬り捨てることも可能だったが、時代が移り、場所が西洋から東洋に変わっても、パンダという動物は人間の関心と好意を引き寄せてしまう、問答無用の魅力を備えている、つまり相変わらずパンダは金になるということを証明してもいた、それほどの人気者なのに、映画会社や出版社に許可を取る手間や、高額な使用料、著作権料を支払う必要もなく、その肖像を自由に使うことが許されていたのだ、目ざとい商売人たちがこの好機を逃す理由はなかった。

そんな外部の喧騒になど構ってはいられぬほど、動物園の飼育員たちは二頭のパンダを新しい環境に適応させることで一杯一杯だった、二歳の雄は性格的にも大らかで、活発に檻の中を動き回っていたが、それでも日光を浴びさせるために屋外運動場へ導こうとすると、冷たい外気と明るさを警戒して、何十回も尻込みを繰り返した、四歳の雌は気難しく、飼育員が近寄るだけで顔を背けてしまうことが多かった、雄に比べると食も細かったのだが、防寒のため寝室に敷き藁を入れてやると、雌はその藁の束を乱暴に毟《むし》り取り、齧り始めた。パンダという動物の飼育は、分からないこと、初めて知ることの連続だった、中でも驚かされたのはその排泄物、糞がまったくの無臭であることだった、動物の健康状態を把握するため、上野動物園では飼育員は朝昼夕の一日三回、排泄された糞の粘度や残渣《ざんさ》を調べる決まりになっている、日本に到着した翌朝、雌のパンダの尻から落ちた糞は小振りの焼き芋のような、鱗翅目《りんしもく》の繭《まゆ》のような、細長い楕円形をしていた、透かさず檻の中に手を差し入れた獣医がそれを取り上げ、真っ二つに割ってみたところが、何の腐臭もしなかった、それどころかご丁寧にも、本物の馬鈴薯《ばれいしょ》にも似た甘い香りが醸し出されさえしたのだ。しかし糞尿が臭わない哺乳類なんて、現実に、自然界に存在するものだろうか？　そんな動物がいたとしても、何だか機械仕掛けの人形のようで、愛着が湧かないのではないか？　人間たちに背を向けたままコンクリートの床に寝そべる、ジャイアントパンダの傍にしゃがみ込んだ飼育課長と若い獣医は、この動物から試験されているような、見下《みくだ》されているような思いに苛まれ、そこから抜け出すことができなかった、十一月の最初の土曜日の、マスコミ向けの特別公開は迫ってきていた、その翌日からは一般来園者の観覧も始まる、無数の人間の視線とざわめき、子供の叫び声、煙草の煙、瀑布《ばくふ》のようなシャッター音に晒されたとき、二頭がどのような反応を示すのか、予測できなかった、極度の興奮状態に陥るのかもしれないし、泰然として群衆の包囲など意に介さないのかもしれない。「ぜったいに、殺さぬよう……」初めての経験ではあっても、今回だけは、失敗は許されない、しかしお前にそんな指図を受けなくとも、たまたま巡り合わせの悪さから捕獲されて、遠い異国へ送られて、檻の中で残りの生涯を過ごさねばならなくなった動物へのせめてもの償いとして、予見し得るストレスを極力取り除いてやらねばならないのは、動物飼育に携わる人間としての、最低限の責務だろう……規則正しく反復される動物の日常を、隔離された孤独を守ってやることぐらいしか、俺たち人間にできることはないのだから……

「取材は午前九時の、歓迎式典開会と同時に解禁。取材記者は一社一名厳守。スチールカメラも一社につき一名、ムービーは二名までとする。記者、カメラマンは自社腕章と共に、事前に配布する緑色のリボンを左胸のよく見える位置に装着のこと。動物を興奮させるような騒音を発したり、人止め柵を乗り越えて撮影を試みた者は、即座に園外に退去願う……」上野動物園と記者クラブの間には取材協定が結ばれたが、内容的に見てみれば、これは動物園側からの一方的な通達にも等しかった、すぐさま在京の民放テレビ局が改定を申し入れてきた、撮影開始時間の繰り上げだった、理由は単純で、朝七時台のニュース番組の冒頭で、パンダの檻の前からの生中継を流したいからだった。「通勤通学前の、一日で一番慌ただしい時間帯に、不機嫌に黙ったまま味噌汁を掻き込む父親と小学生の息子は、画面に映し出されたパンダの姿を一瞥するのです。ここを逃してしまったら、親子が並んでテレビを観る時間なんてない、それが今の時代の日本の中流家庭の、悲しい現実なんです」無理もないことだが、こいつにとっては視聴率こそが絶対なのだ、視聴率が取れなければ無能な人間と見做され、切り捨てられる、任侠《にんきよう》映画もどきの単純で残酷な摂理に生きているのだ……都庁舎内にある記者クラブに乗り込んだ飼育課長は、軽蔑というよりは憐れみを含んだ視線で、恐らく彼と同年代であろうそのテレビ局員を見つめた、そして憐れみを厳粛さと置き換えるようにして、抑揚を殺した冷たい口調でいい放った。「テレビが発明される百万年も昔から、パンダは変わらぬ日課と習慣を守ってきた、生きた化石のような動物なのだ。人間の、テレビ局の都合でそれを犯すというのであれば、今から百万年経った後にして欲しい」我ながら権威に頼った詭弁であるとは分かっていたが、形振《なりふり》になど構っていられなかった、取って付けたような毅然とした態度で、飼育課長はマスコミからの申し入れを拒絶した。ところが公開前日の夜になって再び、悶着は繰り返されたのだ、歓迎式典の準備をようやく終えた十一時過ぎ、中折れ帽を被った、小柄な老人が園長室を訪ねてきた、上野動物園を管轄する、東京都建設局の局長だった、局長はしゃがみ込むようにソファーに尻を落とし、伏し目がちに、ときおり自嘲気味に笑いながら、式典開会前の午前六時三十分にはＮＨＫと民放テレビ局の撮影班を園内に入れねばならない旨を説明した、詳しい経緯は明かせないとしながらも、内閣官房から都庁に圧力が掛かったらしかった。「しょせんは宮仕えに過ぎない、という意味では私もあなた方も同類だ。動物園の今後の運営に支障を来《きた》すような義勇ならば、それは捨て去らねばならない」返す言葉を探しあぐねて、園長と飼育課長は口を結んだままでいたが、飼育課長の彼は内心、奇妙な解放感を得てもいた、身を挺してでも日中友好の象徴であるパンダを守れと命令したのと同一の人格が、動物に過剰な負担を強いる取材も許容せねばならないと教え諭す、これは明らかな矛盾だった、しかしこの矛盾こそが、身勝手こそが、権力の正体なのだ！　自分が借りようとしていた威勢だって、政治だって、その程度の御都合主義、日和見主義なのだ！　戦時中に徴用された犬だって、けっきょく無駄死させせられただけだったじゃあないか……この段階に及んでは、もはや俺の与《あずか》り知るところではない、お前が連れ込んだ動物なのだから、お前の望む通りに、せいぜい人寄せの道具として使い尽くせばいい……だが彼の歩んできた人生が、積み上げてきた過去が、そんな逃げ口上を聞き漏らすはずはなかった、銃声のような破裂音が背後で鳴り響いて、園長室の鉄扉が開け放たれた、中国人専門家は憤りの余り顔面を紫色に染めていた、入室するなりつかつかと応接ソファーに歩み寄って、仁王立ちになって三人の日本人を見下ろしたが、なぜだかそのとき唐突に話し始めたのは、通訳の男の方だった。「日本ではまだジャイアントパンダを育てる準備が整っていない、そう判断せざるを得ない。明朝二頭を木製の檻に戻し、午前十一時羽田発北京行きの貨物機に乗せることとする、我々は中国共産党から全権を委任されている、国家は我々の判断を尊重する……」

　この時代はまだ、密かに録音されていた会話のテープが出回ったり、関係者が週刊誌にリークしたりして、舞台裏で起こっていたそうした混乱が表沙汰にされることはなかった、日中国交回復を記念して寄贈されたジャイアントパンダの歓迎式典は、当初の予定通り、十一月最初の土曜日午前九時に開会され、同時刻に取材規制も解かれた、猛獣舎の周りに集まった三百五十人の報道陣はいっせいにシャッターを切り、ビデオカメラを回し、運動場の岩山を一気に駆け上がるパンダの活発な姿をフィルムに収めたが、その二頭の様子から飼育課長と獣医は、悪い方の予想が的中してしまったことを見て取った、動物は異常な行動を繰り返していた、一瞬たりとも歩みを止めずに動き回っていた、とつぜん現れた敵の姿に怯え、逃げ惑っているようでもあった。「若いだけあって、動きがきびきびしている」「新聞の白黒写真でも行けるかと思ったが、これはカラーテレビ向きだ」暢気なマスコミが引き上げる準備を始めたのを見届けて、寝室への扉を開けてやると、二頭は自らの身体を引きずるようにして、疲れ果てて戻ってきた、雌の口元からは白い泡が吹き出ていた、呼吸数を計測してみると一分間に百四十回を超えていた、安静時は七、八回しかないことを考えれば、急性心不全で絶命してもおかしくないほどの、極度の興奮状態だった。動物園の関係者は皆、暗澹《あんたん》たる気持ちになったが、それは疲労困憊して横たわる目の前の動物に対してではなく、来るべき恐ろしい未来に対してだった、明日はもっと酷いことが起きるだろう、幸福で身勝手な、こちらの言い分など聞く耳を持たない何千人、いや何万人もの老若男女が頓狂な声を発しながら、群れを成して押し寄せるに違いない、そして午前九時から夕方の四時まで、休憩抜きで七時間みっちりと、好奇の視線と感嘆の溜め息を幼い二頭のパンダに浴びせ続けることだろう。

そしてその予見はそのまま現実となったのだ、翌日の朝の六時半、上野駅に降り立った飼育課長は異様な光景を見た、黒や灰色のコートに身を包んだ人々が地べたに座り込んで、動物園の周囲を埋め尽くしていた、朝霧か、煙草の煙なのか、うっすらと射す青白い影に沈んで、若者も、小さな子供を連れた両親も、呆然とした表情で黙ったままでいるので、空襲で焼け出され、逃げ延びてきた民衆を思い出させもしたが、もちろんそれは確かめるまでもなく、日本で初公開となるパンダを一目見ようと集まった、前夜から泊り込みで開門を待つ、来園者の列だった、行列は葛折《つづらお》りに延びて、午前九時の開門前には上野駅にまで達した、人数は三千人を超えていた、動物園の職員と臨時雇いのガードマンが拡声器で声を張り上げて誘導を試みたが、観客は入場門をくぐり抜けるや我先にと駆け出した、猛獣舎の周りは殺到した人々で溢れ返った。「痛い！　お父さん、手を放して！」「一直線に走って、早く！」豹変した大人たちに、泣き出す小学生もいた、将棋倒しにでもなれば怪我人が出てもおかしくはない、危険な密集だった、上野警察署は警官二十二名を派遣して警備に当たらせたが足りず、警視庁に機動隊五個中隊の応援派遣を要請した。こんな見苦しい、恥ずべき騒動は、上野動物園九十年の歴史で初めてのことだった、この日は五万五千人が来園したが、じっさいに猛獣舎まで辿り着いて、パンダを見ることができたのはその内の三分の一の、一万八千人足らずだった、当時の新聞や雑誌が盛んに書き立て揶揄した、「二時間以上並んで待って、たったの五十秒」という観覧時間にしても、じっさいには更にあっけない、順路上で立ち止まることさえ許されない、パンダの棲む岩山の傍らを足早に通り過ぎるだけの、単なる儀式に成り下がってしまったわけだが、それにしても後の時代からすると不可解なのは、この頃の日本人は長蛇の列に並ぶことを厭《いと》わなかった、世間の注目を集めている場所へ向かえば散々な目に遭うことを分かっていながら、それでも敢えてその陥穽《かんせい》に嵌まって、「とんだ期待外れだ。なけなしの休日を無駄にした」とか「疲れるばかりで、何も得るものはなかった」などと、悪態を吐く経験を皆で共有したがっていたようにも見えることだ、大阪万博のアメリカ館の呼び物だった「月の石」を見たくて四時間以上並んだ人々もそうだし、パンダの公開から一年半後、同じ上野の東京国立博物館に二カ月弱だけ展示された、レオナルド・ダ・ビンチ作の名画『モナ・リザ』に大挙して押し寄せた、百五十万人を超える見物客も同じだった、彼ら彼女らは気持ちの奥底では恐らく、失望を希求していた、がっかりすることによって安堵して、世界の二流国の、敗戦国の国民に相応しい屈折した優越感に浸りながら、住み慣れた我が家への帰途に就くことができたのだ。

一般観覧開始翌日の月曜日、中国政府から派遣されていたパンダの専門家が帰国した、日本の近世にはときおり、互いの間には何の関連も、因果関係も見出せない大きな事件、事故がなぜだか続けざまに起こる、悪魔に呪われたとしか思えない一日があるものだが、正しくこの月曜日がそうだった。日付が変わってほどない午前一時過ぎ、北陸本線敦賀《つるが》〜今庄《いまじょう》間の北陸トンネルを通過中の、大阪発青森行きの寝台急行「きたぐに」の食堂車床から火災が発生した、機関士は列車をトンネル内で緊急停止させた、十年前に東洋一の長大トンネルとして完成した全長十三・八七キロメートルの北陸トンネルは、「全面電化式であれば火災の危険が皆無になる」という当時の国鉄の定めた独自の基準から、消火栓やスプリンクラー、排気口などの設備を備えていなかった、火の勢いが強く、鎮火は不可能と判断した乗務員は、食堂車を切り離しにかかった、その作業の間、乗務員による誘導は行われず、乗客は自力で列車から飛び降り、一酸化炭素を含む有毒ガスの充満する真っ暗なトンネルの内部を、バラスト軌道に足を取られ躓《つまず》き転びながら、五キロ以上遠くの出口まで歩かねばならなかった。消火活動は難航を極めた、通報を受けた敦賀消防署消防隊がトンネル入り口に到着すると、奇妙なことにそこには誰一人いなかった、煙の臭いすら感じられなかったので誤報、もしくはいたずら電話だったのかと訝しんだほどだった、事故現場の正確な位置と取り残された乗客の数を確認しようと、国鉄に無線を繋いだ消防隊員は、担当者の返答に耳を疑った。「上司の許可なしには、教えることはできない」火災の発生から既に一時間半が経過していた、トンネル建設時の土砂運搬のために設けられた斜坑を伝って線路まで降り、徒歩で現場へ向かっていた消防隊員たちは、前方にとつぜん現れたオレンジ色の光源に驚いた、燃え盛る列車が逆走してきたのかと恐れたのだが、それは密かに手配された救援列車だった、しかしなぜそれを国鉄は警察や消防に隠そうとする？　まさかとは思うが、敦賀という場所に原発が誘致された理由と何らかの関係がある？

あるのか？　しかも車内は、額を煤で黒く染め、横になったまま苦しそうに咳き込む、大勢の人々で埋め尽くされていたのだ。「負傷者は全員救出完了しました」持参した空気ボンベを乗客の顔に宛てがう消防隊員を足元に見下ろしながら、国鉄職員はそう報告した、だがじっさいにはその時点ではまだ、百名以上の乗客が事故列車に閉じ込められていた、無責任で不確かな情報が招いた混乱によって救助は後手後手に回り、最後の一人の怪我人を助け出すまでに六時間が費やされた、このトンネル内火災事故が、死者三十名、負傷者・意識不明者は七百名以上に上る大惨事であることをテレビの速報ニュースが伝え始めた、その日の午前のほぼ同じ時間、羽田空港を離陸し福岡へ向かっていた日本航空のボーイング７２７型機が、妖怪のようでもあり道化《どうけ》のようでもある、緑色に塗られた奇怪な覆面で顔を覆った一人の男にハイジャックされた、ちょうど浜松市上空を通過しているときだった、男は小型の拳銃を手にしていた、機長にはそれは子供の玩具のようにしか見えなかったのだが、とりあえず黙って男の要求を聞くことにした、この飛行機には百二十一人の乗客を乗せていた。「今すぐ進路を東へ変えて、キューバ共和国の首都ハバナへ向かえ」「もし本気でカリブ海の島国キューバまで飛びたいのであれば、あなたは乗っ取る飛行機を間違えている」この機種はトライジェットと呼ばれる、三基のエンジンを搭載した短・中距離専用の旅客機で、燃料も八千五百リットルしか積んでいない、太平洋を越えて北米大陸まで七千マイルを航行するのであれば、大型の旅客機に乗り換える必要があることを、機長は懇切丁寧に説明してやった。

「計画的犯行」などという言葉はあっても、本当に計画的な、用意周到な人間ならばそもそも犯罪になど走らない、下調べも中途半端なまま見切り発車で、伸《の》るか反《そ》るかの賭けに打って出るのが犯罪者の常なのだろうが、その賭けで早々に負けを宣告されたかのように、ハイジャック犯は押し黙ってしまった、覆面の下の表情を窺い知ることはできなかったが、その沈黙に機長は憐れみを覚えた、幸福にだってなり得たかもしれない人生を、この若者は牢獄の中で終える。「いずれにしても、いったん羽田に戻りましょう」機長の提案に犯人は素直に従った、そこには有能な上司と新入社員のような、偉大な父親と出来の悪い三男坊のような、従属的な信頼関係が生まれてしまっていたのかもしれない、恐らく犯人は、このパイロットの忠告を聞き入れてさえいれば、逃げ果せるチャンスが巡ってくると信じ込もうとしていた。するとありがたいことに羽田空港では、逃亡用の機材としてＤＣ８型機を手配して貰えることになった、ボストンバッグに詰めた小額紙幣百万ドル、常温で長期保存可能な非常食、手錠とロープ、パラシュートを予め機内に用意しておくよう、犯人は警察に伝えた。「人質ならば我々だけで十分だ。乗客は解放しましょう」操縦席に近い乗降用ドアにタラップが取り付けられ、百二十一人の乗客全員が降機《こうき》した、しばらく経ってから機長、副操縦士、客室乗務員の三人が階段を下り始めた、機長の背中には犯人がピストルを突き付けていた。「次の機体も、あなたが操縦して下さい」機長はDC8の操縦資格を持っていなかったのだが黙っていた、降りしきる雨の中を傘も差さず、もどかしいほどゆっくりと、隣のエプロンに駐機している代替機まで移動した、タラップを上ろうと踏み出した瞬間、犯人はいきなり先頭に回った。「さあ、一刻も早く、出発しましょう!」覆面を被った若者は大逆転を確信したかのように、誇らしげに叫び、階段を一気に駆け上がった、そして機内に入ったと同時に、待ち構えていた機動隊員二十名に取り押さえられた。覆面を引き剝がされ、泣きじゃくっている犯人の素顔を見て、機長は驚いた、自分と同年代かもっと年長の、額から頭頂部まですっかり禿げ上がった、初老の男だったのだ、無事に警察に保護された後で、機長は凶器についても質問してみた。「二十五口径のコルト。護身用の小型拳銃ですが、至近距離で撃てばもちろん殺傷能力はあります」

立ち入り禁止にならなかったことが不思議なくらいの、そんな大騒動の最中《さなか》の羽田空港から、パンダ専門家と通訳は母国中国への帰国の途についたのだ、上野動物園からは園長と飼育課長が見送りに出向いたが、待合室には座る場所もないほどの大勢の人々が集まっていた、内容までは分からない、中国語のお喋りが大声で交わされていた、飼育課長は窓越しに、雨に濡れて黒光りする滑走路を眺めていた、人知れず退室して動物園に戻りたかったが、税関検査が始まるまではそれも難しそうだった。ようやく搭乗という別れ際、中国人の専門家はわざわざ飼育課長の正面まで歩み寄ってきて、右手を差し出し握手を求めた、透かさず新聞社のカメラマンがフラッシュを焚いて、その場面を写真に収めた。「今日のような冷雨の続く季節には、幼いパンダは風邪をひきやすい。風邪ぐらいなどと侮ると、動物を死に至らせる危険もある」型通りの社交辞令で構わない、感謝か、激励の挨拶で終わりにしてくれたら良いのに、どうしてよりによってそんな不吉な、徒《いたず》らに不安を呼び覚ますような言い置きだけ残して、あの人は旅立ってしまったのか？　そこまでしてでも、日本人に試練を課したいのだろうか？　飼育課長は恨みたくなるほどに、専門家が発した最後の一言に取り憑かれてしまった、これは予見に他ならなかったが、予見が本物の現実となるまでには、当事者が気持ちの準備を整えられるよう、それなりの時間的猶予が与えられるはずだった、それが我々の生きる世界の、連綿と変わらぬ秩序なのだ。ところが同じ日の午後、飼育課長が動物園に戻るやいなや、若い獣医は口を真一文字に閉じたまま、目配せをした、飼育課長を連れ出しパンダの寝室へ向かうと、獣医は檻の中を指差した、果たして雄のパンダの鼻先から、透明な雫が滴り落ちていた。「今朝からぐったりと横たわったまま、自ら動こうとはしません」どちらかが次の言葉を継ぐのを待ったが、動物飼育の仕事に携わる者であれば誰の目にも一見して明らかな通り、これは数日で自然治癒するかもしれないし、場合によっては重篤化して肺炎にもなり得る、風邪の初期症状に間違いなかった、中国人のパンダ専門家がいい残した予見が早くも実現してしまったわけだが、それにしても今日の今日では余りに急過ぎるがゆえに、飼育課長の気持ちの内には疑念が生じていた、中国人専門家は前日のパンダの様子に、何らかの兆候を摑んでいたのではないか？　自らが積んできた過去の経験と照らして、危険を察知していたからこそ、別れ際にあんな不穏な言葉を残していったのではないか？　もしそうだとしたら、どうしてそれをもっと率直に、具体的な方策と共に示してくれなかったのか？　しかしもはやその問いに答えてくれる人物はこの地にいなかった、いま問題なのは人間ではなく、二人の目の前でうつ伏せになったまま動かない、焦点の定まらない潤んだ瞳でぼんやりと虚空を見遣る、二歳の雄のパンダの方だった、今度こそ独力で、あらゆる手持ちの駒を駆使して、この新たな危機に対処せねばならないのだ。

とりあえず今日の段階では、パンダの風邪のことは園長にのみ報告し、飼育課長と獣医の二人で対応することに決めた、関係者から中途半端な情報がマスコミの何れかに漏れて、明日の朝刊に騒がしく書き立てられることを恐れたのだ。夜になるとパンダの病状は悪化した、寝転んだまままったく動かなくなり、水も飲まなくなった、鼻鏡《びきょう》は乾き、鼻の穴からは粘液が流れ出て止まらず、深い呼吸のたびに喉の奥を苦しげに唸らせた、もしこれが動物園で飼育している他の哺乳類であれば、迷わずに抗生物質か、化学療法薬のサルファ剤を投与するところなのだが、パンダに関しては使用が躊躇われるだけの理由があった。ジャイアントパンダという動物は、身体構造的には哺乳綱食肉目《ほにゆうこうしよくにくもく》に分類される肉食獣でありながら、じっさいには竹や笹、竹の子といった、分解しにくい粗繊維《そせんい》を多量に含む植物ばかりを食べている、栄養価の低い植物を主食としながら、それでもあれほど大きな、ツキノワグマ並みの体軀にまで成長できるということは、消化器内に栄養摂取効率を高める機能が備わっているはずであり、ゾウや牛などの大型草食動物と同様にパンダも、腸内に棲む微生物が消化を助け、タンパク源を作り出していると考えるのが妥当だった、抗生物質を与えることでそれらの有用な腸内細菌を死滅させてしまった場合、深刻な消化管障害、更には耐性菌の異常増殖と毒素の産生による激しい下痢を引き起こすことは免れ得なかった。飼育課長と獣医が知る限り、過去の文献にパンダの肺炎の症例報告の記載はなかった、今からでも北京動物園に国際電話を繋ぐことは不可能ではなかったが、飼育課長としてはあの、中国人専門家に助けを求めることだけは何としても避けたかった、意地を張っているに過ぎないという自覚はあったが、この意地だけはいかなる代償を払ってでも貫き通さねばならないとも思っていた、ところが度胸を据えたときの常で、この局面においても進むべき道筋はあっさりと示されたのだ。「中医学、漢方薬を試してみましょう」もしかしたらじつはそれは、獣医が今朝から考え温めてきた「取って置きの案」で、差し出す機会を窺っていただけなのかもしれない、冗談のように軽い口調でありながら強い意志の込められたその言葉を聞いたとき、飼育課長はなぜだかそんな気がしてならなかった、生薬《しょうやく》を病気の動物に飲ませたなどという話は聞いたことがなかったが、竹の葉が原料として用いられることもある漢方薬であれば、パンダの消化器への負担も少ないはずだという仮説は理に適っていた、人間に処方する場合でも、漢方薬は化学療法薬に比べて副作用を引き起こす頻度が遥かに低い。

夜の九時になるのを待って、誰からも尾行されていないことを確かめながら、飼育課長と獣医は動物園の裏門を出た、その使命であり、存在意義でもあるところの特種を探し求める記者たちが、閉園後も近辺をうろついていたのだ、二人は広小路《ひろこうじ》の横断歩道を渡り、上野の繁華街へと向かった、まだ小雨の残る、月曜日の夜ではあったが、目抜き通りは気味が悪いほど閑散としていた、仕事終わりのサラリーマンや、長髪に銀縁眼鏡の学生とときおり擦れ違うだけだった。「ぜったいに、殺さぬよう……」もしも今晩にでもパンダを肺炎で死なせてしまったら、今日という一日は北陸トンネル内での列車火災惨事に始まり、日航機のハイジャック人質事件が起こり、中国から贈られたばかりのパンダまでが急死するという、この国が朝から晩まで次々に災厄に見舞われた凶日《きょうじつ》として、長く人々の記憶に残ることになるだろう……傘を差していても、両脚が小糠雨《こぬかあめ》に濡れるのを気にしながら、飼育課長の彼はどこか他人事のように、それもけっしてあり得ない話ではないと考えていた、その場合は園長と自分の更迭だけでは済まず、誰かに似ているような気がしてならないのに誰なのかは思い出せない、あの革新系の東京都知事の引責辞任にまで波及するかもしれない……獣医に案内されるがままに、細く入り組んだ国鉄線高架沿いの路地を何度も曲がり、一軒の漢方薬局の前に辿り着いたが、既にシャッターは閉まっていた。「御徒町《おかちまち》駅の方向へ向かいます」線路がカーブするのと同様の曲率《きょくりつ》の弧を描きながら、高架下に通された通路も緩やかに右方に曲がっていた、両側に隙間なく並ぶ靴屋や化粧品店、輸入時計店、モデルガン専門店は、鉄格子のシャッターを下ろし、照明も落としていた、迷うことなく進む若い獣医の背中を、通路の天井にぼんやりと灯る青白い蛍光灯だけを頼りに、彼は必死に追い掛けた、擦れ違う人もなく、リノリウムの床を蹴る二人の靴音だけが大きく響いた。二軒目に訪れた漢方薬局も閉店していた、しかし三軒目の薬局は離れた路地口からでも、雨に濡れた煉瓦壁を玄関灯が黄色く、暖かく照らしているのが見えた。「本日はお二人、いかがされましたか？」天井まで達する大型の百味簞笥《ひゃくみだんす》で左右両面の壁を埋め尽くした店内には、店主らしき老人しかいなかった、机の上の書類に向けた頭の傾きは変えぬまま、老店主は眼鏡越しの上目遣いで来客を見つめた。「風邪ひきの子供に飲ませる、よく効く薬を調合して欲しいのですが……」不躾に、答えようのない難題でも吹っ掛けられたかのように、老店主は驚き呆れ、絶句してしまった、しかし雨の降る晩、午後の九時を回った時間に、薄汚れたジャンパーを羽織った中年男と若者が二人でやってきて、子供用の風邪薬を売ってくれと頼まれた場合、どんな背景が想像できるというのだろう？　二人の素性を怪しまずに済ませられる人など、現実にいるものだろうか？　店主は少しの間考え込んでいたが、仕方ないと観念した表情で、次の質問を継いだ。「お子さんの年齢はいくつですか？」「二歳です」「体重は？」「……少し太っていて、五十五キロあります……」共犯者同士の気脈めいたものが通じ合って、三人ともそれ以上の口はつぐんだ、店主が生薬を選び、分量を量って調合し、散剤を小分けにして薬包紙に包んでいく間、飼育課長と獣医は直立不動を保ったまま、静寂の中でその作業を見守り続けた、店内にはいかにも漢方薬らしい肉桂《にっけい》の香りが漂っていたが、ほどなくそれは紅茶に似た甘い芳香に変わり、更には生姜のような辛味の利いた匂いへと変わった。「薬を飲ませた後は、じゅうぶんに発汗させるよう心掛けて下さい。但し、寝冷えは禁物です」それから店主は、最後にこう付け加えた。「漢方の薬理作用は、二十世紀の科学をもってしても未だに解明されていません。数千年という歴史の中で統計的に、経験的に有効だと信じられ、頼られてきた処方に過ぎないわけです。これほど潔く認められた人間の敗北、野生の勝利を、私は他に聞いたことがありません」

動物園に戻った飼育課長と獣医は、ボウル一杯分の牛乳を温め、漢方薬を混ぜ合わせた、そこに蜂蜜と顆粒状の総合ビタミン剤を加え、念入りに溶いた、なぜだかこの雄のパンダはビタミン剤の酸味を好むことが分かっていたのだが、それはここ十日間で上野動物園が蓄えた、なけなしの固有の知識でもあった、最初が肝心だった、与えられた餌にわずかでも違和感を覚えると、動物は二度目はけっして口を近づけない。「ほら、康康《カンカン》、ここまで出て来い。ご馳走だ、美味いぞ」動物園で飼育されている、安全この上ない環境で、空腹を満たされている動物は、定められた給餌の時間にしか食欲が湧かないものだ、このときのパンダも、差し出されたボウルには見向きもしなかった、ところが飼育課長が鉄柵の間から右腕を肘の辺りまで入れて、八の字を描くようなぎこちない手招きを繰り返すと、パンダは気怠《けだる》そうに寝返りを打ってから起き上がり、人間たちが待つ方へゆっくりと歩み寄ってきたのだ。「よし、偉いぞ。こいつを飲むんだ」表面すれすれまで鼻を近づけ、匂いを嗅いで警戒していたパンダだったが、いったん舌先を液体に浸すと、そのまま休むことなく一気に薬剤入りの牛乳を飲み干してくれた、飼育課長の彼はパンダの背中に手のひらを置いて、何度となく撫で続けた、その体毛は柔らかな見た目とは裏腹にかさかさとして硬く、まるで棕櫚皮《しゅろかわ》にでも触っているかのようだった。翌日の火曜日は朝から快晴だった、秋の澄んだ大気を通り抜けた陽光が、濡れた地面を白銀色に照らした、パンダはまだ寝床に横たわったままだったが、鼻水は止まっていた、試しに林檎と柿、笹の葉を与えてみると、貪るように食べ始めた、体力が回復しつつあることは明らかだったが、食後にはもう一度、昨晩と同じ漢方薬を混ぜた牛乳を飲ませた、満腹になったパンダは寝床に戻り、小さな鼾《いびき》をかきながら眠った。「この様子では、今日は丸一日、完全休養だな……」その言葉を冗談と受け止めた獣医は、鼻を鳴らしながら自嘲気味に笑った、動物の健康こそが最優先と考え、休養日を与えるという発想が、この時代にはまだなかったからだが、今朝のこの時点の、目の前に差し迫った現実として、動物園の入場門の前では何千という観客が、波打つ黒ずんだ塊となって待ち構えていた、あの群衆からの非難に晒されることを考えれば、そしてとうぜんマスコミ各社もそれに同調するであろうことを考え合わせれば、一般公開開始からわずか三日目にしてパンダを非公開とするなどという離れ業は、とうてい不可能としか思えなかった、しかしそんな若い獣医を冷たく突き放すかのように、飼育課長は真顔だった。「金さえ払えばどんな要求でも受け容れられるものと信じている、善良を装った傲岸不遜《ごうがんふそん》な連中には、動物はパンダだけではないと知って貰う、またとない良い機会じゃあないか！　この上野動物園ではパンダ以外にも、六百二十三種、二千五百八十一匹もの生き物を育てているのだから！」

じっさいに飼育課長の彼は、この日の公開中止、臨時休養を勝ち取ったのに続けて、一般来園者のパンダ観覧は午前十時から正午までの、一日たったの二時間限定とするという大幅な公開時間帯の短縮と、毎週月曜と金曜を完全休養日とする、週休二日制導入までもを強引に認めさせてしまったのだ、こんな特別処遇は上野動物園の九十年の歴史の中でも前例のないことだったが、指定管理者制度による公益財団法人化以前の動物園といえども、観客の支払う入園料収入で運営予算財源の多くを賄っていたことに変わりはないのだから、彼が成し遂げたことは確実な儲け話を見す見す逃したのみならず、今の自分が将来の自分の首を絞めているにも等しかった、とうぜん動物園内でも反対意見に遭った、特に販売部門を管轄する事業課長とは、会議の席上激しく衝突したが、最後の最後に「しかしならば、パンダの生命は保証の限りではない……」と呪文のように彼が呟くと、相手は黙り込むしかなかった。けっきょく自分がやっていることは、動物を盾に取って、脅しを利かせているだけじゃあないか……あの、銀髪オールバックの官房長官が首相官邸で自分たちを恫喝したのと、どこが違うというのか……飼育課長の彼は自己嫌悪に苛まれたが、そんな個人の感情よりも早朝日の出と同時に檻の内部を覗いたときに、パンダが二頭とも突然死などしておらず、寝惚け眼を開いてくれて、大きく欠伸をしてからゆっくりと起き上がって、寝台の上で毛繕いを始めてくれる現実の方が遥かに重要で、一方ではそのじつ、人間の気持ちに安堵をもたらす絶大な効果もあったのだ。二頭のパンダはその後もとつぜん食欲不振に陥ったり、予想外の行動に出たりしたので、飼育員と動物園の関係者は肝を冷やした、運動場中央に植えたケヤキの幹に雄のパンダが抱きついて、樹上へと器用に登り詰めたままではよかったのだが、意外な高さに恐怖を感じたのか、そこから降りられなくなってしまった、慌てた飼育員は防護網を用意しようとしたが間に合わず、仰向けの体勢のまま、真っ逆さまに落下してしまった、土の地面に強く叩きつけられたので、その場に居合わせた者は皆、これで一巻の終わりかと息を呑んだ、当の雄パンダだけが何食わぬ顔で起き上がり、土埃の付いた尻を揺らしながらのんびりと寝室の扉の陰へと消えていった。ぜひパンダの餌として与えてやって欲しいと、動物園にはほとんど毎日のように日本各地の名産品が届いたが、新たな食材を献立に加えるに当たっては、とうぜんのことながら神経質なぐらい慎重にならざるを得なかった、飼育課長を含めた動物園の関係者にはまだ、中国人専門家から来日当夜に手渡された指南書、「パンダの生活習性と飼育方法」を逸脱してみようという冒険心はなかった、しかし高知県産の蓬萊竹《ほうらいちく》が届いたときには、もともと東南アジア原産のこの植物であれば、パンダも喜んで食べるのではないかと試してみることになった、二頭のパンダは躊躇うことなく蓬萊竹を食べ始めた、枝葉は残し、棹《さお》の部分ばかりを齧り続けていたが、なぜだかその食べ散らかし方は汚らしく、ずいぶんと下品な振る舞いのように見えた。その日の晩から二頭は動かなくなった、名前を呼ぶと視線だけは戻して、恨めしそうに睨み返しはするのだが、好物の柿や林檎を差し入れても、手に取ろうとはしなかった。

「シカゴ動物園の子供のパンダは、誤って飲み込んだ木片が喉に突き刺さって死んだのだそうだ……」不用意な発言によって、関係者全員がまた眠れぬ一夜を過ごすことになってしまうのだが、二頭のパンダと過ごした最初の一年間はそうした緊張と消耗の連続だった、明日はどんな事態に対処せねばならないのかと、常にびくびくと身構えていなければならず、気持ちの休まる暇がなかった、見知らぬ老人が園長室に押し掛けてきたこともあった、上下揃いの薄灰色のスーツに同色のネクタイを合わせ、この時代既に珍しくなっていた中折れ帽まで被った、いかにも紳士然とした老人だった。「珍獣パンダを見学するためだけに、孫娘を連れてわざわざ福岡から上京してきたのに、長蛇の列に並ばされた挙句、わずかに見ることができたのは、岩間に覗く褐色の背中のみというのでは、それでは余りに酷い！　あれが雄なのか、雌なのかも判然としない！　動物園といえども客商売という意識があるのならば、展示方法の改善を申し入れたい！」こんな苦情にまで対応せねばならない毎日に、園長も、飼育課長も、どうしても気落ちせざるを得なかった、じっさいパンダの飼育を始めて二、三カ月が経った頃から、体調不良を訴える職員が続出した、症状としては胃腸の痛みや腰痛、倦怠感だったが、慣れない仕事と終わりの見えない残業が続いて、皆が疲弊していることは明らかだった、パンダの休養を確保した見返りとして、人間の心身の健康が差し出されたのだとすれば、それは霊長目ヒト科ヒト属といえどもしょせんは哺乳綱の中の一分類に過ぎないという戒めのように、飼育課長には思われた、けれどそうした多くの犠牲を伴いながらも、それでも、ジャイアントパンダという謎めいた、魅惑的な動物の傍で一日の大半を過ごす生活が、これから先はもう二度と経験することなどないであろう、特異な高揚をもたらしてくれていることは間違いなかった、それは後ろめたささえ感じさせる、ごく限られた者たちだけで分け合う歓びでもあった、深夜の、誰もいない動物園の広場で、夜空に浮かぶ冬の星座に向かって両腕を高々と掲げて、疲れた上半身を反り返らせながら、彼は自らの人生に感謝した、家庭環境が整っていても、才能に恵まれていても、天職を得る人間は稀だ！　動物飼育の仕事に就くことができた俺は、本当の幸せ者だ！

その年の大晦日、飼育課長はパンダの来日が決まって以来初めての有給休暇を取った、三カ月振りに自宅で過ごす昼過ぎだった、座布団を枕にして寝転がっていた和室の襖が、音もなくゆっくりと開いた、三人の娘たちだった、長女と次女は普段と何ら変わりなかったが、末娘の顔からはすっかり幼子の面影が抜けていた、もちろんそんなことは口に出さなかったが、よその家の子供が紛れ込んでいるような気さえした。三人が後ろ手に隠していたのは、クリスマスケーキだった、明日は正月だというのに、今頃クリスマスケーキか……彼は苦笑して見せたが、バタークリームの濃厚な甘味はしみじみと美味かった、たかが三カ月といえども家庭を不在にしてしまったことを、彼は後悔した。夜は久しぶりに酒を飲んだ、大晦日恒例のテレビの歌謡番組では、ちあきなおみの歌う『喝采』が日本レコード大賞を受賞した、黒いドレスの歌手は超然として、やかましく纏わり付く司会者の言葉など耳に入っていないようだった、ラジオで聴いた憶えのある曲だったが、歌手本人が歌っているところを観るのは初めてだった、こういう旋律と歌詞が日本じゅうで流行って、今年を代表する曲として選ばれるのであれば、我々の生きる現代も、まんざら歴史上最悪の時代というわけではないのかもしれない……ところがその直後、彼の自宅の電話のベルが鳴った、大晦日のこんな時間にかかってくる電話が良い知らせであるはずがなく、電話の主は動物園の宿直以外には考えられなかった。「……夕方からどうも、康康の様子が変なんです……」受話器を置くと、飼育課長は背広に着替えて、駅へと向かった、大晦日の晩の上り電車は意外なほど混雑していた、初詣客であろう若者のグループが多かったが、中には羊毛のオーバーを着込み、本革の手袋を嵌めた、裕福そうな老夫婦もいた。「……下の子は、年男か……」「……壬《みずのえ》の寅《とら》ではなかったかしら……」本人たちには気づかれぬよう、彼は老夫婦の会話を盗み聞いていた、もう何年前だったかも思い出せぬほど遠い昔にしか、茨城の実家には帰っていなかった。動物園に到着すると、事務室の電灯は灯されたままなのに誰もいなかった、自分はパンダの死に目に会えなかったのではないかという、恐ろしい予感に襲われた、どうしてよりによってこんな日に、有給休暇など取得してしまったのか！　自責の念に押し潰されそうになっていた彼を救ったのは、パンダ舎の手前で鐘の音のように高らかに鳴り響いた、男たちの笑い声だった。「……心配させてしまって、本当に申し訳ありません……」雄のパンダは白い粘液の塊を排泄すると、途端に回復したのだという、朝から何も食べていない空腹を埋めるかのように、夢中になって笹の葉を齧るその動物のすぐ傍まで近寄り、同じ目線の高さまでしゃがみ込んだ彼は、ロンドン動物園でパンダという動物を初めて見たとき、そして二頭の愛すべきパンダが羽田空港に到着したときにも鼻を掠めた、あの古く懐かしい、甘酸っぱい匂いを久しぶりに嗅いだ、だが次の瞬間、自分の憶え違いに思い当たって、彼は呆然とした、この酸味の利いた匂いは子供の頃、故郷の牛久村の竹林を飼い犬を連れて散歩しているときに嗅いだ、夕暮れ時の冷たい風に乗って漂ってくる、柑橘の香りに他ならなかったのだ。

翌年の五月、雄雌番の二頭のパンダは動物園内に新たに建造された、冷暖房、加湿装置、監視カメラ完備の獣舎へ引っ越すこととなった、新パンダ舎完成披露式典には、報道陣もそれなりの人数が集まったが、公開当初の異常な過熱振りには程遠く、当日のニュース番組でもほんの一、二分、簡単に触れられたのみだった。同じ日の晩、一人の、東京都内在住の小学生の男の子が、番組開始以来欠かすことなく観ている民放の特撮テレビドラマを、ブラウン管の正面に陣取って、瞬きする間も惜しんで今週も無事に観終え、五分後に始まるアニメーション番組にチャンネルを変えようとしていた、工場勤務の父親はまだ帰宅していなかった、この時点ではまだチャンネルの選択権は子供に与えられていたはずだった、ところがそこで珍しく、台所にいた母親が口を挟んだ。「今日は日本一綺麗な女優さんと、日本一の美男子が結婚した、滅多にない、おめでたい日なのだから、その特番を観させて頂戴」そうか、日本で一番の美人は、日本一ハンサムな男と結ばれるものなのか……そりゃあ、そうだろう、そうでなくては釣り合いが取れない、しかしその、日本国民皆が見惚れる美男美女というのが、どれほど整った顔立ちなのか、同じ人間でどこまで容姿が異なるものなのか、じっさいこの目で確かめてみたいものだな……当時は午後の七時以降の、テレビ業界用語でいうところの「ゴールデンタイム」の時間帯でも、座談会風の落ち着いたトーク番組を放映しているチャンネルがあった、そこに登場する俳優や歌手、落語家、スポーツ選手たちが司会者と交わす会話の内の、恐らく六割、七割の発言は、前もって手渡されている、放送作家が書いた台本に過ぎないのではないかと、視聴者の多くは勘繰っていたのだが、じつはそれは出演者の側でも同じだったのだ、オレンジジュースの置かれたテーブルを挟んで斜向かいに座り、和《なご》やかに談笑する司会者とゲストは共に、自分たちの口を衝いて出る言葉のどこまでが本心に根差した興味で、どこからが番組製作者の意図を酌《く》んだ台詞を反唱しているだけなのか判然とせぬまま、収録時間の十五分、実質は十二分三十秒を何とか遣り過ごすことで必死だったのだ。パネル形式のクイズ番組が終了するとほどなく、濃紫《こむらさき》の背景に黄色い四角星が瞬いた、タイトルが浮かび上がると同時にテーマ曲が流れ、その芸能トーク番組は始まった。「さあ、今日は日本じゅうの皆さんが、このお二人の登場をお待ち兼ねのことでしょう……」ときおりテレビドラマの脇役としても見かける、千鳥格子《ちどりごうし》柄の背広を着た司会者が話し始めるやいなや、カメラは勿体振ることなく右へパンし、その日本一美麗とされる新婦の、わずかに俯き手元に視線を落とす、口際に恥ずかしげな笑みを湛えている横顔を大写しにした、前髪を全て纏め上げて露出させた額は陶器めいて滑らかに白く、茶色がかった眉もいかにも満ち足りた生活を送っていそうな、優しい曲線を描いていた、しかしときおり上目遣いで見開かれる瞳は、長い付け睫毛、二重の瞼と相俟って、明らかに大き過ぎたし、鼻骨の感じられない直線的な鼻筋の先には、控えめながら丸い団子鼻が付いていた、頰は瘦《こ》け、目尻には小皺さえ入っていた、年端もいかない小学生からすれば無理からぬことではあるが、世の中一般の基準では飛び抜けて美しいとされるこの女性は、年増のようにしか見えなかったのだ。では、その向かって右隣に座る新郎は、果たしてどんな顔をしていたのか？　やはり俯き気味に照れ笑いを浮かべながら、早口で言葉を吐き切って一息つくたび、垂れ落ちた前髪を右手の甲で撫で付ける仕草が、どうしようもなく気障《きざ》ではあったのだが、子供の目から見ても確かにこの男は格好よかった、程よい太さの眉、黒目勝ちの瞳、薄い唇、少しばかり尖った顎でさえも、平均的成人男性とさしたる違いは感じられない、ありふれた顔の部位に過ぎないのだが、不思議なことにそれらが絶妙に配置されるだけで、ほとんど理想的な、万人に憧れを抱かせるハンサムな容貌に仕上がっているのだ。何よりこの男には、時代劇上がりの二枚目俳優のような、軽薄なところがなかった、科学者か、洋画家か、それはさすがに買い被り過ぎだとすれば小児科医のような、相手を信頼させるに足る落ち着きと知的な雰囲気が備わっていた、遠く離れた場所から画面越しに観ている視聴者ですらも、そのことは疑いようもなく感じて取れたのだが、じつは子供は子供なりのまったく別の理由で、この男が気になって仕方がなかったのだ。皆が美形だ、美男子だと騒ぐこの顔だが、どこかで、しかし間違いなく確実に、じっくりと見た憶えがある……自分のよく知っている誰かに、それもつい今し方会ったばかりの人にそっくりだ……まさかとは思うがこの男の人は、先ほど観終わった特撮テレビドラマに脇役として、毎回ほんの数分だけ登場しているあの俳優と、同一の人物なのではないかしら？

確かに新郎の俳優は、その特撮テレビ番組に出演していた、巨大ヒーローに変身する主人公が素性を隠して身を寄せる自動車修理工場の職工という、誰がどう贔屓目に見ても取り繕いようのない、明らかな端役だった。彼は過去にＮＨＫの大河ドラマの主役を務めたことだってあった、それほどの人気俳優、彼に対してならば大物俳優という表現を使ったとしても、今や誰も異論を挟まないであろう格付けにありながら、彼は自ら進んで、どうせ小学生以下の子供しか観ていないのであろう、怪獣ドラマのちょい役を引き受けていた、周囲の人々はとうぜんそれを不可解に思っていたし、所属事務所の社長からは経歴を汚すような出来の悪い瑣末な仕事ほど、後々まで人々の記憶に残ってしまうものだという忠告まで受けたが、本人はただ、「特殊撮影が好きなだけです」と受け流すばかりだった。皆が不可解に感じたという意味では、今回の彼の結婚も同様だった、新婦はもともと、五社協定によって排除されていた映画会社が、新人子役として自前で発掘し、そこから会社の大看板にまで育て上げた女優だった、映画産業が衰退し、テレビドラマにも出演するようになって以降も、銀幕のスターとしての厚遇を受け続けた、数少ない女優の内の一人だったのだが、それは興行収入への多大な貢献が認められたという以上に、美人揃いの芸能界の中でも際立っていた彼女の美貌、同時代の日本人の標準からすれば異常とも思えるほど大きな瞳、非の打ちどころのない逆さ卵型の面輪《おもわ》、撫で肩、彫像めいて細く優美な手足と胴回りこそが、この女優を特別な地位に留まらせている理由の筆頭だったのかもしれない。じっさいこの時代の流行りの、目元を強調する濃いメイクは、彼女の派手な顔立ちによく似合った、異性の性的関心を煽る美しさだった、共演者との艶聞《えんぶん》は絶えず、その「お相手」とされた中には日本映画の絶頂期、国民全員が年に十回以上劇場に通った時代を代表する大スターも含まれていたのだが、残念ながらそうした噂はほぼ全てが事実だった、三十歳を迎えた頃の彼女にはいわゆる「恋多き女」という、映画女優としてはありふれていてつまらない、古くからのファンをがっかりさせるイメージが付き纏ってしまっていた。しかし新郎の彼にしても、そのことで彼女を責めたりなどはできない、似たり寄ったりの評判ではあったのだ、結婚を決める、つい一年前まで、彼はある舞台女優と付き合い、同棲までしていた、しかもその舞台女優は彼女の友人だった、つまり彼はかつての恋人を通じて、結婚相手を紹介して貰ったのだ。芸能界というのは不思議な世界で、そうした極めてプライベートな、一般人であればけっして口外せずに墓場まで持っていくであろうような秘事が、どこからともなく関係者から関係者へと口伝《くちづて》で伝わり、あたかも何者かが見計らったかのような巧妙なタイミングで女性週刊誌の特種記事として、本人による肯定とも否定とも取れる、含みを持たせたコメントと共に掲載されるという、けっきょくは取材する側もされる側も、誰しもが持ちつ持たれつの関係に取り込まれてしまって、そこから容易には抜け出せない世界なのだが、彼と舞台女優の恋愛もテレビ局のディレクターや演劇関係者のみならず、一般の視聴者までが知るところとなっていた、だからこそ彼がとつぜん別の女性との婚約を発表したとき、多少なりともそのハンサムな俳優に好感を抱いていた視聴者たちは驚いた、そして婚約相手があの、映画黄金期の大物スターたちと浮名を流した、彼よりも一歳年上の、当時の日本を代表する美人女優だったものだから、そのニュースは「お似合いの、美男美女カップルの誕生」などという常套句で済ませるには余りに出来過ぎていて、どこか非現実的な、不可解な事件が起こったかのような印象を当時の人々に与えたのだ。

　じっさい二人の結婚には嫉妬を通り越して、中傷としか受け止められないような噂が付き纏っていた、互いの人気を維持するための話題作りなのではないか？　現実の夫婦生活など営まれておらず、本当は別々の場所で暮らし、人前に出るときにのみ仲睦まじい演技をしているのではないか？　しかしいくら人気商売とはいえ、自らの人生を犠牲にして、戸籍に傷を付けるような真似までして宣伝に徹したいなどと考えるものかしら？　いやいや、俳優という職業に就いた者はある時点から先、親兄弟や縁戚との関係を売り渡してでも、演技者としての評判と大衆からの支持を得たいと心の底から願う、常人には想像も及ばぬほど強欲な性格へと変わってしまうものなのだから、打算まみれの偽りの結婚をするなんぞは、少々高額の必要経費を支払っているぐらいの感覚なのかもしれないぞ……何しろ役者というのは、カメラさえ回っていれば好きでもない相手と抱き締め合ったり、口付けを交わしたりできる、半裸になることだって厭わない、狂った価値観を生きている変わり者なのだから……ところがそうした外野の穿《うが》ち過ぎた見方をよそに、当人である新郎の俳優は幸福の真っ只中にいた、何時間続けて眺めていても見飽きることのない、東郷青児《とうごうせいじ》の描く美人画から抜け出てきたかのような横顔を、これからは至近距離で好きなだけ眺めることができる、日本じゅうの成人男性が憧れながらもスクリーン越し、テレビのブラウン管越しにしか満たし得ないその欲望を、ただ一人俺だけが、手を伸ばせば冷たく滑らかな頬にだって、濡れ光る唇にだって、触れることのできる位置を占有するのだ！　貴族や王族といった支配階級の存在しない現代の日本にあって、これほどの特権に浴することが許されてよいものだろうか？　芸能人になって、本当によかった！　俳優という職業に就く決心は、間違っていなかった！　このとき彼は正しく有頂天になっていたのだが、しかしそれは彼じしん気持ちの奥底では分かっていた通り、ほんの最近数カ月の間に起こった著しい変化、抜け出そうと思えばいつでも抜け出せると高を括っていたのにいつの間にか首まで漬かって身動きが取れなくなってしまった、そして彼という人格のみならず彼が頑なに守ってきた生活習慣をも一変させてしまった、恋心《こいごころ》の問答無用さに対する恐怖を打ち消すための、一種の自己暗示でもあったのだ。そもそも初めて彼が映画館のスクリーンに映し出された彼女の姿を認めたとき、自分でもがっかりするほど惹かれるものを感じなかった、世の多くの男性がこの美少女を褒め讃えることは理解できた、こんなに大きな瞳と整った眉で見つめられたら、誰でもしばらくは他のことを考えられなくなる、しかしその、相手を魅了せずにはおかない、迫り寄ってくるような美しさが、彼には何だか押し付けがましく感じられたのだ、この顔で貧しい山番《やまばん》の娘を演じさせるのは無茶だろう、腕と脛、腰も痩せぎす過ぎた、彼はもっと肉感的な女優が好みだったのだ、その方がスクリーン映えもするというものだ、無声映画がトーキーに移行した頃の女優は、押し並べてふくよかで、包容力があったじゃあないか……ところがそれから十年余りの年月が過ぎて、自らも俳優となった彼が、東京山の手の美容院を舞台にしたテレビドラマで彼女と共演したとき、過去の自分に平伏して詫びたいほど、彼は豹変してしまった、現実の彼の人格をそっくりそのままドラマの役柄に明け渡したかのような、言葉の意味そのままに「劇的な」変わり方だった、人目も憚らずに彼は彼女の姿を追い求めた、一日に何度も彼女に電話をかけて、それでも話し足りなければ、車を飛ばして彼女の家にまで押し掛けた、彼女の両親への挨拶を済ませ、ついには彼女に結婚を承諾させてしまった。余りの急な展開に驚いたのは彼女ではなく、彼の方だった、俺はいったい何をそんなに焦っているのか？欲望が人生を支配する青春期最後の機会を逃したくなかったのだとしても、その代償として孤独で自由な生活を失うことに、甘やかされて育った自分みたいな「お坊ちゃん」が耐えられるとでも思っているのか？　後先省みずの、現在の独善ではない、けっして後悔はしないなどと、未来の自分自身に向かって誓えるのか？　それともまさかとは思うが俺は、三叉路で間違った方向へ踏み出そうとしていた女を、既の所で救ってやった気にでもなっているのだろうか……つまり当時の視聴者たちが感じていたのと同様に、彼じしんもまた、自らの結婚が、とつぜんの変化が、不可解に思えてならなかったのだ。

本人もそう自覚していた通り、新郎の俳優は東京都心の何不自由のない裕福な家庭で、甘やかされて育てられた子供ではあった、その意味では四国香川出身の外務大臣や、茨城の稲作農家の次男坊として生まれ育った上野動物園の飼育課長とは出自は異なるのだが、いつの時代でも良家の子女の大半がそうであるように、子供の頃の彼も、自分が特別な恵まれた環境に置かれていると考えたことはなかった、倹約家というよりは単にけち臭いとしか思えない両親が、金持ちであるはずなどないと信じ込んでいた。八階建てのビルを構える食料品輸入会社の取締役の長男として、東京市京橋区の銀座一丁目で彼は生まれた、日米開戦の翌年の夏のことだった、彼が二歳のときに銀座も空襲を受け、商店街は焼け野原となったが、彼の実家は焼失を免れた、進駐軍によって接収され、ＴＯＫＹＯ《トウキョウ》　ＰＸ《ピーエックス》として使用されていたデパートや文具店を横目で見ながら、数寄屋橋《すきやばし》にある小学校まで、彼は毎朝歩いて通った、戦犯として出頭を命じられていた日の早朝に服毒自殺した元総理大臣が卒業生であるという理由から、両親はその小学校に不吉なものを感じていたようだったが、息子の方はそんなことは気にも留めていなかった、むしろ焼夷弾が命中したにも拘わらず鉄骨は崩れなかったという堅牢な校舎を、そしてそこで学ぶ生徒の一人である自分を、誇らしいと思っていた。場所柄を考えればとうぜんではあるが、同じクラスには何名か、歌舞伎役者の家の子供がいた、彼らは学童と呼ぶには余りに寡黙で落ち着いていて、大人びていた、休憩時間になるや校庭へ飛び出していって、他の子供たちと群れて遊ぶようなことはけっしてなかった、金を出しても物の買えない時代に、正絹《しょうけん》のネクタイを締めて、ツイード織りのズボンを穿いていた、しばしば始業時間に遅刻して教室に現れたが、教師の方でも彼らを咎めることはなかった。ある日の下校途中、稲荷神社の前を通りかかった彼は、音羽屋《おとわや》の長男と母親がいい争っているのを見てしまった、母親は泣いているようだった、いや、母親にしては若過ぎるので、年齢の離れた姉かもしれない、薄紅《うすくれない》の小紋《こもん》を着た、小柄な女性だった、気づかぬ振りをして通り過ぎようとした彼を、クラスメートの方から呼び止めた。「……心配ない。お付き合いをしている人だから……」返す言葉も見つからぬほど、彼は驚いてしまった、何しろ学校では一緒に遊んだこともない、会話したことすらない間柄なのだ、そんな相手に向かってどうしていきなり秘め事を告げ知らせるのか？　不良の世界にでも引きずり込もうという魂胆なのか？　奴らに常識は通じないと知ってはいたが、しかしそれほどまでに梨園《りえん》の子供は早熟なのだろうか？　親友、などと表現できるような打ち解けた関係にはならなかったものの、このとき以降彼は歌舞伎役者の息子とときおり話をするようになった、鞄の中にいつも煙草が入っていることには驚きもしなかったが、実の母親とはもう一年以上会っていないと聞かされたときには、物心つく前から私的な感情を打ち捨てる訓練を強いられる人々を、その抑圧された長い人生を、彼は心底憐れんだ。

級友の出演する芝居を観てみたくて、両親にせがんで歌舞伎座に連れていって貰ったこともあった、『伽羅先代萩《めいぼくせんだいはぎ》』で足利鶴千代《あしかがつるちよ》を勤める白塗りの化粧の少年は、ふだん学校で会っているのと同一人物とは思えぬほど、小さく、幼く、頼りなげに見えた、広大な舞台の中央で大人たちに取り囲まれて、じっと縮こまって孤独に耐えているようでもあった、しかも演目の中でとはいえ、少年は危うく毒殺されかけるのだ……あいつの周囲には味方は一人も存在せず、いるのは無数の敵ばかりなのかもしれない……後になって振り返ってみれば、彼にとってはこれが人生で最初の、芸能の世界との接点だったのだが、これを機に舞台芸術への興味が芽生えたのかといえば、まったくそんなことはなかった、年上の恋人を持つ歌舞伎役者の息子とは違って、彼はまだ思春期にも至っていない、声変わり前の、食欲と昆虫採集への情熱ばかりが旺盛な十歳の子供だった。終戦後五年以上が経って、ようやく進駐軍による接収が解除された日比谷公園には、野外音楽堂も図書館も再建されていなかったが、地元の子供たちにとっては検閲も受けずに自由に出入りできる、じゅうぶん過ぎる広さと自然が確保された遊び場だった、放課後の子供たちはランドセルを背負ったまま公園へと向かい、無意味な雄叫びを上げながら、芝生の上を縦横に走り回っては有り余る熱量を発散させた、凧揚《たこあ》げに興じる子供もいれば、樹齢四百年以上ともいわれる有名な「首賭《くびか》けイチョウ」の枝にロープを渡して、得意気に樹上まで登って見せる子供もいた、花壇の生花を切り取って持ち帰ったり、心字池《しんじいけ》の鯉を釣り上げてしまった者までいたのだから、この時代の公園が「都民の憩いの場」などという歯が浮くような、陳腐な形容からは遠くかけ離れた、無秩序な空間と化していたことは否定できない、しかし大人たちにしたところでそうした子供たちの振る舞いを咎める資格はなかった、この年代の東京では、いや、日本全国で、犯罪は横行していた、強盗は一年間に一万件、殺人も三千件に迫る勢いで増え続けていた、戦争前はあんなに和やかな、夜通し縁側の引き戸を開け放っておいても何も盗まれる心配などせずに済んだ、見知らぬ他人の善意を信じ込んで生きてゆける、大らかさこそが美徳とされる国家だったのに、今では友人や親戚も泥棒ではないかと疑って掛からねばならないような、殺伐とした空気に国民全員が飲み込まれてしまった、けれどそれでも、戦時中に比べたらましだった、真冬の深夜二時に空襲警報が鳴り響く、すぐさま布団から下半身を引きずり出して、霜柱で覆われた裏庭の防空壕へと向かわねばならない、あの肉体的苦痛に比べたら、治安の悪くなった今の世の中の方が余程好ましかったのだ。十歳の彼も午後の授業が終わると、自宅とは反対方向にある公園へと向かった、季節が夏であれば柳の木の幹に、黒と白の斑模様の甲虫《こうちゅう》やオオムラサキを見つけることができた、夕暮れが近くなると松林の奥からヒグラシの声も聞こえた、セミの幼虫は土中で丸七年の歳月をかけて成長し、ようやく地上に出てきて羽化すると一週間足らずで死んでしまうのだという、ならば今鳴いているヒグラシは、あの爆撃に耐えて、轟音と熱風にも挫けずに生き抜いた、讃えるべき勇敢な昆虫なのではないか！　いやいや、昆虫だけではない、恐らく宮城《きゅうじょう》から飛来したのであろう、何食わぬ顔をして水上を移動するマガモだって、気まぐれに歩道の砂を突く鳩だって、愚かな人間たちが主導した禁欲と殺戮《さつりく》の三年九カ月を見て見ぬ振りをしながら遣り過ごした、図太い肝っ玉の持ち主たちなのだ！

しかし高度経済成長期以降の東京の住民からすると信じられないことだが、後に日本昆虫学会が日本の国蝶と定めるオオムラサキは、昔は銀座の周辺でもしばしば見かけることができたのだ、少年時代の彼は、東京都に下賜されて公園となった浜離宮《はまりきゅう》庭園にまで足を延ばすこともあった、入園料は二十銭だったが、顔見知りになった職員ならば顎で合図を送って大手門《おおてもん》を通してくれた、芝生の真ん中を貫く砂利道を走り抜けて、かつては将軍家の鴨場《かもば》だったという池の周囲に広がる樹林を目指した、庭園の内部に樹林があるといったら大袈裟な表現だと笑われるかもしれないが、じっさい果てが見通せないほどどこまでも続く、タブノキやエノキ、唐楓《とうかえで》の大木の連なりは、ここには江戸時代から変わらぬ自然が、金と手間暇をかけながら保存されていることの証明に他ならなかった。真夏の日中でも湿った冷気の漂う木陰で、瑠璃《るり》色から黒へと移り変わる下地に黄色の斑点を鏤《ちりば》めた三角形の翅《はね》を休ませている、オオムラサキの美しさに彼は見惚れた、だが美しさ以上に感心させられたのはその勇猛さ、力強さだった、カブトムシやスズメバチが樹液を狙って正面から突進してきても、蝶は長い触角と赤い目玉で威嚇し、水平に広げた大きな翅をほんの一、二度羽撃《はばた》かせるだけで、邪魔者を全員蹴散らすことができたのだ。オオムラサキを捕まえることには躊躇いがあった、同級生の中にはもっと本格的な、特定の分類に絞った昆虫標本の蒐集《しゅうしゅう》家がいたので、自分みたいな素人に捕獲される蝶が気の毒なように思われたのだ、それでも特別に大きな翅の、青の鮮やかに浮き出たオオムラサキと出会ってしまったときには誘惑に抗えず、大事にパラフィン紙に包んで持ち帰り、展翅板《てんしばん》の上で丁寧に翅を開いてから、待ち針で固定した、でき上がった標本は母親から貰った桐の小箱に、樟脳《しょうのう》を入れて収めた。彼が標本にする昆虫は、ハンミョウやタマムシ、ルリボシカミキリ、カラスアゲハ、アオスジアゲハといった、自然の中にあって自然とは相容れないほど色彩豊かな、人間の技巧をもってしても作り出すことが困難な優美さを持つ種類に限られていたが、そんな珍しい昆虫でも、公園の植栽を丹念に掻き分ければ見つけることができた、かつての東京とはそういう街だったのだ、成人して俳優となった彼が、テレビドラマの脚本を受け取るたびに違和感を覚えたのもそこだった、地方出身の作家が描く都会はいつも、オフィス街には大企業のビルが建ち並び、下町には小売店と民家と風呂屋が密集する、そのどちらかでしかない紋切り型なのだが、銀座で生まれ育った彼からすれば、東京ほど至るところに古い自然が散在する、明確な意図と信念に基づいて、ときには進駐軍にもおもねりながら権謀術数《けんぼうじゅつすう》の限りを尽くして、老樹や庭園、外濠《そとぼり》の水場を守ってきた都市はなかった、むしろ田舎の方が何の拘りも持たずに、こんな雑木林は再生しようと思えばいつでも再生できるという浅はかな思い込みによって、大木を伐り倒し土砂を盛って宅地に造成してしまうのだ。

木立を真っ直ぐに突き進むと鴨猟に使われていた古池に出るが、手前で右方に向きを変えれば、東京湾から海水を引き入れて作られた、有名な「潮入《しおいり》の池」が見えてくる、江戸幕府第十一代将軍の徳川家斉《いえなり》が、その五十年にも及ぶ在職期間中に幾度となく訪れ、賓客を持て成したという苑池《えんち》だが、池の周囲にあった四軒の御茶屋は全て、アメリカ軍の爆撃によって焼失していた。海風が吹き込むからなのか、塩分を含んだ水だからなのか、池面には白いさざ波が立っていた、この時代にはまだ月島《つきしま》の沖合は埋め立てられておらず、対岸の松の並木の隙間からは、七月の夕日が反射する海原《うなばら》が見えた、小さな蒸気船が水色の煙を吐きながら、倍以上の大きさのある艀《はしけ》を曳航《えいこう》していた。いつものことながら閉園間際のこの時間の人影はまばらで、お伝い橋の袂の石畳に一組の親子連れがいるばかりだった、小さな女の子の手を引いた、訪問着の母親は恥ずかしげな、掠《かす》れた小声で繰り返し、江利チエミの『テネシー・ワルツ』を歌ってやっていたが、ほどなくどこかへ消えてしまった、後に残された彼は夏芝に仰向けに寝転んで一人、不在の人々の物悲しさを引き受けるように、同じメロディを口ずさんでみた。「……去りにし夢、あのテネシー・ワルツ」「懐かし愛の唄……」薄桃色に染まった夕方の雲を背景に、まだたったの十年の人生ではあるが今まで出会った中で一番美しい顔を、彼はそのとき見た、貴婦人などという手垢のついた言葉を使いたくはなかったが、しかし貴婦人としかいい表しようのないレース編みの帽子に収められた豊かな黒髪、富士額《ふじびたい》、アーチ型の細い眉、切れ長の瞳、わずかに紅潮して膨らんだ頬、美しい人特有の自信を感じさせる、真っ赤な紅《べに》を差した大きな唇が微笑んで、とつぜん目の前にぬっと現れ、彼の鼻歌の続きを歌い継いだのだ。驚いた彼は飛び起きて、周囲を見回した、群青色の水面と竹林の緑の書割《かきわり》が置かれて、日傘をかざした、白いドレスの貴婦人は木橋を渡って、遠ざかっていくところだった、女性は後ろを振り向いて、もう一度笑いながら会釈をしてくれた、彼もまっすぐに背筋を伸ばし、深々と立礼した。

これは彼が異性の魅力をはっきりと意識した、生まれて初めての経験だった、このときの視覚の記憶を思い返すたびに彼は、あの貴婦人は日本人ではない外国人、フランス人か、もしかしたら北欧人だったのではないかという疑念に囚われた、もちろん現実にはそんな可能性は皆無なのだが、それほどまでにあの女性は理想に迫って美しく、邂逅《かいこう》はたった一度切りしか起こらない奇跡なのだと信じられた。中学は父親の母校でもある、慶應の普通部に入学した、地下鉄銀座線と東急東横線を乗り継いで、片道一時間以上をかけて神奈川県の日吉《ひよし》まで通学した、学校は男子校だったが、休み時間の廊下で交わされるのは、沿線の女子校の生徒に纏わる話題ばかりだった、中目黒《なかめぐろ》にある私立校の女番長は、映画会社から何度も勧誘されるほどの美形だが、左の胸には白百合の刺青が彫ってある、その百合の花を見ることを許された男ならばどんな要求でも、というのはもちろんどんな性的な要求でもという意味だが、女番長は聞き入れてくれる、暇に任せて作った戯作としてならばともかく、真顔では聞くに堪えないそんな馬鹿話を入学早々聞かされた彼からしたら、この学校の同級生たちは酷く幼く見えた、会話の途中に同じクラスの誰それの父親は愛媛県の造船会社の社長だ、誰それの姉はファッションモデルで、栄養クリームの雑誌広告に起用されているなどという取るに足らない情報を、あたかも「塾生」であることの優越意識を分け与えてやった風の得意面《とくいづら》で挟み込んでくることも、何とも気に食わなかった、だいたい親やきょうだいの職業が、本人の資質と何の関係があるというのだろう？　そういう連中は確かめるまでもなく、ほぼ十割の確率で、付属小学校である幼稚舎《ようちしや》の出身だった、彼らは友情とは異なる、奇妙な同質性によって堅固《けんご》に繋がっていた、秀才や優等生を毛嫌いし、試験による選抜を経てきた進学者のことを「外部生」と呼んで区別して、深くは交わらないよう注意を払っていた、行き付けの洋食屋は銀座、遊技場は赤坂と決まっていて、それ以外の店にはけっして顔を出さなかった、建設業や印刷業などの中小企業の創業者の子弟が多く、財布にはいつでも千円札が十四、五枚、無造作に入っていて、大金が入用《いりよう》のときには互いに融通し合っているようだった、異性と性風俗への関心が異常なまでに強く、年に数名は性病に罹って授業を長期欠席し、学校から留年を申し渡される者もいた。

そうした幼稚舎出身者の巣窟《そうくつ》と化していた、運動部への入部は考えられなかった、彼は生物研究部か、絵画の描き方というよりは鑑賞法を学んでみたいと思っていたので、美術部に興味を持っていたのだが、たまたま見学した演劇部への入部を決めてしまったのは、さして懇意に付き合っている積もりはなかった歌舞伎役者の息子だが、やはり少なからぬ影響を受けていたからなのかもしれない、徒党を組んで自らの安全と利益を守っているこの学校の生徒たちに比べれば、小学校時代の友人は立派だった、舞台の上でも、個人の人生においても、孤立無援を引き受けていた。文化祭の出し物は一幕物の喜劇、アントン・チェーホフの『結婚申込《けっこんもうしこみ》』だった、上級生の選んだ演目だったが、彼には脚本が任されることになった、若い地主が隣人の父娘を訪ね、とつぜん結婚を申し込むという話だが、適齢期の娘役を男子生徒に演じさせるのはどうにも無理があるように思われたので、農家の父親と息子の住む屋敷に老地主が現れて、娘との縁談を持ち掛ける物語に脚本を大幅に書き換えてみた。「……理想の男性が現れたり、真実の愛など待っていた日には、結婚なんて金輪際できなくなってしまう……かといって愛娘をいつまでも結婚させないわけにもいかない、私だって今年で六十歳だ、人生の仕上げの時期だ、一人静かな、悩み事のない、規則正しい生活が必要なのだ……」「……私は主義のためにあんなことを口走ってしまったのです……私にとっては、土地の問題なんかどうでもよい、ただ自らの信ずる主義だけは、どうしても譲れない……」終演後の挨拶では、演者と並んで彼も舞台に上がった、会場全体に照明が灯されて驚いたことには、客席は満席だった、入り口近辺には立ち見客まで群がっているほどだった、ふだんは校内では見ない、白いセーラー服を着た女子生徒の姿が目立った、脚本担当として彼の名前が呼び上げられると、拍手と小さな歓声が沸き起こった、演劇部員たちは一瞬戸惑い、それからわずかに苦笑いを漏らした、もちろん拍手は工夫を凝らした彼の脚本への賞賛でもあったのだが、この舞台上で彼は恐らく生まれて初めて、自分が整った顔立ちの美少年であることを自覚した、既にこの頃の彼は長い前髪を綺麗に横に撫で付け、眉は太く、二重の瞼は大きく見開かれて向き合う相手に強い印象を与えた、思春期真っ只中の男子であるにも拘わらず、頬には面皰《にきび》一つなかった、脚は長く、痩身で、背丈は大人よりも高かった、同年代の異性ならば魅了されるのが自然な反応であろう、端正な外見が完成されつつあったのだが、じっさい周辺の女子校の生徒たちの間では「普通部のニューフェイス」と噂になり、わざわざ文化祭の日程を調べて、友達同士で連れ立ってその評判の容姿を見にくるほどだった、しかしそうした周囲の騒々しい状況に、一人ぽつんと取り残されたかのように、彼本人だけが気づいていなかったというのも、後々同じ人物が多くの女性ファンを獲得する二枚目俳優となることを考えれば、随分おかしな話ではあった。

しかしそういう状況が露わになってみると、幼稚舎出身の同級生たちが彼に対してはよそよそしく、一定の距離を保ちながら接していたのも理解できるような気がした、要するに彼は妬まれていたのだ、夕方四時過ぎ、西日を背に受けながら、長く緩やかな坂を下り切ると、日吉駅の改札前には淡青色のワンピースを着た、一人の少女が待っている、緊張で両頬は紅潮し、いくらか涙目にもなっている、彼女は彼の正面に立ちはだかるが、顔を直視することはできない、視線を床に落としたまま、両手に捧げ持った白い封筒をまるで直訴状のようにして、彼の目前に突き付けるのだ。たまたまこの場面を目撃してしまった同級生が、中学高校六年間でせめて一度か、二度ぐらいは、自分もそんな幸運に不意打ちされてみたいと夢想していたのだとしたら、あいつはいけ好かない男だ、女たらしだといい触らしたくなる気持ちも分からないではない、しかも文化祭で喝采を浴びてから以降の彼は、毎週とはいわないまでも毎月数人の、見ず知らずの女生徒から交際を申し込まれていたのだから。「生まれも育ちも東京銀座の、正真正銘の都会の子供だ」「どうやら有名輸入食料品店の、創業者一族の御曹《おんぞう》司《し》らしい」彼は御曹司ではなく、取締役とはいえ一社員の息子に過ぎなかったわけだが、もはやそんな間違いは問題ではなかった、美男子の彼の評判は口伝てに、ある学校からまた別の学校へと時間をかけながら広まり、通学途上の電車の中でとつぜん恋愛感情を告白されたり、道を歩いていていきなり腕を摑まれて一緒の写真に収まってくれと頼まれたり、便箋八枚に思いの丈を綴った封書が自宅に届いたりといった出来事が、定期的に繰り返された。たいていの場合、彼は丁重に礼を述べた上で、男女としての交際については「お断り」する旨を言葉を濁さずに、端的に伝えたのだが、ごく稀に、年に一人か二人、デートの誘いに応じることもあった、振られた女生徒たちからすると、擦り寄ってくる美人には目もくれないくせに、どうしてあんな垢抜けない娘を選ぶのか？　頬は農家の子供のように赤く膨れて、身長は男性並みに高くて、肩幅も広い、脚も太い、ああいう野暮ったいのがお好みなのだとすれば、ハンサムな人というのは押し並べて変わり者なのかしら？　などと、陰口を叩きたくなるような恋敵ではあったのだが、じつをいうと彼の方ではデートの相手にさしたる拘りなど持っていなかったのだ、若い男が一人で映画や舞台を観るのは何となく気恥ずかしく感じられるとき、あれこれ詮索せず、文句もいわずに黙って同伴してくれる女性であれば、それでじゅうぶんだった。

若造と呼ぶことさえ躊躇われる、十代半ばの未熟者のくせに、何て身勝手なのだろう！　何て封建主義的なのだろう！　しかし因果応報など恐れずに、貴族のように我儘放題に振る舞えるのも、長い人生でほんの一時期与えられる、この年頃ならではの特権であるともいえる、そこに男女の区別はない、彼の場合は身勝手でこそあれ、酷薄なところはなかった。後に彼の妻となる女優の、少女時代の主演映画を一緒に観たのも、背の高い、健康的にふくよかな、港区鳥居坂《とりいざか》のミッション・スクールに通う生徒だった、映画では大地主の父親に反撥する青年が、山番の娘と駆け落ちして所帯を持つ、貧しく、幸せな新婚生活は長くは続かず、青年は出征するのだが、戦地で出会った兵士たちは不思議と人情に厚く、兵舎には笑い声さえ響く、一人残された幼妻《おさなづま》は過酷な労働に疲弊し、病に臥せるようになる、妻の臨終に一足間に合わず帰還した青年は屍《しかばね》に花嫁衣装を纏わせ、婚礼と葬儀を同時に執り行うという、若手俳優を見栄えよく撮ることに主眼を置いた娯楽作品であることを差し引いたとしても、余りに現実離れした結末なのだが更に驚くべきは、もちろんこの時点の彼にはそんなことを知る術などないのだが、この原作小説が本作公開以降も二度再映画化され、テレビでは三十年の長きに亘って繰り返し五度もドラマ化されることになる、その後の事実の方だろう、映画の中盤には、主人公の青年はこんな台詞まで呟いている。「……現在日本の小説の大部分は、都会の消費階級を中心とした、根も葉もない宙ぶらりんなものばかりだ。つまりそれは、エゴの堂々巡りの世界なんだ……」有楽町の劇場を出た二人は、人の流れに逆らって、内濠《うちぼり》の方向へ歩いてみた、久しぶりに訪れた日比谷公園は閑散として、石の門柱も、心字池も、植栽も、音楽堂の屋根も、子供時代に慣れ親しんだいっさいが、真新しく、小振りなものへと置き換わってしまったような気がしたのだが、よくよく目を凝らして見てみるとそんなことはなかった、じっさいには何も変わっていなかった、黄色い菊の花がまばらに咲く花壇の傍を、彼はゆっくりと歩き、二、三歩遅れて、濃紺のセーラー服に臙脂色のネクタイを結んだ女生徒が付いていった、風もなく静かに晴れた、十月の土曜日の午後だった。「……配役によって、映画の印象はすっかり変わってしまう……」自ら望んで観た作品を、彼は批判した、山陰の山奥で生まれ育った樵《きこり》の娘が、日焼けもせず、擦り傷もない、あんな無垢な白い肌でいられるはずがない、あんなに瞳の大きな、扇情的な顔付きであるはずがない、いや、そうではない、大衆娯楽映画に現実味など求めてはいないのだが、作品内部での整合性は保たれなければならない、だいたい主人公の青年は召集されたというのに、丸刈りにすらしていなかったじゃあないか！　女生徒が声を上げて笑ったので、彼も笑った、ちょうど「首賭けイチョウ」の手前まで差し掛かったときだった、緩やかに傾斜する切妻屋根《きりづまやね》の、三階建てのレストランを指差しながら、女生徒が教えてくれた。「同じクラスの、お友達のご実家なんです」同時に彼女は、彼女じしんや実家が明治期から続く老舗レストランを経営するその級友と同じように、彼もまた、出自に恵まれた人々だけで構成される小さな共同体の一員に過ぎないことを指し示してもいた、確かにその通りだった、彼の周りにいるのは皆、私立校の高額な学費を毎年支払うことなど訳無い資産家の息子や娘たちばかりだった、そういう似た者同士で庇護し合いながら、自分もこの少女もやがて大人になっていく、けっきょく自分も、幼稚舎上がりの連中と大差のない甘ったれだ、「大地主の父親」に反抗したり、「駆け落ち」したりする覚悟など、何歳になっても定まらない……諦めや悲観とは違う、人生の先々までを見通すことができたむしろ晴れ晴れしい安堵感と、ならばそいつを覆してみるのも愉快じゃあないかという他人事めいた好奇心を、彼はこのとき覚えた、すると一つのアイデアが頭の中に閃いた……今、目の前にいる、お下げ髪に小さな円《つぶ》らな両目の、丸く張り詰めた両肩と、スカートの上からでも分かる逞しい臀部を持つこの少女に、「山番の娘」の役を割り当てて、粗末な絣《かすり》の着物に着替えさせて、葛折りの山道を駆け下りさせたならば、映画は冒頭からまったく違うものに生まれ変わるだろう……

図らずも入部してしまった演劇部だったのだが、この頃の彼は既にいっぱしの演出家、脚本家気取りだった、相変わらず自らが舞台に上がることはなかったが、年に三回の定期公演では、自作の戯曲を上演するようになっていた、他校の演劇部ならばぜったいに上演しないであろう、モルナール・フェレンツの『リリオム』のような作品を持ち込んだこともあった。高校に進学してからは、たまたま演劇部員の叔父が赤坂のラジオ局で総務の仕事をしていたので、その伝手で、毎回十五分一話完結のラジオドラマの台本も書き始めた、ほどなくテレビ局からの仕事も頼まれるようになったのだが、さすがにそちらは作り手ではなく、背景の通行人や一言も台詞のない喫茶店の客といった、その他大勢のエキストラとしての手伝いだった、後の時代からすると信じ難いことだが、当時のテレビ局ではドラマは生放送が当たり前だった、録画テープもないわけではなかったが、一本三十万円以上もする高価なものだった、カメラは重量百二十キロもあって動かせないので、俳優の方が画角に合わせて立ち位置を変え、向き直ってから演技をせねばならなかった。あるとき彼は中華料理店の客の役を貰った、テーブルの上に小銭を置き、大声で「ご馳走様！」といい残して、勢いよく引き戸を開けて出ていくだけの役なのだが、店のセットの外へ一歩踏み出した途端、彼は床に散乱しているケーブルに蹴躓いて、前のめりに倒れそうになった。「邪魔だ！そこを退《ど》け！」カメラマンに二の腕を摑まれ、そのまま見切りの裏側まで投げ飛ばされた。その日の晩、銀座の実家へ帰る途中、彼は友人の家に立ち寄った、皇太子成婚パレードの中継放送に間に合うように、テレビの受信契約を結んだ家庭は多かったのだが、彼の父親は世の中の大勢には敢えて同調を拒むようなところがあった、自宅にテレビ受像機が設置されているその友人は、玄関に彼が現れるなり心配そうに聞いてきた。「真横にすっ飛んでいったけど、怪我などはなかったかい？」なるほど、やはりあの角度までは写り込んでしまうということだ……もう二、三メートル分、セットを外側に広げて、カメラの位置を下げるべきだな……ある分野で卓越した仕事を成し遂げる人ならば誰しも、思春期から青春期前期にかけての数年間で、憑かれたように知識と技術を吸収するものだが、彼にとっては、まだ誕生して間もない、試行錯誤を繰り返していた時代のテレビ局の撮影スタジオこそが、将来役者となるための学習の場になっていた、エキストラとしての出演料は毎回四百円だったが、金額には換算できない、得難い経験を自分は今、しているのであろうといううっすらとした自覚は、既にこのときの彼も持っていた。

慶應の附属高校では成績に応じて、進学できる大学の学部が決まるのだが、放送局の仕事が忙しくなり、授業の欠席も多かった彼は、第一希望の文学部には進めず、第二希望の法学部の学生となった、大学でも迷わずに演劇研究会に所属した、ある日の稽古の帰り、乗換駅の渋谷で降りた彼は、不意に思い立って繁華街を歩いてみた、日没後も大気中を光の粒子が漂い続けているような、蒸し暑い真夏の夜のことだった、酒に酔って路上で騒いでいる同世代の若者の集団を避けるようにして、彼は一人で映画館に入った、上映していたのは大手の映画会社が制作した怪獣映画だった、数年前に公開され話題になった、水爆実験によって復活した恐竜の映画は、どうせ子供騙しだろうと馬鹿にして観ていなかったのに、どうして今回に限って観る気になったのか？　自分でも理由は分からなかった、街頭に貼り出されていたカラー刷りのポスターに、何かしら惹かれるものがあったのかもしれない。映画には巨大な蛾の怪獣が登場した、悪人にさらわれ、見世物小屋に売られた小人の姉妹を連れ戻すため、南の島から怪獣がやってくるという、名だたる純文学作家三名共作によるストーリーもどこかアメリカ映画『キングコング』の焼き直しめいて、大したことはないように思われたのだが、しかし幼虫期の怪獣が家屋や街路樹をなぎ倒しながら、一直線に突き進むシーンは圧巻だった、行く手に高圧送電線やデパートのビルがあろうとも、全長百メートルを超える芋虫は迂回することなく、安定した速度を保ったまま、障害を突き崩してまっすぐに進む、戦闘機からの空爆や戦車の砲撃を受けても怯むことのないその姿を、上空からの視点、地上で逃げ惑う人間の視点、至近で対峙する自衛隊員の視点から捉えた、多彩な構図が素晴らしい、アップになったときに青く仄光る、怪獣の二つの目には、頑なな意思が宿っているように見えた。「どうやったらこんな映像が撮れるのだろう……日本映画独自の特殊撮影、特撮こそが、ハリウッドへの挑戦なのではないか……」じつはこのときには本人もほとんど忘れかけていたのだが、ひたすら自らの道を邁進する怪獣に重ねて彼が見ていたのは、子供時代に浜離宮庭園で見つけた、目の前の邪魔者を次々に蹴散らす、あのオオムラサキの勇ましい姿だった。

戦後の貿易立国日本を支え、「メイド・イン・ジャパン」の刻印が高品質を保証する主力輸出品であったトランジスタラジオ、カラーテレビ、一眼レフカメラが何れも日本で発明された商品ではないのと同様に、日本映画の歴史において独自の発展を遂げた特殊撮影、むしろ「特撮」という略語の方が一般的に使われるようになってしまったその映像技術も、もともとは日本で生まれたわけではなかった、その始まりは映画そのものの誕生とさして変わらぬほど古い。十九世紀の終わり、映画の発明者として名高いフランス人兄弟による最初の上映会が、パリ・オペラ座近くのカフェの地下室で開かれた、そこに参加していた一人の興行主が、一万フラン払ってもよいから、自分の劇場のためにその発明品を譲って欲しいと頼んだ、発明家兄弟は悲しげに微笑みながらその申し出を断った、そしてこう付け加えた。「しかしこの機械を所有できないことに、あなたは感謝すべきかもしれません。それによってあなたは、莫大な借金を背負って破産し、孤独で不遇な晩年を迎える運命を免れたのですから」予言めいたその言葉に逆らって、興行主は撮影機を自作してしまった、既存の機械の継ぎ接ぎに近いものだったが、「動く写真」を上映し始めた劇場は大盛況となった、興行主は翌年一年間だけで八十本もの映画を撮った。オペラ座通りを往き交う歩行者や車の列を撮影していたとき、ちょっとした事件が起こった、フィルムが絡まったのか、それとも別の故障だったのか、カメラがとつぜん撮影を止めた、しかしそのわずかな変化に気づいた者はいなかった、一分足らずの中断の後、生き返った機械は再び回り始めた、フィルムを現像し上映してみると、そこに映し出されたものに人々は絶句した、それは右手から現れた乗合馬車が画面の中央に達したところでとつぜん霊柩車に変わり、燕尾服を着た若い紳士は腰の曲がった老婆へとすり変わる、家族連れが娯楽として観るには余りに不吉で、その上不謹慎でふざけた映像だったのだ。

この偶然の発見によってトリック撮影という技法が生み出されたことが、後年の特撮映画の誕生へと繋がっていくのだが、同じ偶然は場所と時間を変えて、パリから九千六百キロも離れた日本の京都でも起こったのだから、さすがに必然とまではいえないにしても、映像表現が進化していく過程で出会すべくして出会した脇道、もしくは避け難い過ちによって生まれた非嫡出子のようなものではあったのかもしれない。当時はまだスタジオなどといったものは存在せず、撮影はもっぱらロケーション中心だった、撮影隊一行は北野天満宮へ出向いていた、大名が家来を従えて参拝する場面の途中でフィルム交換が入った、尿意を我慢していた腰元役の女形《おやま》は透かさず駆け出して、漆喰《しっくい》塀の裏手の竹藪へと回った、雲一つなく晴れた、三月の寒い朝だった、小便からは湯気が上がった、撮影場所に戻ろうと踵を返したちょうどそのとき、「オイチ、ニノ、サン！」という撮影再開の掛け声が聞こえた、後に「日本映画の父」と呼ばれる監督は短気で、厳格で、弁解などは聞き入れない男だった、恐ろしくなった腰元役者は衣装を着たまま逃げ帰ってしまった、撮り終えたフィルムを繋いで映してみると、大名の後方を歩く一人の腰元がとつぜん消えていた、光の加減なのか、土埃のせいなのか、大気にすっと吸い込まれるかのような、幽霊のような消え方だった。「カットアウト」と命名されたこの方法を用いて、監督は人間が消えたり、瞬間的に移動したり、煙の中から怪物が現れたりする忍術映画を撮り始めた、主演は岡山の芝居小屋で見つけた歌舞伎役者だった、当時は板の上の芝居、舞台の役者こそが一流であり、活動写真に出ているような役者は三流と見下されていた、その歌舞伎役者も嫌がるのをやっとのことで口説き落として活動写真出演を承諾させたのだが、じっさいに京都にやってきたのはそれから一年半近く経った後だった、歌舞伎役者は小柄だったが身のこなしが軽かった、舞台の端から端まで、蜻蛉《とんぼ》返《がえ》りで往復することができた、歌舞伎仕込みの立ち回りや見得の切り方も一つ一つの動作がはっきりとして、派手やかだった、カメラを近づけて撮影しても、背丈が低く、頭の大きなこの歌舞伎役者ならば一・三三対一のスタンダードサイズの画面にぴったりと収まる、それもこの役者を起用して得られる利点だったのだ。三日に一作という異常なペースで量産された忍術映画だったが、公開された作品はことごとく大評判となった、観客の多くは家族連れで、子供たちの間では映画を真似て十字を切るポーズが流行した、印を結びながら二階の窓から飛び降りて、足首を骨折する子供までいたほどだった、小柄な歌舞伎役者は日本全国知らぬ者のいない人気者になったが、そうなると今度は監督の気持ちの内に疑念が生じてきた。「子供騙しの活動を作ることが、男が生涯を費やすに値する仕事だろうか……一山《ひとやま》当てたことでなけなしの人生の運を使い果たすぐらいならば、そうなるより以前に、今いる場所から逃げ出さなくてはならない……」じつのところそれは嫉妬心とも異なる、成功を夢見て全身全霊で取り組んできた仕事が大衆からの評価を勝ち得るやいなや、なぜだか自分のやってきたことに全く価値を見出せなくなってしまう、結果的にこの男の晩年の不運を招くことにもなる、呪われた性癖に他ならなかった、ある年を境に、監督はトリック技法を使った忍術映画を撮らなくなった、会社を渡り歩きながら監督業は続けたが、メガホンを握ったのは時代劇や記録映画ばかりで、忍術映画、妖術映画の類は一本も撮ることのないまま、五十歳という当時としては平均的な寿命を全うした。

その後の日本映画界では欧米の映画を模範とする、リアリズムに重きを置いた文芸作品が台頭するようになり、トリック映画制作の後継者と呼べるほどの人物も現れなかった、再びこの技法が脚光を浴びたのは戦争の時代だった、日米開戦から二十日余りが過ぎた年の瀬、ニュース映画を目当てに大勢の観客が映画館に押し寄せた、それは『ハワイ大空襲』と題された、真珠湾攻撃機から撮影されたじっさいの空爆の映像だった、上映時間は十分にも満たず、撮影経験のない素人の大尉にカメラを持たせての収録だったため画面は上下に大きく震え、焦点も定まっていなかったが、敵艦が白煙を上げて炎上する場面では観客は拍手喝采し、下品な指笛まで鳴らして喜んだ、その様子を見ていた、ある映画会社の取締役は、新たな映画の企画を思い付いた。「真珠湾での大勝利をクライマックスに据える劇映画を作って、開戦一周年記念作品として公開したならば、大当たりすること間違いない」儲け話の匂いがすれば、他の誰よりも先んじて自分がその場に駆けつける、そのように躾けられていたという意味では、この取締役も凡百の企業人と大差はなかったのだろうが、軍部におもねって、自ら進んで戦意高揚映画を作ろうと考える日和見主義者というわけでもなかった、当時の映画会社には別の差し迫った事情があった、硝酸やニトロセルロースといった火薬と同じ原料を用いて製造される映画用フィルムは、政府の配給統制下に置かれていた、たとえそれが上っ面なものであったとしても、商工省や内閣情報局と良好な関係を築かない限り、映画作りそのものが存続し得なかったのだ。さっそく取締役は海軍省に企画案を持ち込んだが、恐らく彼よりも十歳以上若い、面皰面に銀縁眼鏡の報道係官の返答は意外なものだった。「それはお前からする話ではない。我々、海軍省がする話だ。その上で、お前らに制作を委託してやる」映画のクライマックスとなる真珠湾攻撃の場面のトリック撮影を任されたのが、戦後の日本では「特撮」や「怪獣」と聞けば大人も子供も真っ先にこの人物を、それもフルネームで思い浮かべる、いや、日本だけではない、外貨が乏しかった時代に黒澤明《くろさわあきら》の時代劇とこの人物の怪獣映画ばかりが、まるで日本を代表する二大巨匠であるかのように輸出されまくったと嫉妬混じりの陰口を叩かれるほど、世界じゅうから支持と羨望を集め、晩年には「神様」とまで称されることになる特撮監督その人なのだが、この時点ではまだ一介の技術者に過ぎなかった、ミニチュア模型をピアノ線で吊って動かしたり、背景を差し替えて演者と合成したりする特殊技術、トリックなど映画本編の添え物程度にしか見られていなかった、撮影所内の小さな組織を束ねる立場にはあったのだが、それは無理解と偏見に苦しめられ、冷遇されて映画会社を何社も渡り歩いた末に、ようやく確保した居場所だった。ハワイでの海戦をトリック撮影で再現できるかと問われた特撮監督は、いったん回答を保留した、軍部との関わりは別に今に始まったことではなかったが、今度の厄介さは過去の仕事の比ではなかった、関係者が増える分だけ、あらゆる干渉と妨害が予見された、失敗すれば映画界から追放されるかもしれなかった、にも拘わらず特撮監督がこの企画を引き受けたのは、気持ちの奥底に溜め込んできた負け癖のせいだったのかもしれない、いざとなったらこんなところは辞めてやる、自分はいつでも日陰者に戻る用意があるという覚悟は、相手の心証を害することを恐れない頑なさ、拘りの強さとなって、このベテラン技術者を居直らせてもいた。

いっさいの妥協を排して、特撮パートの撮影が始まった、広さ千八百坪、プールの面積だけでも五百坪という特大サイズの真珠湾軍港のミニチュアセットが、撮影所の敷地内に組まれることになった、折り曲げたトタン板の表面に石膏を塗って作った山脈には、針金に和紙を巻いた樹木を一本一本植えた、魚雷が軍艦に命中したときに吹き上がる、水柱の高さには特に拘った、新聞には「天に沖《ちゅう》する水柱が止まっているように見えた」などという大袈裟な表現の、攻撃隊員の談話が紹介されてしまっていたので、その凄まじさを再現せねばならなかった、淡水と海水では比重や硬度の違いから水の飛び方が異なるのではないかと考え、わざわざ琵琶湖と浜名湖の弁天島まで出向いて、水中で火薬を爆発させる実験まで行った、結論としては淡水も海水も大差はないようだったが、重さ、迫力、飛沫の白さが表現され、尚且つカメラのサイズにも収まる水柱の高さは、三メートルであることが分かった、水柱の高さが決まったことによって六十六分の一という、真珠湾軍港に停泊させる米軍艦船の模型の縮尺率も導き出された。調べ始めてみると意外なことに、敵国艦艇の情報は容易に入手できた、戦艦オクラホマにしても、アリゾナにしても、軍事同好者雑誌には大きなグラビア写真が掲載されていたし、日本橋の洋書店へ行って『ジェーン海軍年鑑』を開けば、船種ごとの建造年度、装備一覧、詳細な図面まで見ることができた、いわゆる「軍機の壁」に阻まれて酷く難儀させられたのは、我が帝国海軍の方だった、ハワイの急襲に参加した航空母艦への乗船を申し入れても、見学はおろか艦名を開示することすら拒否された、外観の写真も見せて貰えなかった。「こちらだって単なる興味本位で頼んでいるのではない、海軍省のお墨付きなのだ」脚本家を伴って、特撮監督は土浦の海軍航空隊を訪ねた、略称である「予科練《よかれん》」の方がよく知られる、飛行予科練習生の教育機関だったがここでならば、真珠湾作戦の一員だった少年航空兵の話を聞けるのではないかと考えたからだった、相手にばつの悪い思いをさせぬよう配慮して、士官室へと通された二人は面談冒頭に海軍省の紹介状を差し出した、航空隊の副長でもある中佐は、封筒には触れようともせず卓上に置き留めたまま、困ったような笑みを浮かべた。「ここでは優秀な操縦員に必須な強靭な肉体、理学と数学の知識、物に動じぬ神経を育むことに力を入れています。英語の学習も継続しています。予科練生には肉料理中心の栄養価の高い食事を与え、じゅうぶんな睡眠も取らせて、子供らしく伸び伸びと暮らせるよう配慮しています」航空隊副長の言葉に嘘はなかった、兵舎を見て回った特撮監督と脚本家は、そこで生活する少年たちの眩しいまでの健やかさ、明朗快活さに驚かされた、じっさい練兵場を疾走する日焼けした肌は黄金色に輝いていた、厨房からは食欲をそそる香辛料の匂いが漂ってきた、戦争の只中にありながら、ここではもっとも戦争から縁遠い、規則正しい豊かな日常が守られていた、いずれ映画本編でも描かれることになるボート漕ぎに熱中する彼らの屈託のない笑顔は、兵士というよりは大学の運動部員のようで悲壮感などまるで感じられなかった。ところが近くへ歩みを進めて言葉をかけてみると、少年航空兵たちは一様に口をつぐんだまま立ち去ってしまうのだ、航空隊副長の中佐と同じ、困惑したような笑みを浮かべている者もいた、彼らは慇懃《いんぎん》ではあったがけっして友好的ではなかった、戦場での経験の、せめて断片だけでも話して貰えぬかと両手を合わせて懇願すると、それに対してはきっぱり「何も申せません」と答え、上目遣いで鋭く睨み返してくるのだった。

しばらく後になってから特撮監督は、航空隊本部庁舎の廊下には「防諜一覧図」なる大判のポスターが張り出されていることを知った、そこには敵国に機密を漏らす可能性のある要注意職種として、「文士」「新聞記者」「貿易商」と並べて「映画監督」も記されていた、つまり自分たちはスパイ活動家ではないかと、憎むべき敵の一味かもしれないと疑われていた！　軍人たちが協力を拒むのも無理はなかったわけだ！

今回の仕事には困難が付き纏いそうだという懸念が早々に現実となった呆気なさには、特撮監督も苦笑するしかなかったが、海軍省からの後援を頂いてしまった手前、それでも映画は制作されねばならなかった、海軍の飛行兵を主人公とする映画を作るのに、当の海軍内部では取材も儘ならない、碌に話もできないというのでは、何を手掛かりにスクリーンに現実味を持たせたらよいのか途方に暮れたが、海軍報道部の担当官に泣きついても、「君たちは実物の竜宮城を見たことがなくとも、そのセットを作るのではないか？　同じ要領で空母の飛行甲板でも、真珠湾軍港の模型でも、自在に生み出せばよい」などとあしらわれる始末だった。海軍省から映画会社に貸し出されたのは洋書の片隅に小さく掲載された、オアフ島全体の地形図のみだった、その中の一点を虫眼鏡で拡大したところで、真珠湾の地勢など分かろうはずがなかった、やむなく新聞に掲載された写真や攻撃隊員の証言、『ハワイ大空襲』のニュース映像を頼りに、山脈の勾配や海岸線の湾曲度合い、フォード島基地の形状と面積を推し測りながら、丸三カ月を費やして作り上げたのが、広さ千八百坪の真珠湾軍港ミニチュアセットだった、不明な大部分を憶測によって補っているという意味では、それはしょせん「想像の産物」に過ぎなかったのだが、当時の日本人の多くに刷り込まれていた、遥か大海の向こうの、歴史的大事件現場に対するイメージの具現でもあった。映画会社は「当社の誇る特殊技術陣の全神経全頭脳と、総額六万余円の多額の予算を注ぎ込んで、ハワイ真珠湾軍港の一大パノラマが撮影所内の一画に出現した！」と開戦一周年記念公開に先立つ前宣伝を打った、その話題は新聞やラジオのニュースでも取り上げられた、最初に視察に訪れたのは天皇の叔父に当たる、ゴルフ愛好家としても知られた陸軍大将だった、不要不急の丙種産業に格下げされていた映画撮影所への皇族の訪問は異例だったが、この実績が呼び水となり、続けて当時名前の売れていた画家、彫刻家、漫画家などからなる総勢十四名の芸術家視察団がやってきた、薄雲越しに赤みがかった日の射す秋の午後のことだった、芸術家たちは何か裏があるのではないかと勘繰って、最初こそ緊張した面持ちで言葉少なだったが、池に浮かぶ大きな軍艦の模型を見つけると感嘆の声を上げ、貧しく古い時代に育った子供としての恨みを晴らすかのように、持参したカメラを構えて一心不乱に写真を撮り続けた。翌日の朝、特撮監督がミニチュアセットの脇を通りかかると、積み上がった土管の上に腰を下ろしている、初老の男に気がついた、それは昨日も視察団の一員として来所していた、若くしてフランスへ渡り成功を収め、数年前に凱旋帰国した洋画家だった、土色の国民服を着て、トレードマークだったおかっぱ風の長髪もこのときには短く刈り整えられていた、洋画家は目の前に広がる真珠湾軍港の模型と、膝上《しつじょう》の画板の間でせわしなく視線を往復させながら、日が暮れる間際までスケッチを続けた、驚いたことにその翌朝も洋画家はやってきた、それから毎日雨降りの天気でも休むことなく、一カ月間撮影所に通い続けて、洋画家は日米開戦当日の真珠湾を描いた大作を完成させた、国民服にも似た暗い色調を帯びた海岸線の中央に、爆発炎上し噴煙を上げる米軍艦を置いた構図だった、本人としてはこれは「戦争画」ではなく純粋な芸術であり、自分自身も「戦争画家」に区分されるものではないと信じていたが、絵筆によって国民の士気を高揚させることができるのであれば、それに勝る生き甲斐はないとも思っていた、かつて疎外された祖国から受け容れられた喜びは、それほどまでに大きかった、多くの大衆からの支持と注目を集めた者こそが勝者であるという、哀れな価値観に囚われた人生を歩んでいる自覚はあったが、まさかこのわずか六年半後に同じ価値観がゆえに祖国を追われることになろうとまでは、洋画家の考えは及んでいなかった。

　対米英開戦から一周年の記念日には完成が間に合わないのではないかと危ぶまれた本作だったが、それよりも五日早い、十二月三日には封切興行を始めることができた、有楽町の日劇前には「陸の竜宮」とも呼ばれたその巨大なドーム型建築を取り囲む、入場待ちの長い列ができた、毎上映回満員札止めの館内では、雷撃機隊員の視線の先、雲の切れ間に真珠湾口が映し出される場面で大きな拍手喝采が沸き起こった、米軍艦に魚雷が命中し、「天に沖する」水柱が吹き上がる場面では、観客たちは諸手を挙げて万歳を叫んだ、それは一年前のニュース映画『ハワイ大空襲』上映時の再現のようでもあったが、このときスクリーンに映し出されていた映像は実写ではない、ミニチュア模型を駆使した特殊技術、後に日本映画が世界に誇る独自のジャンルとして確立される、「特撮」に他ならなかった。映画公開からわずか一週間で、興行収入は百十五万四百十円七十八銭に達した、これは日本国内で劇場公開された新作映画の最高収入記録だった、その後一年近くの月日をかけて、映画は全国の二番館、三番館を回った、東京の話題は地方へ伝播し、映画館はどこも満杯になった、情報局国民映画参加作品であったことから、国民学校児童への無償観覧会も実施された、その結果この映画には「一億人が観た！」という謳い文句が付され、空前のヒット作として後の時代へと語り継がれることになるのだが、この年の日本の総人口は七千二百八十八万人なので、計算上は赤ん坊から老人に至るまで、全国民が一回以上この映画を鑑賞したことになってしまう、ところが不思議なことに、特撮監督が日頃気の置けない近所付き合いをしている夫婦から話を聞いても、故郷福島に住む兄弟親戚に尋ねてみても、誠に申し訳ない、じつは未だ観ていないのだと謝られるばかりで、親族友人知人の中には誰一人この映画を観た者はいなかった、でももし市井の人々が観ていないのだとしたら、劇場に詰め掛け熱狂するあの観客たちは、あれはいったい誰なのか……嫌な予感がした、大掛かりな罠に嵌められているような、自分が向かおうとしている場所に、何者かが先回りをして風景を挿げ替えているような気がしてならなかった。映画が日本全国でヒットを続けていた時期のある晩、特撮監督は酒席の揉め事に巻き込まれてしまった、渋谷百軒店《ひやつけんだな》にあった中華料理店でのことだった、隣席の若者がビール瓶を倒し、床に落として砕いた、同行していた脚本家の靴が濡れてしまったが、不問に付して済ませることにした、すると何を勘違いしたのか、それとも計画的な難癖なのか、若者はこぼした酒代を弁償しろと怒鳴り始めた、若者と脚本家は立ち上がって胸を突き合わせたので、特撮監督が二人の間に割って入ろうと椅子から腰を上げた、途端に床面が大きく傾き、真横へよろけてしまった、自分が酩酊していることにそこで初めて気がついた、その上驚いたことには、彼の右手には襷《たすき》のような細長い襤褸《ぼろ》切れが握られていた、よろめいた拍子に若者が着ていた外套を引き裂いてしまったのだ。

店内は騒然となり、すぐさま警官が呼ばれた、特撮監督は自力では床から起き上がることすらできなかった、後ろ手に縛られた経験は、恐らくこれが生まれて初めてだった、渋谷警察署の留置場で一夜を過ごしたのだが、翌日早朝、詰襟制服の警察署長が恭しく現れた。「朝食をご用意しました。祖師谷《そしがや》のご自宅までお送りします」彼を救ったのは一枚の名刺、たまたま手帳の間に護符《ごふ》と重ねて挟んであった、撮影所を視察に訪れたあの皇族出身の、陸軍大将の名刺だった、警察の態度の豹変には人間の下衆な部分を見た気がしたが、しかし国策映画、戦意高揚映画の作り手となったということ、軍部のプロパガンダに加担したということは、けっきょく自分もそういう立ち位置を受け容れた、人々から畏怖され、陰では疎まれる、権威の側に回ってしまったことを意味していた、そしてその当然の帰結として、終戦後ほどなくして、特撮監督は進駐軍によって戦争協力者と見做され、公職追放指定を受けることになる、戦争中は軍人たちから米国のスパイではないかと疑われていたことを思い返せば、何とも皮肉な巡り合わせではあったが、失職による経済的困窮よりもむしろ身に応えたのは、ついこの前まで心身を酷使しながら一緒に映画を作っていた人々が、ある日を境にあからさまに彼を避けるようになったことの方だった、撮影所では長引く労働争議によって映画製作そのものが滞っていたが、従業員は出勤を続けていた、食堂や倉庫は一日じゅう人でごった返していたが、特撮監督が姿を見せると、従業員たちは潮が引くようにその場から離れていった、その「一糸乱れぬ」とさえ皮肉りたくなる、統御された動きはどことなく映画的でもあった、彼らは開戦一周年記念日に映画館に押し寄せて、軍艦の爆破シーンに沸き立っていた人々の同類でもあった。映画会社を退職した特撮監督は、それから六年半に及ぶ停滞の日々を過ごすこととなった、それはいつでも日陰者に戻る覚悟を決めていたはずの自分が、じっさいには意気消沈したまま立ち直れずにいること、成功はかくも人間を脆弱に変えてしまうことを思い知らされた六年半でもあった、サンフランシスコ講和条約が発効し、進駐軍が日本から撤退した後、映画製作の現場に復帰した特撮監督が手掛けた最初のヒット作が、水爆実験によって蘇った原始恐竜が東京の街を破壊する映画だった、この映画は欧州や米国へも輸出され各地でロングランを記録し、円換算にして四百億という、労働争議で傾いていた経営を立て直すにじゅうぶんな、莫大な外貨収入を映画会社にもたらしたため、怪獣映画はシリーズ化され毎年継続的に制作されることになった、美男子俳優の彼が大学時代に渋谷の劇場で観た、巨大化した蛾の怪獣が登場する映画も、そのように制作された作品群の中の一本だったわけだが、既にその頃にはミニチュア模型と着ぐるみ、火薬と炎、画面の合成を駆使した、日本映画ならではの特殊撮影技法、略して「特撮」は、世界じゅうの映画愛好家から賞賛を集めていた、世界最先端のハリウッドの技術をもってしても、あの質感、重量感、生物らしい滑らかな動作をスクリーン上で表現することは不可能だった、「怪獣映画の生みの親」として、特撮監督の名前も児童書や新聞、週刊誌のインタビュー記事などでしばしば見かけるようになっていたが、あの「一億人が観た！」という、真珠湾攻撃をクライマックスとする戦意高揚映画の制作に携わったことについては、撮影時の苦労を回顧することはあっても、言い訳や改悛《かいしゅん》めいた言葉はいっさい吐かなかった、この人物の心の奥底に凝り固まった、人間という生き物に対する根深い不信だけは、生涯消えることはなかった。

大学生だった美男子俳優が渋谷で怪獣映画を観た年は、日本国内の年間映画館入場者数が十億人を大きく割り込んで、大衆娯楽の中心が映画からテレビへと置き換わったことが如実になった年でもあった、映画会社は当初、大スクリーンを見慣れた観客が紙芝居舞台並みに小さい、十四インチ型のブラウン管画面で満足するはずがないと高を括っていた、ところが安価とはいえないまでも手の届かない金額ではない五万円台の受像機が発売されるやいなや、足繁く劇場に通ってくれていた観客の大半はあっさりと寝返ってしまった、映画と違ってテレビならば入場券を買い求める列に並ぶ必要もない、下着姿で胡座をかいたまま観ることだって許される、ある種の利便性が優先された結果なのだろうが、もしかしたら我々はいつでも本心の片隅では、単純で見誤りようのない、低俗なものに惹かれているからなのかもしれない、さすがにそれは言い過ぎとしても、そう揶揄されても仕方がないほど、この頃のテレビ放送では上方舞台喜劇をそのままスタジオ中継に移したような、安易な作りの番組が多かった、同じ放送局の内部でも、ラジオ番組の担当からテレビの制作部署に異動になると「あの人は左遷された」と囁かれるほどだった。ちょうどこの年の四月から、ＮＨＫは午前八時台に連続テレビ小説の放映を始めるのだが、現代まで六十年以上続くこの長寿番組も、もともとはラジオで放送されていた声劇をテレビが受け継いだものだった、多忙な時間帯に画面の前で腰を落ち着けて観てくれる人などいないことを恐れて、ドラマはナレーション中心で進行した、映像を観ずとも、家事や育児をしながら音声を聞くだけでストーリーを追えるよう工夫したのだが、これでは発想としては、ラジオの朗読劇と何ら変わりはなかった。ナレーションに重きを置いた制作方針が理由でもあるのだろうが、放送開始からの数年間、連続テレビ小説の原作には、当時の大御所作家たちの小説が用いられた、文学者の権威にあやかって、これは単なる娯楽番組ではない、高尚な文芸ドラマなのだと視聴者に信じ込ませたい思惑もあったのかもしれない、後に日本で初めてノーベル文学賞を受賞することになる、大阪万博開会式前日の雪の降りしきるお祭り広場に一人立ち尽くしていた、あの老作家は、わざわざ執筆中の原稿を一時中断までして連続ドラマの原作を書き下ろした、鎌倉や京都、宮崎日南海岸のロケにも同行した挙句、俳優の衣装を舐めるように至近で凝視したり、通行人役でカメオ出演までしてしまったりと、周囲が困惑するほどのはしゃぎようだった。

その一方で、映画にも引けを取らない、華やかで高品質なドラマを作らなければ、早晩テレビも視聴者から飽き捨てられると危機感を抱いた人々もいた、NHKは大河ドラマを制作するに当たって、公共放送機関らしからぬ地道な交渉を重ねて、そしてそれ以上に財力に物をいわせて、将来人間国宝となるのは確実視されていた歌舞伎界の大御所役者、戦前から活躍する大物時代劇スター、映画会社専属の二枚目俳優、宝塚歌劇団出身の美人女優などのキャスティングを実現した、テレビの前で観ている視聴者でさえ、こんなに当代きっての人気者ばかりを集めたら、総額でいったいいくらの出演料が支払われているのかしらと心配になるほどの、絢爛豪華なクレジットだった。大手の映画会社が所属俳優の自社作品以外への出演を禁じた五社協定は、この頃既に箍《たが》が緩み始めていたのだが、スター俳優たちが済《な》し崩し的にテレビドラマへの出演を了承したことによって、映画会社間の取り決めも有名無実化した、まさかこれから数年後、その大河ドラマへの出演を自分が果たすことになろうとは夢想すらしていなかった、まだ慶應大学の学生だった美男子俳優が運を天に任せて飛び込んでしまったのも、とうとつに終焉した映画全盛時代の後を託され、自らの行く末に不安を抱いたまま、荒っぽい突貫工事で見切り発車的に始まった、あらゆる試行錯誤が繰り返されていた、そうした黎明期のテレビ業界だったのだ。当然といえば当然だが、その頃の民放テレビ局のスタジオには、会社生え抜きの社員など一人もいなかった、暴力沙汰を起こして映画会社から解雇された演出家や、NHKを定年退職したカメラマン、医薬品販売会社からまったく畑違いの転職をしてきた美術担当、そして彼のような学生アルバイトといった寄せ集めの、正しく「烏合の衆」が現場を切り盛りしていた、怒声は飛び交い、撮影は明け方にならないと終わらなかった、若い男たちが死体のように廊下に突っ伏したまま眠っていた、時代劇の収録中に電話のベルが鳴ったり、大道具の引き戸の建て付けが悪く、俳優が力任せに開けて梁が崩れ落ちたりといったハプニングが起これば、当時は録画テープの編集ができなかったので、一番最初から撮り直さねばならなかった、出演者もスタッフも疲れ果てて酷く不機嫌だったが、朝日が射せばそれが合図となって、誰からいい出すでもなく皆で連れ立って酒を飲みにいった。

幼くて未熟なテレビは映画とは違う、失敗も見過ごして貰える味噌《みそ》っ滓《かす》のメディアだった、週刊誌のコラムで有名評論家がテレビの愚劣さは人間の知性や思考力を低下させると斬り捨てた、「一億総白痴化」という流行語はむしろ追い風だった、専門家から見下されていた分だけ、作り手側としては躊躇も気兼ねもなしに実験的な作風を試みることができた。「全編クローズアップの連続で、ドラマを撮ってみたらどうだろう?」その演出家はグラスを仰いで底に残った氷水を飲み干しながら、大学生の彼に語りかけた、赤坂一ツ木町《ひとつぎちょう》のスナックでのことだった、彼からは肯定とも否定とも取れる曖昧な笑みを返すしかなかったが、もちろん本気では受け止めていなかった、建築基準法が改正され、百尺、三十一メートルの高さ規制が撤廃されたこの機会に、十七階建てのホテルの屋上からカメラを放り投げて、そこに記録された映像を放送してみても面白いじゃあないかと提案するディレクターだっていたのだ……独り善がりの、ほとんど場当たり的な思い付きを公共の電波に乗せているようでは、五年後とはいわないまでも十年後にはテレビなど誰からも、見向きもされなくなる……それは一瞬で通り過ぎた冷酷な感情ではあったが、その時点での彼の本心だったのかもしれない……しょせんこの仕事は、たまたま富裕な家庭に生まれた道楽息子のお遊びなのだ、自分みたいな人間は大学を卒業すると同時に丸ごと人格を入れ替えるようにして、銀行員か官吏か、商社の海外駐在員か、生きる虚しさを感じることはあっても金銭面での憂慮とはいっさい無縁の、堅実な職業に就くように定められているのだ、途切れなく続く人生のわずかな隙間に設けられた、今はその猶予期間に他ならない、しかしいざそれが満期に至ったとき、自分は心地よいぬるま湯から抜け出せるのだろうか？重大な局面であればあるだけ、予め思い描いていた筋道など当てにはならないのではないか？

全編大写しで繋ぐという演出家の提案は奇《き》を衒《てら》っているようでいて、じつはスタジオの狭さや受像機画面の小ささといった制約を逆手に取った、テレビならではの表現方法でもあった、じっさいに演出家はその後、演者の顔面や指先、金槌が打ち付ける釘、囲炉裏の炎などの極端なクローズアップを多用して、一時間物のドラマを制作してしまった、戦時中に小隊を脱走した兵士が父親を頼って訪ねてくる、しかし駐在巡査である父親は息子を匿《かくま》うことを拒むというその作品は、翌年には芸術祭奨励賞を受賞した、原作は東大医学部卒の純文学作家による小説だったが、作家はそれを自らの手で、テレビドラマ用の脚本として全面的に書き直した、作家は新番組の企画や構成にも関わったが、それは興味本位で撮影現場を覗き見するばかりのノーベル文学賞作家とは異なる、テレビという未完成のテクノロジーが含む危うさ、どんな映像でも電波に乗せてさえしまえば、次の瞬間には家族全員が勢揃いする居間に届いている即興性や同時性に、過去に類のない表現の可能性を感じ取っていたからだった。じっさいこの頃には、後の時代から振り返ってみると信じられないぐらい、少々気遣った表現を使うならば前衛的な、言葉を選ばずにいえば意味の分からない、いずれにしても奇妙奇天烈なテレビドラマが何本も制作されたのだ、視聴者はズームアップした俳優の瞳の、瞳孔の中を白煙を吹き上げながら蒸気機関車が横切る場面や、いっさいの説明抜きにイナゴが交尾する様子を四分間以上も見せ付けられた、座卓の三辺に分かれて腰を下ろし、夕食後の番茶を啜っていた親子五人の家族は、何とも気不味《きまず》い空気に包まれたものだった、こんなものは不謹慎だと怒ることすらできなかったのだが、そうした視聴者が覚えるであろう戸惑いも制作側としては織り込み済みだった、映画館や舞台劇場のような非日常的密室ではない、夜分のお茶の間の家族団欒の時間に、そこに裂け目を入れるようにして、不穏で得体の知れない、自らの目を疑いたくなるような映像を一回限り割り込ませるところにこそ、テレビという新しい媒体の可能性があると、当時の制作者は本気で信じていたのだ。つまりは大学生だった美男子俳優が、こんな悪ふざけを続けているようでは、テレビなど早晩消えてなくなると考えたのも無理はなかったわけだが、そうした不可思議で摑みどころのない、視聴者を考え込ませるようなテレビドラマは、ある時期を境に作られなくなっていく、それは一人の人物の企みによって、日本列島全域にくまなくテレビ電波が張り巡らされ、新たに四十三もの放送局に免許が交付された、低価格の受像機が発売されたことで受信契約件数も一千万件を超え、あたかもテレビは国民の日常生活に欠かせぬ備品として溶け込んだかのように見せ掛けながら、そのじつテレビが押し付けてくるタイムテーブルと消費文化をそのまま鵜呑みにしていたのは、我々人間の側だったことがおぼろげにではあるが分かり始めた、そうした時期ともほぼ重なる、東大医学部卒の作家は、人気俳優を起用するよう要求してきたスポンサー企業と衝突したことをきっかけに、急速にテレビへの興味を失っていった、演出家はその後もドラマを作り続けたが、賛否両論を巻き起こすような極端な演出は影を潜め、同時間帯に放送されている他局の番組と視聴率を競い合う、視聴者に擬似的な高揚と安堵感を与えるばかりの、ごくありふれたドラマ制作に徹するようになってしまった。

大学三年に進級した春に、俳優の彼は全四話完結の連続テレビドラマに出演した、美少年の学生アルバイトに以前から目を付けていた女性プロデューサーによる抜擢だった、原作はあの、『葉隠入門《はがくれにゅうもん》』の作者の代表作の一つとされる恋愛小説で、彼が演じたのは伊勢湾の孤島で母親と弟と暮らす漁師の若者の、主人公の役だった、相手役は売り出し中の舞台女優だった、彼女は生まれも育ちも新宿区神楽坂《かぐらざか》で、銀座育ちの彼とは出会った最初から気脈の通じ合うところがあった、彼女の方が彼よりも一歳年下だったが、服装も、立ち振る舞いも、遥かに大人びていた、高校生の頃から麴町《こうじまち》や六本木の高級レストランに出入りし、そこではたいてい親子ほど年齢の離れた男友達が待っていた、それでいて彼女は年長者に媚《こ》びるようなところがなかった、同性をたじろがせるほどの美人であることは間違いなかったのだが、彼女の場合はそれ以上に度胸の強さ、磊落《らいらく》さの方が勝っていた。ラブシーンの撮影も、もっぱら彼女のペースで進められた、本番直前、羽織っていた浴衣を彼女が脱ぎ捨てると、恋人役の彼はもちろん、テレビ局のカメラマンや演出家までもが、ばつの悪い緊張に飲み込まれてしまった、一分間かそこらの短い時間だったのだろうが、誰の口からも言葉が発せられることはなかった、撮影がスタートしてからも、彼の動作はぎこちなかった、少女の裸の肩を手のひらで包み、自分の側に引き寄せねばならないのだが、両肘は固まったように動かなかった、小首を右に傾《かし》げながら前進して口付けようとしても、相手の唇は遥かに遠く、行けども行けども目的地点には到達しなかった。「私の方から半歩、近寄りましょう」何度目かのテイクの後で、彼女は楽しそうに笑いながらそういった、彼女の父親は映画会社のプロデューサーだった、彼女にとって撮影現場は子供時代の幸福な記憶を思い起こさせる、昔懐かしい空間でもあったのだ。ドラマの撮影が終わってしばらく経ってから、二人は頻繁に会うようになった、お互いの仕事の終わる頃合いを見計らって、たいていは深夜零時を回ってから落ち合うのだが、食事場所だけは舞台女優の方から指定した、風俗営業等取締法が大改正されるのはこれよりもずっと後の話だが、当時の東京でも夜半過ぎまで営業しているレストランは限られていた、舞台女優の彼女はそういう店の常連客でもあった。ある晩俳優の彼は、港区麻布台《あざぶだい》のイタリア料理店へと向かった、「文化人」と呼ばれるような人々が夜な夜な集まることで有名な店だったが、今までにも何度か訪れる機会があったこの店を、彼は適当な理由に託《かこつ》けて避けていた、オーナー夫妻が仲介者となって、作曲家や映画監督、画家、ファッションデザイナーなどの見知らぬ者同士が引き合わされる、ヨーロッパのサロンのようなこの店の雰囲気を、どことなく胡散臭いもののように感じていたからだった、それは実験的なテレビドラマなどいずれは廃れると醒めた目で見ていたのと同様、異質なものと出会ったときに否定的な感情が先に立つ、彼の性分でもあったのかもしれない、今回付き合い始めた女性はしかし、このイタリア料理店を贔屓にしていた。

「あの芸名は、断り切れなかっただけじゃない？」彼女と共演したテレビドラマで初めて、彼は本名ではなく芸名を名乗ったのだが、それは民放テレビ局の女性プロデューサーが自らの苗字から一文字を抜き取って拵えた、憶えやすさ以上に平凡さが印象に残ってしまう芸名だった、彼としてはさしたる拘りなどなく、それをそのまま受け容れた、自分の与り知らぬところで勝手に人生が動いている、傍観者的な愉快さもあった。「猫に倣ってあなたも、誰にも打ち明けていない三つ目の名前を大事にしなさい」洞窟めいて狭く薄暗い、レストラン地下の客席の一番奥まったテーブルに、二人は斜向かいに座っていた、なぜだか注文は取らず、黒服に蝶ネクタイのウエーターが小分けにした料理の実物サンプルを運んできた、それが「本場イタリア流」なのかもしれなかったが、彼からすると演出めいてわざとらしく、下品とさえ思われた、しかし料理の美味しさ、そして一人前の分量の多さには驚かされた、幼い頃から銀座の老舗店で高価な洋食を食べ慣れてきたはずの彼でも、初めて見る料理だった、牛の頬肉の煮込みは舌がとろけるように美味かったが、無邪気な興奮を恋人に悟られまいと、彼は強いて平静を装った、俳優業を始めたとはいえ、彼はまだ自意識過剰で食欲旺盛な、二十一歳の大学生に過ぎなかった。

彼の目前には、芸能の仕事と学業の両立という問題が突きつけられていた、この半年というもの、大学にはほとんど通えておらず、留年は必至だった、ある晩彼が帰宅すると、居間では父親が待っていた、上下揃いの背広を着たままでネクタイも外していなかった、父親は勤務先の食料品輸入会社で順調に出世し、財務経理管掌専務取締役の重責を担っていたが、新しい社長には無能で浪費癖の抜けない創業家の長男が就任してしまっていた。先手を打つべく、俳優の仕事は学生時代のかりそめの遊興に過ぎず、卒業と同時に芸能界とは綺麗さっぱり縁を絶ち、総合商社か損害保険会社へ就職する考えであることを、長い前髪を何度も掻き上げながら、彼は早口で説明した。「お前とほぼ同年代の、若い社員と話す機会もあるのだが」父親は悲しげな口調で、しかし息子から送られる上目遣いの視線だけはしっかりと受け止めながら、話し始めた。「皆が申し合わせたかのように、自らの髪に触れ続けるのは、いったいどういう理由なのだろう？」親の責任として四年間分の授業料だけは支払うが、それ以降はいっさい面倒を見ない、実家から出て自力で生活するよう父親は息子に伝えた、それは以前親子間で交わされた合意の再確認に過ぎなかった、その条件であれば自分は難なく満たすことができるだろうと、彼は目論んでいた。すると数日後、一人の中年の男が彼の自宅を訪ねてきた、色付きの眼鏡をかけ口髭を蓄えた怪しげな風貌だったが、NHKのドラマ制作のプロデューサーとのことだった、彼は不在だったが、翌日の朝にも同じ人物はやってきた。「本年の大河ドラマに、ご出演頂きたい」しかし今はもう三月の終わりだった、大河ドラマは年初から毎週日曜夜の放送が始まっていた、NHKともあろう公共放送局が看板番組への出演を、こんな風に場当たり的に打診してくるものだろうか？　この話には何か裏があるのではないか？　勘繰った彼はいったん回答を保留した、プロデューサーを名乗る男は三度《みたび》やってきた、発する言葉は変わらず慇懃だったが、態度からは苛立ちが感じられた。「出演依頼書を持参しています」民放テレビ局のドラマに出演したときには、事前に書面を取り交わすなどということはなかった、これがNHKの作法なのだろうか？　だがテーブルの上に置かれた一枚を捲ってみて、彼は自らの目を疑うほど驚いた、「誓約書」と題されたその文書には、番組出演による多忙を弁解として学業を疎《おろそ》かにはしないこと、現在在学中の大学を留年せずに卒業し、その後は俳優業に邁進することを約束する旨が記されていた。「あなたの自筆署名と捺印、もしくは拇印が必要です」父親からの差し金とも考えられたが、代議士や評論家でもあるまいし、天下のNHKを操るほどの権力を持つ人物ではないことは、息子の彼がよく知っていた、考えてみるまでもなく分かることだが、この「誓約書」には両義的な意味が含まれていた、学生の本分を全うし学位取得を約束すると同時に、卒業後は本格的に俳優の道へ進むという進路表明でもあった。右手にペンを握ったところで、彼の動作は止まった、いくつもの先取られた後悔が頭の中を過ぎった、そもそも俺はそこまで本気なのだろうか、高校の演劇部で持て囃された余韻に浸ったまま流され続けて、今いる場所にたまたま辿り着いただけではないのか……堅実な仕事に就かなくて、本当に大丈夫なのか、ヤクザ者が幅を利かせる芸能の世界で、これから何十年もやっていく度胸は定まっているのか……

それでも彼はその「誓約書」に署名した、それほどまでに俳優としての自らの才能と運気を試してみたいという気持ちが強いことを、彼は自分自身の取った行為によって思い知らされた、大河ドラマの彼の出演場面は、五月の連休明けから撮影が始まった、若き日の石田三成《いしだみつなり》役だったが、自分でも鏡から目を背けたくなるほど、狭い額、太い眉の彼の顔に総髪切藁《そうはつきりわら》のかつらが似合っておらず、合戦場面で身につける鎧《よろい》は三十キロ以上もある、両肩に深く食い込むほどの重量で、ただでさえ乗り慣れていない馬の背中から、何度も振り落とされそうになった。彼の演じた石田三成は視聴者からは好評を得ていたが、恐らくその内の何割かは、役者が現役の慶應大生であることによる贔屓目でもあったのだろう、当時の俳優は俗世間からちやほやと持て囃されていた一方で、「しょせんあいつらは河原乞食《かわらこじき》じゃあねえか」などと陰口を囁かれる偏見にも耐えねばならなかった、そんな面倒な職業に就こうという高学歴者や良家の子女はまだまだ少なかった中で、彼の存在は注目を集めて当たり前だったのかもしれない。それから三年後、彼は再び大河ドラマの出演依頼を受けた、今回は主役への抜擢だった、自分みたいな細身で現代的な顔付きの俳優は時代劇には合わないと、ほとんど興味を失いかけていた本人は意外に感じたが、さすがにこの申し出ばかりは受けないわけにはいかなかった、上杉謙信《うえすぎけんしん》役で彼が主演した作品が、大河ドラマとしては初のカラー放送で始まると、彼の人気、知名度は一気に全国区になったのだが、その時点でも彼はまだ、あの神楽坂育ちの舞台女優と付き合い続けていた、父親と交わした約束通り、大学卒業後は実家を出て、港区三田綱町《みたつなまち》のマンションに住んでいたが、いつの頃からか舞台女優はそこに衣類や化粧台、本棚を持ち込んでいた、つまりは同棲していたということになるのだろうが、にも拘わらず不思議なことには、互いに顔を合わせない期間が三カ月近くも続くことだってあったのだ。

分野の違いとは関係なく、人生経験がもっとも充実する三十代、四十代に成功を収めるような人物であれば誰しも、よくぞあの殺人的な繁忙を生きて凌ぎ切ることができたと、まるで歴史上の英雄のように自分を褒め讃えたくなる若い頃の日々があるものだが、俳優の彼も、舞台女優も、正しくこの時期がそれに該当した、テレビドラマと映画の撮影を掛け持ちしながら、彼は自ら望んで舞台の演出の仕事も始めていた、監督や演出家の指示のままに動く操り人形のような役者とは、自分は断じて違うという自尊心もあったのだろう、外貨持ち出し制限のあったこの時代にはまだ海外旅行は限られた人々だけの贅沢だったが、ニューヨークとロンドンの舞台を視察に訪れたこともあった。舞台女優の彼女は彼女で、やはり多忙な日々を過ごしていた、数年後にノーベル文学賞を受賞することになる、あの覗き見好きの老作家のお気に入りとなって、老作家が執筆した中間小説を原作とする映画の主演も果たした、あるとき彼女は老作家からの電話を受けた、とつぜんの呼び出しは以前にもあったが、奇妙だったのは午前六時に、一人で来なさいという指示だった、老作家が定宿としている紀尾井町《きおいちょう》の料亭旅館へ、彼女はタクシーで向かった、夏の早朝だった、太陽は既に高い位置まで昇っていたが、セミはまだ鳴いていなかった、田舎道のように車も通行人もいない国道一号線桜田通りを、彼女を乗せたタクシーはゆっくりと進んだ。こんな時間なのに、料亭旅館の冠木門《かぶきもん》の前では、下足番の老人が待っていてくれた、奥座敷に通されると、着流しの老作家は分厚い座布団の上に正座していた、彼女が腰を下ろすやいなや、音もなく襖が開き、温かい椀物が運ばれてきた。挨拶以降の会話が交わされることはなかった、この一人の老人の我が儘のために、どれだけ多くの人々が右往左往させられ、なけなしの個人の自由時間を奪われているのだろう？　やにわに沸き起こった腹立たしさを紛らわすかのように、彼女は黙々と朝食を平らげた、その様子を凝視していた老作家が、ようやく言葉を発した。「その場でよいから、立ち上がってみなさい」返事もせぬまま不服げに、しかし彼女は指図に従って、横に一歩分ずれて起立した、そのときになって初めて、赤い縞柄のワンピースなどという品のない格好でこの場に臨んでしまったことを悔いた。「両手で裾を摘んで、膝の上まで持ち上げてごらん」彼女の率直な性格であれば、冗談として笑って遣り過すことだって可能だったのだろうが、そのときの彼女は真顔でいわれた通りにした、歴史に名を残すであろう文学者の、あられもない欲情の対象となっている自分自身に、けっして悪い気はしなかったのだ。

老作家に限らず、作詞家や写真家、著名なジャーナリストなどとも親密な付き合いを続ける舞台女優に対して、俳優の彼は内心では苦々しい思いを抱いていた、それは嫉妬とも違う、強いていうならば同業者に向けての忠告めいた感情だったのだが、そうした胸三寸をあからさまな態度に出したり、非難に類する発言をしたりするようなことはなかった、それでも台所も洗面所も共有しながら一緒に暮らしていれば、内に秘めた思いというものは言葉で表現するのと同様に、もしくはそれ以上に露骨な形で相手には伝わってしまう、それが現実生活の常なのだ。「打算なんて、全くないの」

久しぶりの、自宅での二人だけの夕食だった、丸ごと一尾買ってきた真鯛を彼が捌いて、茸を添えたムニエルを作った、当時はまだ日本にはほとんど輸入されていなかった、カリフォルニア産のワインを彼女は飲んでいた。「この人と一緒にいれば楽しい時間が過ごせそうだという、ただの予感なのよ」その予感をこそ、打算と呼ぶべきなのだという反論は差し控えた、長く続いた恋愛の終わりが近づいていることは分かっていたが、その話し合いをどちらから、どのようなタイミングで切り出したらよいのかは分からなかった。それから二カ月半ほどの時間を置いて、仕事中の彼の楽屋を舞台女優が訪ねてきた、彼女は友人を連れていた、それは後に彼の結婚相手となる女優だったが、撮影の合間だったらしく、白いレース生地のドレスを纏い、紫色がかった頬紅を塗ったままだった、長い髪はアップに結っていた、ただでさえ大きな瞳が付け睫毛とアイシャドウによって一層強調されていた、咄嗟に彼は、小さな勘違いをした、この女優とは以前面識があると思い込んで、無愛想な会釈で済ませてしまったのだ、しかしそれで女優が動じることはなかった、はっきりとした発音で、自らの芸名を名乗った上で、「どうぞ初めまして。宜しくお願いします」と、映画黄金期のスターらしからぬ、深々とした一礼で応じた。ほどなく民放テレビ局制作の、新たなホームドラマの配役が発表され、彼とその女優は夫婦役を演じることになった、芸能週刊誌は映画界切っての人気女優と、大河ドラマ主演俳優の初共演と盛んに書き立てたが、所属事務所の社長を始めとする彼の周囲の人々は、この仕事を引き受けた彼の判断に顔をしかめた、コミカルな役柄を演じることで、せっかく確立された時代劇の主役格の査定、大物俳優としての地位を損ねるのではないかと恐れたのだ、だが彼本人は芸名に対する拘りがなかったのと同様、狭い役者業界内の階級順位になど興味はなかった、それよりも気になっていたのは、ここ数カ月の一連の出来事が繋がっている、仕組まれているように思えてならないことだった、舞台女優の人脈と色香《いろか》をもってすれば、それは容易いとはいわないまでも、不可能ではないはずだった。地方での撮影を終えて、一週間振りに三田綱町のマンションに彼が帰宅すると、三面鏡も電気スタンドも、あれほど沢山あったドレスやコート、ハイヒールも、化粧道具も、書籍もレコードも、恋人の持ち物は全て消えていた、足掛け八年にも及んだ恋愛の断片が思い出されて、少しの間彼は疲れ果てたような、呆けたような気分に浸っていた、そして一人で住むには余りにも広い家を購入してしまったことを、今更ながら後悔した。

ドラマの撮影は、年が改まった春先から始まった、ちょうどグアム島で発見された元日本兵が二十八年振りに帰国して、日本じゅうが大騒ぎしていた時期だった、東京山の手の商店街に開業した美容院の店長役を女優の彼女が演じ、彼はその夫の、うだつの上がらないしかし人好きはする、民放テレビ局勤務のディレクター役を演じた。

クランクイン当初から撮影現場には、今回の成功は既に約束されているかのような、楽観的な空気が充満していた、スタジオ内ですれ違う出演者も、スタッフも、顔面には大らかな笑みが浮かんでいた、現場からのそうした期待に応えるように、テレビ局の側でも新番組宣伝のための大判のポスター二千枚を刷って、首都圏のターミナル駅と営団《えいだん》地下鉄駅構内に貼り出した、そこでは真っ赤なセーターを着た女優の彼女と、水色のカーディガンを羽織った彼が向き合って座り、傍に一行、「とにかく素敵な夫婦なんです」というキャッチコピーだけが添えられていた、放送チャンネルも曜日時間も、番組タイトルさえも伏せられたままの、不思議なポスターだった。これより後にも先にも俳優の彼は経験し得なかったことだが、じっさいこのドラマの出演者は、芸能人同士持ちつ持たれつの虚礼などいっさい抜きに、本当に仲がよかった、たいていの現場には一人か二人、主役の演技を遠巻きに眺めながら、冷ややかに鼻で笑っているベテラン俳優がいるものなのだが、今回集まった役者たちの中には、そうした捻くれ者は一人もいなかった。夫役の彼が屋根を伝って、隣家のベランダまで飛び移るシーンを撮影していたときだった、「ああっ！」という甲高い悲鳴が上がった、瓦の上で足を滑らせた彼は、生まれて間もない子猫のように為す術もなく屋根から転げ落ちた、落下の瞬間を目の当たりにしたスタッフと、出演者全員が床の上に突っ伏す彼の傍らに駆け寄った、短い沈黙の間があって、それから無邪気な笑い声がスタジオ内に響いた。「大道具の屋根から落ちたところで、ぜったいに骨折なんてしませんよ！」だが見上げた仕事仲間たちの顔は蒼ざめていた、中には心配の余り下瞼に涙を溜めている者までいた、彼は自らのふざけた振る舞いを反省したが、同時に抜き差しならない疑似家族的な親密さに取り込まれていることも、このとき自覚したのだった。

役者たちの気の置けない付き合いの中心には、年配の喜劇女優がいた、京都の芸妓の私生児として生まれ、ジャズ歌手や時代劇の脇役として食い繋いできた苦労人だったが、今では大晦日の紅白歌合戦の紅組司会を任せられるほどの大物だった、互いに反目し合うのが当たり前の芸能界にあって、およそ敵らしい敵など存在しない、珍しい人格者なのだが、彼の勘では別れた恋人の舞台女優は、この喜劇女優と裏で密かに通じているように思えてならなかった。だが仮に事実がその通りであったとして、どんな問題が考えられるだろう？　いかなる不都合が自分に降りかかるというのだろう？　知らぬ振りをして済ませることによって初めて獲得する幸福もある、安易にそう割り切ってしまえるほどまでに、今では彼は、共演相手の妻役の女優に夢中だった、自分のことながら羞恥さえ覚える変わり様だった、もしかしたらその変化は、舞台女優の友人として彼女を紹介された、あの瞬間から既に始まっていたのかもしれないが、油断していた彼はその兆候に気づかなかった。昔のような時間的にも、予算にも余裕のあった時代であっても、こんな遊山《ゆさん》は滅多に許されなかったのだが、スタジオでの撮影を終えるやいなや、大型バスを一台借り切って、出演者全員と番組スタッフで乗り合わせて、熱海の温泉旅館へ向かったことがあった、用賀料金所から東名高速道路に入ってほどなく、座席に沈んでまどろんでいた彼の目の前に、青白く仄光る、剝き出しの二の腕が差し出された。「お菓子を焼いてみました。お嫌いでなければ、どうぞ」籐《とう》の籠に盛られた山の上の楕円形の一つを、女優から勧められるがままに彼は摘んだ、映画スターが指先を汚しながら粉を捏ねている姿は作為的過ぎて、現実味が感じられなかったが、焼き菓子の控えめな甘さは、手足の先まで染み渡る美味さだった、そもそも砂糖を使った菓子なんて、俺はもう何年も口にしていないのではないか……別れた同棲相手は、食通ではあったが自分ではけっして手を汚さない、料理などしない女だった……旅館での滞在中も彼は、女優の気配りや慎ましさ、寡黙さばかりに感心させられてしまった、じっさい彼女は宴会中も大きく目を見開いたまま、遠慮気味に黙って繰り返し頷き、もっぱら他人の話の聞き役に徹していることが多かったが、その様子は高校時代の彼が有楽町の劇場で観た彼女の主演映画の、あの「山番の娘」

こそが、この人の生来の性格なのではないかと錯覚させられるほど、純朴で落ち着いていた。スクリーン上で初めて観たときには押し付けがましいとさえ感じられた、その美顔は、三十歳手前という年齢的成熟によって、均整の取れた、和らいだ華やかさへと変貌を遂げていた。だがこのときの彼が虚を突かれ、動揺してしまった第一の理由は、美しさの絶頂期に差し掛かっていた女優の容姿ではなく、温順で慎しみ深い、恐らく「家庭的」と表現してもよいのであろう性格の女に惹かれているという、自らに関する不可解な事実だった、かつての俺ならばそんな異性には興味も示さなかった、軽蔑さえしていたではないか！　日吉の学校に通っていた時分には、良妻賢母予備軍の女生徒を何十人も袖にしてきたじゃあないか！　それとも俺は、手作り菓子の甘さに惑わされているだけなのだろうか……

しかしいくら自分に向かって悪態を吐いたところで、現実は巨岩のようにびくともしないものだ、ドラマの撮影中や待ち時間はもちろん、芸能記者から取材を受けている最中ですら、ぼんやりと斜め上に投げた彼の視線の先には、思いを寄せる女優の顔が浮かんで見えた、それはかつて無数の映画に主演した美少女の作り笑顔ではなく、穏やかな、しかしどこか責め苛むような眼差しで、役柄上は彼女の夫を演じている彼をじっと見つめる、自立した大人の女性の真顔だった。いかにも取って付けたような理由で構わない、彼女と二人きりの時間を確保できないものか？　彼は策略を巡らせた、撮影所では女優は付き人を常時帯同しているので駄目だった、彼女が贔屓にしていると聞いた日比谷の靴店や、平河町《ひらかわちょう》の寿司屋で、偶然を装って待ち伏せしていたこともあった、カウンターの隅に座って、黙ったまま一人手酌で酒を飲み続けていると、少し離れた席の年配の夫婦が声を潜めて交わす会話には、テレビ局のプロデューサーから勧められるがままに付けてしまった、平凡さばかりが印象に残る自分の芸名が、繰り返し差し挟まれているような気がしてならなかった、テーブル席で談笑する企業の重役風の老人たちも、こちらをちらちらと窺いながら噂話をしているように見えた、そうした自惚れの強さ、周囲から向けられる視線に対する過剰反応には、我ながら嫌気が差したのだが、じっさい店内に居合わせた客たちとしてみれば、当代一の美男子俳優本人を間近で見ることのできた幸運を、興奮しながら語り合わずにはいられなかったのだ。

「最初から私に相談してくれたら、もっと簡単に事が運んだのに」喜劇女優は彼の背後からわざわざ真正面まで回り込んできて、わずかばかり意地悪そうに微笑んだ、ドラマの撮影終了後の、楽屋での出来事だった。反射的に彼は顔を背けたが、それは気恥ずかしさだけが理由ではなかった、叩き上げ特有の尊大さ、育ちのよい「お坊ちゃん」を見下すことで、自らを優位に置こうとする卑怯さを感じ取ったからでもあったのだが、このときの彼には手段を選り好みしている余裕はなかった、一日でも、一時間でも早く、彼女と二人だけで語り合える場面を実現せねばならなかった。喜劇女優から手渡されたメモには、日時とホテルの部屋番号だけが記されていた、春の夕暮れ時、皇居内濠千鳥ヶ淵《ちどりがふち》に面したホテルの一室をノックすると、六十代後半か、七十代だろうか、給仕服を着た老婆が現れ、奥のパーラールームへと彼を招き入れた、普段の仕事中と変わらぬ、しっかりとした化粧を施された女優の彼女は、くつろいだ体勢でソファーに腰を下ろしていたのだが、何より驚いたのは、テーブル上のグラスには食前酒が注がれ、ほんのりとではあるが両頬も赤みがかっていたことだった、唖然として立ち尽くしたまま、彼は相手を待たせてしまった非礼を詫びた。「とんでもない。私が勝手に前乗りしただけですから」そこで一つの疑念が彼の頭の中を過ぎった、もしかしたらこの部屋にはつい先ほどまで、あの喜劇女優がいたのではないだろうか……二人で酒を飲み交わしながら、ちょうど今ごろ緊張した面持ちでここへ向かっているであろう自分を、笑い種にしていたのではないか……不必要なまでに天井の高い、大きな部屋の窓からは皇居の黒い森を背景として、夕焼け空を映して赤紫色に染まるお濠が見えた、給仕服の老婆は数種類の酒とオードブルをテーブルに並べ終わると、そそくさと逃げるように退出していった。「撮影所で毎日のように顔を合わせているのに、こんな場所で会いたいだなんて、随分なお金の無駄遣いね」どこか商売女めいた、やさぐれた言い回しが気になったが、俳優の彼としては人目を憚ることなく、ようやく意中の女性と二人きりで話ができる喜びの方が大きかった、しかもその相手とは、日本映画界を代表する美形女優の一人として歴史に名を残すに違いない人物でもあるのだ。早いペースで白ワインを呷《あお》りながら、単刀直入に彼は、今後もこうして二人して語り合ったり、食事をしたりする機会を持って欲しいと頼んだ。「台本通りの会話では、駄目なんだ！」「お気持ちは嬉しいけれども、私のためというよりはあなたの無事を図るために、そこで思い留まるべきではないかしら？」

嚙み合っているとは思えない、そんな返答にも拘わらず、俳優の彼と女優は人目を忍んで落ち合うようになった、二人して外出するときには野次馬などに騒ぎ立てられぬよう、細心の注意を払わねばならなかったが、二人は人気ドラマの共演者であるという動かし難い事実が、巧妙なカムフラージュとなった、高級レストランやホテルのロビーで並んで歩く、評判の美男美女の姿をたまたま目撃してしまった人々は驚嘆しつつも、きっとこれも演技の打ち合わせ、役者としての仕事の一環であるに違いないと自らを納得させた。大袈裟ではなくじっさい当時の日本人の成人男女で、東京山の手の美容院を舞台とした連続ドラマに主演する二人の顔を知らぬ者はいなかった、ドラマが回を重ねるごとに世間の注目度も高まり、開始から半年余りが経過した第二十五話ではとうとう五十六・三パーセントという、その後何十年にも亘って破られることのない、民放ドラマ史上の最高視聴率まで記録してしまった、クランクイン当初の予感は本物だったのだ！　テレビ局のスタッフも、経営陣も、関係者は皆大はしゃぎだった、シリーズ化も視野に入れながら、続編の企画が立ち上がった、発行部数六百万部を誇る、全国紙の社説までもがこのテレビドラマを取り上げたのだが、その内容はといえば、テレビ局員と美容師夫婦が毎週木曜日の晩に繰り広げる諍《いさか》い事と仲直りに、国民の過半数が一喜一憂しているようでは、我が国の将来も暗澹たるものだといわざるを得ないという、手厳しいものだった。天に向かって唾を吐くことにもなり兼ねないので、内輪の場での発言に留めてはいたが、俳優の彼も本心ではこの社説に同感だった、地元開催のオリンピックの開会式や、この年の冬に起こった浅間山荘事件のような凶悪事件現場からの生中継に、国民の大半がブラウン管に齧り付いて離れないのは、同時代の記憶から爪弾きにされたくない大衆の心理として理解できなくもなかったが、たわいもないホームドラマの成り行きが気になって、全国の老若男女がじっと画面に見入っている様子は、やはり異常だった、この国が土台としていた何かが、決定的に狂ってしまったのかもしれなかった、あの新潟の牛馬商の息子の政治家が「今太閤」「庶民宰相」と持て囃され、戦後最高の六十二パーセントもの内閣支持率を獲得してしまう、今の世相とも関係があるのだろうか？　そもそも思い出してもみて欲しい、黎明期のテレビドラマは、もっと突飛で斬新で、得体の知れないものだったじゃあないか！　万人受けなどを狙うこと自体、作り手にとっては恥だったのではないか！

数字になんて何の実態もないと自らを戒めてみても、主演するドラマが高視聴率を取ればそれはそれで、この時期の彼が一日一日を乗り切る上での大きな励ましになっていたことは、本人としても認めないわけにはいかなかった、交わらずに平行して進む、二つの現実の狭間を縫うような、奇妙な時間を彼は生きていた、撮影所でのドラマの撮影中、最愛の女性は彼の目の前の、吐息さえ届きそうな至近に座り、「正直にいって。怒んないから」「いい歌ね」「私、悲しいわ」などという短い言葉を、その小さく可憐な口から漏らした、生々しいラブシーンこそなかったが、ときには両の手を握り合い、肩を抱き寄せることさえあった。全てそれらは演出家の指導に従ったに過ぎないのだが、そんな場面を撮影した日の彼は、悶々とした気持ちを抱えたまま帰宅せざるを得なかった、すぐさま彼女の自宅に電話し、車を飛ばして会いにいったこともあった、彼女は当時、渋谷区松濤《しょうとう》のマンションに一人で住んでいた、夜の訪問が拒まれることはなかったが、男女間の一線は守られていた、つまり二人はまだ恋人同士ではなかったのだ。「髪を解いて、化粧も落としてしまったから。こんな見苦しい格好で、恥ずかしいわ」しかしじっさいには、彼女の目元と両頬には薄化粧が施されていた、化粧が控えめなことで、艶《つや》やかで形のよい額と上目遣いの大きな瞳、丸く滑らかな頬骨は、より一層強調された、対面した人々を黙らせてしまう、問答無用なまでの美しさを、この頃の彼女は獲得していた。「たまには外を歩いてみない?」コーヒーカップを片手に、窓越しに広がる真っ暗な住宅街を眺めつつ、彼女が提案した、深夜二時過ぎの、誰とも擦れ違うことのない裏道を、二人は小声でお喋りしながら歩いた、二人が出演しているドラマの舞台とそっくりの商店街を見つけると、閉ざされたシャッターの前で立ち止まっては、「川上精肉店」「二宮洋菓子」「おしゃれの店ローズ」といった店名を、いちいち読み上げた、空には黄色い下弦の月が浮かんでいた、季節は夏の終わりだった、ときおり不意打ちのように、冷たい夜気に混じって金木犀の強い香りが押し寄せた。線路沿いの緩やかな坂道を上り切ると、山のような巨大なものが二人の行く手に立ち塞がった、東京大学の駒場《こまば》キャンパスだった、こんな時間にも拘わらず、大学構内には学生が残っていた、それも一人二人ではない、複数の、十人以上の男女のグループが鼻歌を口ずさみ、煙草を吹かしながら、彼と彼女の傍を通り過ぎていった、全共闘の学生かとも思ったが、国家が転覆するのではないかと危惧されるほどの大騒動だった学生運動は、今ではすっかり下火になっていた。「低俗なテレビドラマなんて、学者やお役人になるような大学生は観ないのでしょうね」明らかにそれは、秀才を見下した物言いではあったのだが、生涯に亘ってそうした生き方を強いられる人々への憐れみを含んでいるようでもあった、ゴシック建築めいたアーチ型の門に連なる階段で、二人はどちらからということもなく腰を下ろした、やかましいほどの音量で草叢の虫が鳴いていた、やにわに、彼が女優の肩を抱き寄せた、顔と顔、目と目が向き合うそのポーズは、映画の中の一場面を忠実に模倣した演技のようでもあったのだが、二人とも表情は真剣だった、懇願するかのように彼はいった。「俺たちは結婚しよう」彼女は首を振った。「それは無理。だって私は、社長の愛人なのだから」

社長というのは、彼女が所属する映画会社の社長だった、幾人もの、戦後の邦画全盛期に大ヒットを飛ばしたスターたちとも浮名を流してきたような女優なのだから、その総元締めである映画会社の社長と付き合っていると明かされたところで、今更驚くには値しないのかもしれない、それでも彼は激しいショックを受けた、一歩一歩踏み締めるように、慎重に歩みを進めていた地面がとつぜん裂けて、地割れに飲み込まれてしまったかのような衝撃だった、困窮しているわけでもない売れっ子女優が、資産家の「二号さん」などという屈辱的な立場を受け容れるとは、彼にはどうしても信じられなかったのだ。映画会社の社長はあの喜劇女優と同じく、京都の花街の出身だった、早くに両親を亡くし、食い繋ぐために職業と居住地を転々と移し変えた、十八歳のときに故郷京都に戻り、材木問屋で働き始めるのだが、そこはヤクザ者とアナーキストの巣窟だった、大道具を製作したり、セットを組んだりするのに木材を多用することから、映画の撮影所にも出入りするようになったのだが、その撮影所とは、トリック技法を発明し、小柄な歌舞伎役者主演の忍術映画で一世を風靡した、あの映画監督の興した会社に他ならなかった。撮影所内の労働争議を収めた功績が認められて、後に映画会社の社長となる男は用心棒として雇われることになった、暴力沙汰が日常茶飯事だった昔の興行界では、そういう役回りが必要不可欠だったのだ、競合他社から人気役者の引き抜きを繰り返すことで、その男は社内の地位を固めていった、強引なやり方は軋轢を生んだが、そうした類の喧嘩にはめっぽう強いことを周囲に見せ付けることによって、実力者にのし上がった。日中戦争勃発と同じ年の秋に起こった、人気絶頂の二枚目俳優が暴漢に左頬を斬り付けられた事件でも、その人物が関与しているらしいという噂が広まった、いや、噂だけではなく、じっさいに参考人として京都府警に勾留《こうりゅう》までされているのだが、なぜだか起訴は免れてしまった、それから数年後に発覚した総額百四十万円に上る不正会計事件では、起訴こそされたものの最終的には無罪を勝ち取っている。いつしか男の上辺《うわべ》は、権力からも庇護されているかのような伝説で覆われていったのだが、現実にこの人物は政治家や官僚との強靭な繋がりを築いてもいたのだ、戦時中の物資不足と軍需優先を理由に、内閣情報局主導で映画製作会社の統廃合が進められた際にも、どさくさに紛れて自らの新会社を設立してしまった、権力中枢に人脈を張り巡らしていなければ、とうてい不可能な離れ業だった、とうぜん業界内には敵も多かった、というよりも恨みを抱いている者ばかりだったため、戦後は五社協定からも締め出され、男の会社は窮地に陥ったかにも見えた、するとその不遇に対する見返りでもあるかのように、男のプロデュースした時代劇映画がベネチア国際映画祭に出品され、グランプリに相当する金獅子賞を受賞してしまった。

そういう意味ではこの映画会社社長が、強引さや計算高さだけに留まらない、運の強さも持ち合わせていたことは間違いない、首都が壊滅的に焼き尽くされた挙句の敗戦後、欧米に対するコンプレックスを抱き続けていた日本国民の耳には、このベネチア国際映画祭金獅子賞受賞のニュースは、古橋廣之進《ふるはしひろのしん》の水泳世界新記録樹立、湯川秀樹《ゆかわひでき》のノーベル物理学賞受賞と並んで、国際的な尊厳がようやく回復したことを知らせる鐘声《しょうせい》のように鳴り響いた、単なる偶然だったのかもしれないが、そのニュースが日本にもたらされたのは、サンフランシスコ講和条約の締結からわずか二日後のことだったのだ。映画会社社長は学術芸術分野の功労者として紫綬褒章も受章している、映画人初の文化勲章を授与されるのではないかという話まであった、この頃の社長のことを「今太閤」と呼んだ人もいた、テレビ受像機の急速な拡販によって映画産業が斜陽化し始めてからも、この人物の威光は保たれていた、ダービー馬の馬主となり、プロ野球球団のオーナーにもなった、政財界の重要人事にも多大な影響力を与える、いわゆる「フィクサー」の一人となって以降は、学歴を持たず、貧しい出自から苦労を重ねて人脈を築き一国の宰相にまで登り詰めた、かつての自身と同様に世間では「今太閤」と呼ばれるようになっている、経歴だけではなく小太りで赤ら顔の風貌や聴衆の情緒に訴えかける喋り方も似ている、あの新潟出身の政治家に肩入れして資金面から支えていた。「あなたもこの仕事を始めて、ほどなく知ったことでしょう」まるで年齢の離れた弟にでも教え諭すかのように、俳優の彼に向かって彼女は語りかけた。「そういう立場を受け容れることで、幸福な晩年を迎えている女優や歌手は、数え切れないほどいるのよ」そこまで開き直られてしまうと、さすがに彼も合点がいったのだが、千鳥ヶ淵のホテルの部屋で、彼の到着直前まで彼女が一緒に酒を飲んでいた相手は、喜劇女優ではなかった、映画会社の社長だったのだ、あの給仕服の老婆だけが、入れ替わり立ち替わりの一部始終を目撃していたのだ、そう考えると羞恥心に押し潰されそうな、暗澹たる気持ちにもなったが、しかしいくら自分が若手の有望俳優だ、大河ドラマの主演だと振りかざしてみたところで、敵は余りに巨大で、老練で、野蛮過ぎた、賢明な大人の男であれば、あのとき彼女が忠告してくれた通り自分の身の「無事を図る」ことが、選ぶべき対処なのかもしれなかった。じっさい東大駒場キャンパスでの深夜のデートから数日間、彼はこの恋愛を諦めてしまおうかと真剣に考えていたのだ、結果如何に拘わらず、これから自分が対峙せねばならない修羅場を想像すると、それらは遠景に霞んで見えるほど面倒なものに思われた、彼は三十歳になったばかりだったが、青春期末期の限られた体力を俳優の仕事とは関係のない、不毛な苦労に費やしてしまうことも恐ろしかった、つまり彼は怖気付いていた、この状況は彼本人の「自分で蒔いた種」に起因してはいたが、刈り取る義務など投げ出して、散らかり放題そのままにして逃げてしまうことだって、今ならばまだできなくはなかった。

もちろんその間も、東京山の手の美容院を舞台にした連続ドラマの撮影は続いていた、ほぼ毎日のように彼は彼女と顔を合わせ、六畳の狭い和室で口喧嘩と仲直りを繰り返す、全国の視聴者に羨望を抱かせずにはおかない、理想的な夫婦役を演じていたわけだが、ある日の収録後、彼は自分を取り巻く環境が変化していることに気がついた、楽屋から駐車場へと向かう薄暗い廊下で、一人の男が立ち尽くしたまま、煙草を吹かしているのが見えた、それは彼が主演するドラマの演出家だった、彼は軽く会釈で済ませて、傍を通り過ぎようとした、するとすれ違いざまいきなり、痛いほど強く、左肩を摑み取られた、それは今日一日の現場仕事に対する慰労としては余りに荒っぽい、ある種の激励、鼓舞《こぶ》としか解釈できないような、強烈な叩き方だった。車のハンドルを握りながら、彼はここ数日の出来事を思い返してみた、敢えて知らぬ振りをしてはいたものの、確かにおかしな振る舞いは少なからずあったのだ、彼の母親とさほど年齢の変わらぬ衣装担当の女性は、彼をじっと見つめて、両目に涙を溜めていた、近寄ろうとすると、衣装担当は逃げるように去ってしまった、彼の楽屋に置かれた青い信楽《しがらき》焼の花器には、毎朝誰かが新鮮な生花を挿してくれていた、丁寧に薄皮を剝かれ、半月型に切り分けられたグレープフルーツが、平皿一杯に盛られていたこともあった。そうした持て成しも番組主演の二枚目俳優なのだから当然だなどとはとうてい考えられなかった、そもそも演技中の彼が番組スタッフから浴びる視線からして、以前とは違っていたのだ、それは悲痛な祈りにも似た、まるで満塁のランナーを背負ったマウンド上の救援投手に送られるかのような、励ましの視線だった、女優もその場にいた手前、声援こそ発するのは控えていたが、間違いなくディレクター、カメラマン、共演者、照明や音声といった裏方に至るまで、スタジオで一緒に仕事をしている全員が、彼の恋路を応援していた、そして恐らく彼ら彼女らは、恋敵が何者であるのかも知っているのだろう、わざわざ調べるまでもなく、そのことを皆に触れ回ったのはあの喜劇女優なのだろうが、もはやこの段に至っては彼本人も、共演相手へと向かう自らの愛情を隠そうという気は失せつつあった。東大や一流私大卒の計算高い放送局員であれば、大ヒットドラマの夫婦役がプライベートでも本当の恋人同士として結ばれるのであれば、その芸能ニュースはこれ以上望むべくもない絶好の番組宣伝材料になるという、その程度の打算はもちろん働いていただろう、しかしこの後ほどなく彼本人も知ることとなるのだが、現場スタッフが彼の求愛を支持したのにはもう少し別の、純粋な動機も含まれていた、テレビ時代の申し子が映画界の最後の帝王に無謀な戦いを挑んだような、あたかもテレビ対映画の代理戦争であるかのような、妄想じみてはいるが心情的には分からないでもない過剰な期待が、この恋愛には仮託されてしまっていたのだ。

　当事者の彼からしてみたら周囲の関心や思い入れは的外れもよいところだったのだが、しかしそうした環境の変化が、難敵を前にして投げ遣りになりかけていた彼の気持ちを恋愛に繋ぎ留めたのも、それもまた事実だった、ドラマの視聴率も高い数字を維持していた、自分たちが作っているのは安っぽいホームドラマではあるが、その放送を日本国民の半数が心待ちにしてくれているという状況は、番組に携わっている全員に自信を与えていた、圧倒的に支持される理由が判然としない分、その自信は一層強まっていた、普段であれば起こり得ないような奇跡でも、今に限っては実現してもおかしくはないような、特異な高揚は続いていたのだ。するとそんな頃合いを見計ったかのように、映画会社の社長から俳優の彼に、ちょくせつ会って話がしたいという連絡が入った、彼の側に驚きはなかった、それはある程度予期していた「次なる展開」でもあった、指定された時間きっかりに、俳優の彼は内幸町《うちさいわいちょう》のホテルに到着した、ロビーには足を踏み入れず、車寄せに仁王立ちになって、相手がやってくるのを待った、秋晴れの朝だった、車道を挟んだ向かい側には、子供時代の彼が遊び、高校時代にはガールフレンドと散歩を楽しんだ日比谷公園が見えた、それらの過去は見知らぬ他人の人生のように、今の自分からは遥かな遠くに思われた、俳優の存在に気がついたベルボーイが近寄ってきたが、その険しい表情から何かを察したのか、踵を返して戻っていった。やがて艶やかで平たい、深海に生息する鯨類《げいるい》を思わせる巨大な物体が、車寄せの石畳をゆっくりと進んできた、それは興行界では知らぬ人のいない、映画会社社長愛用の紺色のロールスロイスだった、降り立った運転手が素早く後部座席のドアを開けると、そこには三面記事に掲載された写真でしか見たことのない、禿げ上がった前額、赤黒く日に焼けた肌、黒縁眼鏡にちょび髭の、その人物が乗っていた。「朝早くからお呼び立てして、申し訳ない」革張りのベンチシートに、二人は並んで座った、二人とも前方を見据えたまま、視線が交わることはなかった。「気兼ねのない会話をしたいのなら、移動する車の中が安全なので。他所ではどこに、どんな怪しげな輩が潜んでいるか分かったものではない」交差点を右折した車は、潮見坂《しおみざか》の緩やかな傾斜を上っていった、正面やや右手には朝日を浴びて白く輝く、国会議事堂の中央塔が見えた、車中は気味が悪いほど静粛だったが、沈黙に気圧されてしまうようでは勝機など見込めない、彼は勇気を奮い立たせて、女優と真剣に交際していること、双方の家族が許すのであれば、できるだけ早い時期に結婚したいと考えていることを伝えた。「あの人を解放して欲しい」「交渉すべき相手が間違っている」「選択権を奪ってるのはあなただ」「彼女は自らの意思で、現在の立場を選び取ったのだ」相手の発した語尾にほとんど被せるように、しかし落ち着き払った声で、社長は反論した、庇護を必要とするのはいつでも、庇護されている側の人間だ、守られることで得る心の平穏に比べたら、自分が払っている代償など安いものだと信じ込んでいるのだ。「貴君のような前途有望な若者に彼女の将来を託すことができるのならば、それはむしろ喜ばしいとさえ思っている」社長はそう付け加えた、そのとき初めて彼は右隣へ顔を向けた、肘掛けを挟んだずいぶんと離れた場所に、皺と染みだらけの、老人の痩けた頬が見えた、彼だってこの人物の発言を言葉そのままに受け止めるほどのお人好しではなかったが、それでもこのときばかりは形ばかりの礼でも述べねばならないような気持ちになった、するとすかさずその隙を突いて、社長は戒めの言葉を繋げた。「但しこのことだけはいっておく。時代が移り変わっても、私はテレビ放送を認めない。テレビジョンという悪魔は、いずれこの国のみならず、世界全体を滅ぼすだろう」

「私にだって、後ろ盾は必要なのよ」しかしそう考えてみると、熱海旅行のときに彼が惹かれた彼女の魅力、慎ましさや気遣い、家庭的な振る舞いと、資産家の愛人という立場を受け容れる覚悟、もしくは諦念のようなものは、一見対極に位置するように見えつつも、じつは同じ人生観に根差しているのかもしれなかった、抑制と自己犠牲は恐らく彼女にとって、長い人生を生き抜く上で必要な知恵なのだろう、映画会社社長の意見は、ある意味では正しかったのだ、彼が本当に対峙せねばならない相手とは、彼女が信じて疑わない、そうした生き方だった。「一つの産業の盛衰なんて、一人の人間が生まれてから死ぬまでの時間よりも、遥かに短いものなのよ」彼女はそんな話もしていた、彼は自分が始めてしまった恋愛を、テレビと映画の代理戦争のように考えたことは一度もなかったが、じつはこれは経済との戦いなのかもしれないとは思っていた、確かに人間が生きていくためには金が必要だが、途中のどこかの時点で、目的と手段は入れ替わって、金を得るために人生そのものを明け渡してしまう、誰一人理解してくれなくても構わない、しかしどうしても制作せずには済ませられない、極めて個人的な動機から表現者たちは創作を始めるのに、その作品が世の中に発表されるやいなや、一人でも多くの顧客に買って貰おうと媚《こび》を売る、一銭でも多くの金を得ようと身を擦り減らす、そのさもしい態度とは即ち経済への降伏ではないのか？　たかだか始まって数百年の近代資本主義に比べたら、人類の歴史の方が余程長いじゃあないか！　それなのにどうして人間は、金無しでは一日たりとも生き延びられない、情けない生き物になってしまったのか！　そんなのはいかにも世間知らずの、「坊ちゃん育ち」らしい暴論だと、彼女や喜劇女優は鼻でせせら笑うだろうが、そうした苦労人たちの傲慢さと、今こそ戦わねばならないという興奮状態に、彼はすっかり陥っていた。

考えるよりも早く、彼は行動するようになった、毎晩欠かさずに彼女へ電話をかけ、受話器を置いたら置いたで居ても立っても居られず、今度は車を運転して彼女のマンションへと向かった、ほとんど憑かれたように繰り返される彼の邁進に、彼女は困り果てた笑いを返すしかなかったのだが、その数時間後には二人は、テレビ局の撮影所で大勢のスタッフに見守られながら、仲睦まじく夫婦役を演じていたのだ。国民の半数が毎週楽しみに観ていたドラマの裏側で、こんな奇妙な現実が並走していたことは、番組関係者以外誰にも知られていなかったわけだが、俳優の彼にとっても撮影後半の三、四カ月は、極端なまでに感覚の研ぎ澄まされた、自分でも気持ち悪いほど集中力の高まっていた時期でもあった。もともと眼鏡はかけていなかったのだが、夜目遠目が利くようになって、視力が更に向上したようにも感じた、睡眠時間などほとんど確保できていなかったのだが、肉体の疲れはまったく感じなかった。いくつかの新しい仕事も引き受けてしまった、その中の一つが、あの「怪獣映画の生みの親」と呼ばれた特撮監督の会社が制作する、翌年の春から放送開始となる特撮ヒーロードラマの自動車修理工役だった、誰がどう考えても彼のような華々しいスターに相応しいとは思えない、明らかな端役だったのだが、周囲の人々から出演を思い留まるよう説得されるたびに、彼はただ「学生の頃から、なぜだか特殊撮影が大好きなんです」と、笑って受け流すばかりだった。後から振り返ってみても、確かにこの時期の彼は軽度の躁《そう》状態にはあったようだ、人の世に起きる困難ならば今の自分に乗り越えられないはずがないという、誇大妄想的な自信で満ち満ちていた、そしてその勢いに任せて、実家へ帰宅するという彼女に付き添って、彼女の両親への挨拶まで済ませてしまったのだ。調布市深大寺《じんだいじ》の、ブロック塀に囲まれた二階建て家屋の門扉を開くと、三歳年下の彼女の妹が出迎えてくれた、満州国経済部の官吏だった父親は背の高い、堂々とした体躯の人で、突然の人気俳優の訪問にも動じる素振りは見せなかった。「小さな家ですが、ここは娘が映画の出演料を貯めて買ってくれたのです」家族の皆が応接間に集まり、手製のサンドイッチを摘みながら和やかに歓談していたが、座の中心は女優の彼女ではなく父親だった、ここでも彼女は多くを語らず、愛する人々が披露する話の、もっぱら聞き役に回っていた、とうとつに父親は、ソファーに並んで腰を下ろす彼と彼女に向かって、こう呟いた。「君たちは愛情だけで結ばれているのだな……」彼はそのとき直感した、自慢の娘が不貞の関係を続けてきたことを、父親は知っているのだろう……帰り際、実家への同行を拒まなかったことに対して、彼は彼女に感謝を伝えた、彼女は苦笑しながら答えるしかなかった。「外堀を埋められて、私もいよいよ落城間近なのかな」このような局面で焦って拙速になるのは危険だが、じっさい勝利は目前に迫ってきているように思われた、丸一年間という長丁場のドラマ撮影がいよいよ終了する、その直前の週末の晩、二人は銀座数寄屋橋のフランス料理店で食事をした。「いずれ後悔すると分かっている場所に踏み留まるのは、先取られた自己憐憫《じこれんびん》に他ならない。いい加減そんな暗がりからは抜け出して、僕と一緒に生きていこう」「女優としての生き方まで変える積もりはないけれど」陶器のように滑らかな自らの額に軽く触れてから、恥ずかしげにテーブルに視線を落としながら、彼女はついに降参した。「今のドラマの撮影が終わったらあなたと会えなくなるなんて、とうてい耐えられそうにないわ」その場で彼は、〇・九カラットのダイヤモンドの指輪を彼女に手渡した、それは銀座まで来る途中でとつぜん思い立って買い求めた、持ち合わせの現金で支払うことができた、一番高価な宝石だった。

無理もない反応だとは思うが、二人の婚約が発表された当初、多くの人々はそれを本気で受け止めなかった、他局の社員などは、どうせまたドラマの新シリーズの放送開始前の、手の込んだキャンペーンなのだろう程度にしか思わなかった、それぐらい日本全国知らぬ者のいないハンサムで知的な俳優と、映画界を代表する美人女優の婚約は出来過ぎていて、現実味に欠けていたのだ。国民的人気ドラマで夫婦役を演じていた俳優と女優は現実世界でも、本当に結ばれるのだといよいよ分かり、それからわずか二カ月後の結婚式の日取りまでが公表されると、物見高い大衆は大騒ぎを始めた、同時に誹謗中傷めいた噂話も続出した、芸能週刊誌は匿名の放送局関係者が語った話として、これは同居生活を伴わない、単なる話題作りのための結婚らしいという記事を掲載したり、彼と彼女のそれぞれの、過去の恋愛遍歴を相関図入りで詳《つまび》らかに書き立てたりした。しかし東京山の手の美容院を舞台にしたドラマの制作に携わった人々は一様に、共演者も脚本家もディレクターも大道具や衣装などの裏方のスタッフも、全員が我が事のように、二人の結婚を喜んでくれた、結婚式は港区赤坂の霊南坂《れいなんざか》教会で、五月の連休明けの月曜日に行われた、大安ではなく友引だったがこの日しか日程の調整がつかなかったのだ、千鳥ヶ淵のホテルで初めて二人だけの時間を持ってから、まだ一年も経っていなかった、空にはところどころ雲が残っていたが、その切れ間から新鮮な初夏の日射しが降り注ぐ、祝典に相応しい天候だった。挙式への招待は両家の近親者と、仕事上常々恩義を感じている人々にのみ絞ったのだが、それでも列席者は百五十人を超えた、彼の主演した大河ドラマの原作者でもある歴史小説家と、苦労人の喜劇女優が立会人を務めた、彼のかつての恋人だった舞台女優は新婦の友人として出席した、映画会社の社長がしらばくれて現れやしないかと恐れたのだが、さすがにそこまで厚顔無恥にはなり切れなかったのか、姿を見せなかったことに新郎新婦は安堵した。

その日の晩は、二人揃って生放送の芸能トーク番組に出演した。「日本じゅうの皆さんが、このお二人の登場をお待ち兼ねのことでしょう……挙式を終えられた今の、偽りない気持ちを、お聞かせ頂けますか？」司会者からの問いかけに、彼と彼女は一瞬目を見合わせ、口をつぐんだ、居心地の悪い、沈黙の間が空いてしまった、カメラの前だからといって身を硬くするはずなどない百戦錬磨の二人だったのだが、なぜだかこのときだけは、特別な緊張感に飲まれてしまった、早朝から休みなく動き回った疲れもあったのかもしれない、彼は額に流れ落ちる脂汗をハンカチで何度も拭い、彼女は卓上のオレンジジュースを凝視し続けた、服装の選択も失敗していた、浮かれはしゃいだような軽薄な印象を視聴者に持たせたくないと、彼は上下揃いの濃紺のスーツを、彼女も同じく紺色のシルクのワンピースを着用していたのだが、その何とも暗い色調が、途切れがちの小声の会話と相俟って、めでたい結婚式の当日だというのにまるで通夜振る舞いの席のような、沈んだ雰囲気を醸し出してしまっていた。翌日はそれぞれのマネージャーを交えて、披露宴と新婚旅行の日程調整を行う予定だったのだが、二人とも疲労困憊していたので打ち合わせはキャンセルさせて貰った、夫婦の新居は三田綱町の彼のマンションだった、彼と彼女のような芸能人同士のカップルに限ったことではなく、熱に浮かされたかの如く全力疾走で結婚まで行き着いた夫婦には、その反動としてしばしば起こり得る事態ではあるのだが、新婚生活は拍子抜けしたような、平穏と表現するには余りに交わされる言葉数の少ない、どこか空疎なものになってしまった、同業者であるがゆえの互いに対する過度な気遣いもいけなかったのかもしれない、ただでさえ忙しく擦れ違いの多かった二人なのだが、在宅時間のほとんどをそれぞれの部屋に籠もって過ごした、配偶者であっても相手の領域には無闇に踏み込んではならないという、どちらから提案したわけでもない不文律が守られていた。

それでも結婚当初は、気持ちを高揚させる、人生が更新されたかのような楽しい出来事が間を置かずに用意されていたものだった、新婚旅行は英国、フランス、オーストリア、イタリアを三週間かけて回った、彼も彼女もヨーロッパ旅行は初めてではなかったが、二人が法的に認められた正式な夫婦となっただけのことによって、西欧人はこれほど熱烈に歓迎するのかと驚かされた、美容院を舞台にしたドラマと同じ制作陣による、二人を主演に据えたまま今度は文京区本郷《ほんごう》の下宿屋という設定に変えた、新シリーズの撮影も始まった、新たな友人たちからのパーティーや小旅行の誘いにも、可能な限り二人揃って、着飾って参加するように努めた。しかしそうした賑やかな行事がお開きとなり、いったん三田綱町のマンションに帰宅してしまえば、やはりこの家庭はどうしようもなく静かだった、もっと有り体にいってしまえば、気詰まりがした、恐らくそれは彼の場合、ここ数カ月の間に自分自身に生じた変化、冷静になった今から振り返ると我が事ながら不可解とも思える自信に満ち溢れた行動や強気な弁舌、後先省みない散財、そしてその結果として手に入れた新生活に対する戸惑いに起因していたのだろうが、確かめる術がないだけで、彼女の方でも似たような戸惑いを感じていたのかもしれない、二人は恋愛の成就を急いだ余り、その代償として失うものにまで考えが及んでいなかった。部屋の中に充満する息苦しさを多少なりとも紛らわそうと、リビングルームに設置された当時としては大型の、二十インチの木製家具調キャビネットのテレビは常時点けっ放しにされていた、結婚から半年が経とうとしていた、ある秋の平日の夕暮れ時、ソファーに寝転んだ格好で彼は雑誌を読み、彼女は離れたテーブルに頬杖を突きながら、ぼんやりとテレビ画面を眺めていた、やがて午後七時の時報が鳴り、極彩色の渦巻く万華鏡めいたタイトルバックと共に、番組が始まった、それは俳優の彼が自動車修理工場の職工役で出演している、特撮怪獣ドラマだった。多忙な夫婦が互いの出演番組を観る機会は、じつはほとんどなかったのだ、家庭用のビデオテープレコーダーが普及し始めるまでには、もう数年待たなければならなかった、この日の放送回の、職工役の彼の出演場面はたったの二カットで、台詞も「今すぐ、基地へ戻れ！」という一言のみだったのだが、視聴者の一人として改めて観てみると子供向けに制作されたとは思えない、人物の目元の極端なクローズアップや因果律を欠いた場面のカットイン・カットアウト、柱越しの視点からの二分割された大胆な構図などが、この番組には多用されていた、テレビドラマ黎明期の、あの奇抜さ、得体の知れなさは、まだまだしぶとくこんな場所で生き残っていたのだ。

特撮ドラマを観終えた彼女は感想を述べることなく、自分の部屋へと引き上げていった、翌週の金曜日、広告代理店と新たなテレビ・コマーシャルの出演契約を済ませた彼は、打ち合わせが長引いていると嘘を吐いて、同じ港区内で自宅からもさほど離れてはいない、高輪《たかなわ》のホテルに部屋を取った、どうしても帰宅したくない日はこれが初めてではなかったが、今までも一晩一人で過ごせば翌日の昼過ぎには普段と変わらない、落ち着いた気分に戻ることができたのだ。部屋は寝室のみの一間だったが、一夜眠るだけであればそれで十分だった、調度類は茶色を基調とした上品なもので統一されていた、カーテンを開けると窓の下には国鉄の品川駅が見えた、日本の鉄道でもっとも古い歴史を持つその駅の、現在の駅舎は工場の建屋のようにのっぺりとして、夜闇に沈んで人影もまばらで酷く寂しげに感じられた。するといきなり部屋の電話が鳴った、驚いた彼は反射的に受話器を取り上げてしまった、耳に当てると聞こえてきたのは女の声だった、最初の一瞬、女優の妻がここを探し当てたのかと恐れたがそうではなかった、それはホテルの宿泊客に誘いの電話を入れる、いわゆるコールガールだった、噂話で聞いたことはあったが、今の時代の東京にもそういう商売が本当に存在するのか……彼のような有名人にとっては、極めて危険な遊びであることも重々承知していたのだが、電話の声の主に会ってみたいという好奇心に勝てなかった、ほどなくドアがノックされ、髪の長い、白いコートに膝頭《ひざがしら》まであるロングブーツを履いた、若い女が入室してきた、年齢は恐らく彼よりも四、五歳下で、一重瞼の円らな瞳に丸みを帯びた頬、そして歯並びのとてもよい、もし仮にドラマの共演者として紹介されたとしても不自然さなどは感じないであろう、じゅうぶんに愛らしい容姿だった。人気俳優とこんな場所で遭遇するはずがない、端からそう信じ込んでいるためなのか、それとも相手の素性には立ち入らないことが、この仕事の鉄則だからなのか、客の顔を認めても女は驚いた素振りを見せなかった、服を脱ごうと背中に回した女の右手を制止して、酒かコーヒーでも飲みながらお喋りをしようと彼の方から提案した、言外の意図を汲み取ったかのように、彼女は微笑んだ。「そういうご要望のお客さんも、いらっしゃいますよ」生育地は青森県で三年前に上京したこと、東京は家賃が高くて敵わない、家賃を賄うためにこの仕事を始めたこと、先週以降雑貨店やスーパーマーケットを覗いても、トイレットペーパーが売り切れで見つからないことを、若い女は楽しげに話してくれた、ベッドの縁《へり》に並んで腰掛けた彼は、ときおりコップに注いだビールを口に含みつつ、相槌を打ちながら聞いていた、それらは全てコールガールとしての職業上の台詞に過ぎず、映画やドラマと同じように、ほんの一、二時間だけ立ち上げられた虚構なのかもしれなかった。「君は女優になったことを後悔しているのか？」「あんまり長過ぎて、生まれたときからそうだったような気がするぐらいよ」「いつか君は、女優のまま死ぬだろう」ホテルの部屋に一人残された彼の脳裏に、何年か前に劇場で観た、今は自分の妻となった女優が出演していた映画の一場面が蘇った、そして明日の午後自宅へ戻ると同時に再び始まる、自分たち夫婦の現実の生活について考えを巡らせた、芸能週刊誌は毎号のように二人の不仲を書き立てていたが、もし本当に離別するとしても、それは今ではない、十年後か二十年後の、ずっと先のことになるはずだった、そこに至るまでには気が遠くなるほど幾度もの、対立と和解、諦めと慈悲の感情が、彼と彼女の間を往き来するのだ。

そのいっさいは虚構だったのかもしれない、港区高輪のホテルの一室で俳優の彼がコールガールから聞かされた四方山話《よもやまばなし》の中で、少なくともトイレットペーパーが最近どこの店でも品切れで困るという件《くだり》だけは、紛れもなくこの国の歴史的事実だった、後の時代のニュース映像では必ずといってよいほど、スーパーマーケットに押し寄せた何十人もの主婦たちによる、怒声と悲鳴の飛び交うトイレットペーパー争奪戦の場面が流されるこの騒動も、このとき多くの日本人が目撃したのはじっさいには、店頭に山積みされていた商品がある日忽然と消えただけの事象に過ぎなかった。いつでも我々は過去を戯画化し嘲笑することによって、自分たちの生きる現在の優位を確かめようとしてしまう、当時の消費者たちだってけっしてパニック状態になど陥ってはいなかった、突然起こったトイレットペーパーや洗剤、砂糖など日用品の品不足のもともとの原因が、日本からは九千キロ以上も離れた中東の産油国で勃発した戦争であることも、新聞や週刊誌の報道を通じて認識していた、ただ将来的に原油供給が滞るかもしれないという懸念が、どうしてトイレットペーパーや砂糖といった石油を使用していない商品の生産に影響を与えるのか？　そのからくりだけは理解不能だったし、理由を明快に説明できる評論家も政治家もいなかった、大体おかしなことには、ガソリンを燃料とするバスやタクシーはそんな危機的状況下にあっても、以前と変わらずに運行していたのだ。

事態の不可解さは商品の流通を管理する立場にある霞が関の役人にとっても同じだった、日用品不足騒動が起こるちょくせつの引き金は、当月から原油の生産量をいきなり二十五パーセントも削減するという、俄かには信じ難いアラブ石油輸出国機構による声明だったのだが、同じように資源は輸入に頼っている西欧各国の市民の暮らしは平穏が保たれているのに対して、我々日本国民だけが生活必需品の欠乏に苛まれているのも謎だった、その状況は一見すると海外情勢の急変が頭越しに国内経済にダメージを与える、貿易立国日本の縮図のようでありながら、じつはこの敗戦国は依然として国際社会の中で孤立し、滑稽なまでに隔絶されているという、普段は隠されている真実の表出なのかもしれなかった。新聞各紙は「石油不足、一段と深刻化」「庶民の生活に影響、甚大」「大口需要、制限を」といった見出しを連日掲げ、消費者の危機感を煽っていた、明日にも石油の供給は途絶え、半世紀昔の薪を燃やす貧相な暮らしに逆戻りするのではないかという不安が伝播していた、そうした世論を汲み取っているというせめて素振りだけでも見せておかねばならない、為政者の心根に染み付いたさもしさからなのだろう、室内暖房の摂氏二十度上限化、広告・装飾用ネオン照明の停止、テレビの深夜放送休止、自動車の高速運転・日曜日のドライブの自粛、不要不急の行楽旅行の自粛、週休二日制の導入促進、企業の使用する石油と電力の一割節減、風俗営業と大規模小売店の営業時間短縮、ガソリンスタンドの休日休業、官公庁の車輌使用二割削減などからなる「石油緊急対策要綱」を、政府は閣議決定し施行してしまった。目抜き通りの街灯までが消され、薄暗くなった銀座や新宿の繁華街を眺めながら、あの忌まわしい灯火管制の時代を思い出した者は少なくなかった、この当時はまだ官庁や企業の管理職のほとんどが、焼夷弾から逃げ回った体験を持った世代だったのだ、しかし既視感はある種の楽観をも生む、こんな心寂《うらさび》しげな光景だって、そう何年にも亘って続くことはないだろうという予感は確かにあった、とはいえ依然この段階では、いま自分たちが目撃している大騒ぎが、翌年にはいわゆる「狂乱物価」と戦後初めてのマイナス経済成長を引き起こし、安価な原油に依存しながら長らく続いた高度経済成長期を終焉させることまでは、経験に根差した彼らの洞察も見通せてはいなかった。

付け焼き刃でさして実効性があるようにも思えない、政府と霞が関のそうした対応を、何とも苦々しい思いで現地中東から見つめていた人物がいた、在クウェートの日本国大使だった、大使は今回発表された原油生産削減が日本に与える影響は、新聞が書き立てているほど大きくはないこと、現地の要人からも日本への供給は維持するとの言質を取り付けていることを、再三日本側に打電していたのだが、それらはことごとく無視されていた、通信事情が悪かった時代のことなので、何らかの手違いで外務省本省に届いていないだけではないかと疑ったのだが、そうではなかった、彼の情報が顧みられることはなかった。しかし自らの発信が黙殺されているという事実以上に彼を気落ちさせたのは、その理由だった、彼の見立ては「楽観論に過ぎない」と判断されたのだ、電話で照会を受けたＮＨＫの特派員からも、「つまり大使は、楽観的なのですね」という一言で片付けられたことがあった、そこには悲観論への、一種病的なまでの追従が感じられた、確かに思慮の浅い人間は自分にとって都合のよい情報だけを掻き集めて状況を見誤る、賢者は最悪の事態に備えて準備を怠らないのだとしても、どうしてこうも悲観は人心を惹き付けて止まないのか……自らの張り巡らした予防線で雁字《がんじ》搦《がら》めになって、身動きが取れなくなるだけではないか……大使がクウェートに赴任したのは、一年前の夏だった、中東の国々とそこに住む人々に対する偏見など微塵も持っていない積もりだったが、辞令を受け取ったときに落胆したのも正直なところだった、日本国民全体からとはいわないが、少なくとも外務省内部では、中東地域は軽視されていた、日本がほぼ全量を輸入に頼っている、経済を駆動するためには欠かせない燃料である石油の、その内の八割は中東で生産されたものだったが、契約相手は中東ではなく欧米に本社を置く、「メジャー」と呼ばれる巨大資本だった、日本の外交的立場からしたら付かず離れず、片手間で付き合っておけばよいのが中東の国々なのだ、クウェート国際空港に降り立ったとき、大使は五十五歳だったのだが、定年まで残り五年という年齢を考えてみれば、今回が長く困難の多かった外交官人生の、最後の在外公館勤務になるのかもしれなかった。

外交官という仕事柄、国家元首や大統領のような現代の「殿上人」と接することには慣れている積もりだったのだが、今回は初っ端から重々しい空気に飲まれてしまった、宮殿で行われた、信任状捧呈式《ほうていしき》でのことだった、夜の九時半という開始時間からして異常だったが、列席していた皇太弟や外務大臣、首長府長官の視線が小刻みに泳ぎ、口を結んだまま一言も発しようとしない様子からも過度の緊張が感じられた、まさかとは思うがほんの数時間前、この国は宣戦布告されたのかと訝りたくなるぐらいだった。天皇御璽《ぎょじ》の押印された信任状を捧呈しようと、最初の一歩を踏み出した大使は体勢を崩して、危うく前のめりに転びかけた、靴の爪先が底なしに減《め》り込みそうなほど、大理石の床に敷かれた花柄の絨毯は肉厚で柔らかだった、クウェート首長は純白の民族衣装ディスダーシャに堂々たる体躯を包んだ大男だったが、切れ長の瞳と太く濃い眉、下方に伸びた大きな鼻は、二世紀以上に亘ってこの国を統治し続ける一族に受け継がれてきた外見的特徴でもあった、深々と垂れた頭を持ち上げた一瞬、大使からは首長の口髭の奥が開いたように見えた、しかしやはり言葉は発せられなかった。葬儀めいて形式的で陰鬱とした捧呈式ではあったが、それでも式後の食事は用意されていた、料理人たちは丸焼きの子羊の肉を素手でちぎり取っては皿に投げ入れた、奥座で胡座をかく首長が手摑みで料理を食べ始めたので、同じ作法に倣うのが礼儀なのだろうが、なぜかこの場に同席していた白人のイギリス大使は素知らぬ顔をして、銀製のフォークとナイフを使って羊肉を切り分け、冷めた紅茶を飲んでいた。新任の日本の大使に対する配慮、というよりはむしろ同情からであろう、隣席に座った外務大臣は会食の合間に耳打ちしてくれた。「次官を通じて早い時期に、できるならば明日か明後日にでも、面談を申し入れることを勧める」

クウェート外務省は日本大使館と同じ建物内にあったが、別個に専用の入り口と、エレベーターが設けられていた、堅牢な門扉の両側に分かれて六名の衛兵が待ち構え、来訪者が外国使節と認識するやいなや、捧《ささ》げ銃《つつ》の敬礼で迎える、肌寒いほど冷房の効いた四階の応接室では、アラブ式のコーヒーが振る舞われるのだが、箪笥の抽斗《ひきだし》を開けたときの樟脳《しょうのう》臭を思い出させる、その飲み物の独特の香りを嗅ぐたびに日本の大使は、どんな縁があって自分はこの地に辿り着いたのか？　因果律では遡ることのできない人生の不思議を思わざるを得なかった。「ジュネーブ協定締結後も、産油国は米国の一方的なドル切り下げによって生じた損害を補塡できてはいない」外務大臣は四十がらみの、大柄でやはり濃い眉と大きな鼻を持つ、首長一族の類縁だった、南米や欧州にも駐在経験のある大使が、常々興味深く感じていたことでもあるのだが、言語や人種、年齢、職業、服装の違いにも拘わらず、信頼に足る相手というのはたいてい、直感的に分かるものだった、それは佇まいから発せられる微かな波動のような、目線が交わった刹那の瞬きのような、甚だ頼りない手掛りではあるのだが、それに基づいた判断が裏切られた記憶もなかった、つまりこの時点では大使は、外務大臣を当てにできる人物と踏んでいたのだ。「アラブ世界における建前とは即ち礼儀なのです。建前を排した真実は、気の置けない友人同士になって初めて語られる、だから早くあなたも、この地に友人を作るべきだ」そんなのはアラブの国々だけに限った話ではないだろうという野暮な反論を差し挟むことは控えた、その代わりに大使は、三日にあげず同じビル内のクウェート外務省へ通うようになった、取って付けたような用件で構わない、大臣が多忙でアポイントメントを取れなければ次官か、若手の次官補と歓談するのでじゅうぶんだった。クウェートに赴任してからの一年余り、彼は人脈作りに徹した、各国大使館主催のレセプションにも、公務を遣り繰りしてでも顔を出すようにした、アメリカ大使は金髪碧眼の、レバノン生まれの宣教師の息子だった、アメリカ人としては小柄で背丈も彼と変わらず、口数の少ない内向的な性格の人物だったが、アラビア語が堪能なので水面下の口伝てでのみ広まる現地の情報にも通じていた、エジプトの大統領が極秘裏にシリア、サウジアラビア、カタールの三国を訪問したと教えてくれたのも、宣教師の息子のアメリカ大使だった。「国境線での動きが慌ただしくなりそうだ」千里眼めいたその言葉は、ほどなく現実となった、あるいはアメリカ大使は本当は、秘密結社フリーメイソンリーを通じてもっと具体的な指示を得ていたのかもしれない、十月に入って最初の土曜日、ユダヤ教の祭日「贖罪の日」の正午過ぎ、エジプト軍はスエズ運河を越えてシナイ半島に侵攻した、同時にシリア軍もゴラン高原に正面展開してイスラエル国防軍との交戦状態に入った、第四次中東戦争の始まりだった、軍事力で圧倒的な優位に立つイスラエルに対して、今の段階でアラブ側から戦争を仕掛けることはないであろうという、大方の予想を覆しての奇襲は成功した、防衛線を突破されたイスラエル軍は苦戦を余儀なくされた、イスラエル軍がアメリカから武器供与を受けていたのと同様に、エジプト軍にはソ連から戦車と作戦用航空機、地対空ミサイルが無償提供されていた、砂漠の戦場は米ソ両国が開発した、最新鋭の武器の実験場も兼ねていた。

　実質的には首長一族による統治下に置かれてはいるものの、アラビア湾岸諸国で唯一、言論の自由を保障した憲法と、民選議員からなる国民議会を有する立憲君主国家たる面目もあるのだろう、開戦後もクウェート市内は少なくとも見かけ上は平静を維持していた、東ドイツ総領事主催のレセプションもホテルの宴会場を借り切って、同国外交団とクウェート政財界の要人が出席して、予定通り開かれた。元軍人の、ソ連の大使は穏やかな笑みを湛えながら、しかし背中を壁に押し付けたまま一歩も動こうとはせず、料理に手を伸ばすこともなかった、顔見知りを見つけようと視線を巡らせていた日本国大使の二の腕を、いきなり何者かが馴れ馴れしく摑んだ。「昨日発表された我が国軍の輝かしい勝利は、日本軍のパールハーバー奇襲戦法を手本として慎重かつ大胆に実践した、その成果なのです」このときエジプト大使から差し出された右手に握手で応じてしまったことを、その後何年にも亘って彼は悔い続けることになるのだが、しかしそれも無理からぬ反応ではあったのだ、宴会場ではそこかしこで少人数の群がりが形成され、感情を押し殺した落ち着いた声で、「アラブの同胞の快進撃」が讃えられていた、確かにそれは二十世紀初頭から欺《あざむ》かれ、搾取され続けてきた民族がようやく報いた一矢ではあったのだが、それでも現実にはいずれどこかの局面で、起こるべくして起こる変調として、イスラエル軍が攻勢に転じるであろう予見は、日本人である彼のみならず、当のエジプト大使を含む全ての出席者が、口に出さずとも内心には秘めていたのだ、そうした諦念を振り解けないぐらい、過去の戦いでアラブは負け続けていたし、アメリカの支援を受けたイスラエルの軍隊は強力だった。そしてじっさい、開戦から二週間も経たぬ内に、イスラエル軍の空挺部隊と戦車部隊はスエズ運河の逆渡河を開始した、たった一昼夜でエジプト軍は二百輛の戦車を失った、イスラエル軍はシリアの首都ダマスカスも長距離砲の射程範囲内に収め、その気になればいつでも陥落させることが可能だった、つまり今回の戦争も、短期間に敵味方合わせて二万人以上の若者の命の犠牲を伴いながら、誰しもが予想した通りの結末に近づきつつあったわけだが、ところが追い詰められたアラブが最後に「奥の手」を繰り出す準備を整えていたことまでは、中東地域など軽んじていた日本はもちろん、欧米の先進工業国政府も、世界じゅうにくまなくネットワークを張り巡らすフリーメイソンでさえも、読み切れてはいなかったのだ。

エジプト大統領が人民議会で演説し、イスラエルに対して停戦和平条件を提案したのと同じ日の深夜、クウェート、サウジアラビア、アラブ首長国連邦、バーレーン、カタール、イラクの、六カ国の石油大臣がクウェート市内に集結した、アラブ石油輸出国機構の緊急会議だった、じつは日本国大使の彼はこの数日前から、湾岸アラブ産油国の、臨時の会合が持たれるらしいという情報を摑んでいた、しかしクウェート外務省に探りを入れても、そのような噂が流れていることは認めるものの、開催日時や場所、議題については知らされていないようだった、すると懇意にしていた、英米折半出資の現地石油会社の幹部が耳打ちしてくれた。「秘密漏出を避けるために、この手の会議はぎりぎりまで開催を確定させません。それでも不思議なことに、開始時刻になると出席者は誰一人欠けることなく、何食わぬ顔をしてテーブルに着いているのです」その言葉の通り、会議はいきなり招集された、夜の十一時というやはり異常な時間から始まり、翌日の明け方まで続いた、印刷など間に合うはずがないのに、地元紙朝刊一面には「原油公示価格、七十パーセント引き上げ。即日実施」の見出しが掲載されていた、関係者がリークしたのは明らかだったが、彼としては外務省本省に報告する前に、産油国政府の要人にちょくせつ当たって、裏を取らねばならなかった、しかしそんな時間的猶予など与えられぬままに、矢継ぎ早に、アラブ石油輸出国機構は新たな声明を発表した。「原油生産の十パーセント削減を決定し、直ちに今月より実施する」「第三次中東戦争以前の境界線までイスラエル軍が撤退しない限り、今後も毎月五パーセントずつの生産削減を継続する」「イスラエルの帝国主義を支援する米国、およびオランダに対しては、第三国を経る迂回も含めて、原油の全面禁輸措置を発動する」「但し、イスラエルの占領を非難し、アラブ諸国への同情と共感と支持を表明する『友好国家』は、未来の百年に亘ってその石油需要が満たされ、繁栄し続けることであろう」

明らかにこれは、西側先進国の経済を人質に取ったアラブ側からの反撃、もっと有り体にいってしまえば、脅しだった、その主たる標的はとうぜん、イスラエルの後ろ盾となっているアメリカだったわけだが、アラブが満を持して発出した、現代史上の重大事件とされるこの「石油戦略」によって、アメリカが窮地に追い込まれるようなことはなかった、当時のアメリカ合衆国は一日平均およそ一千六百四十万バーレルの石油を消費していたが、そのうち中東からの輸入は四十八万バーレル、わずか三パーセント相当に過ぎなかった、大半のアメリカ国民は自分が運転している車の燃料は自国産ガソリンだと信じて疑っておらず、少量ながら輸入石油が混ざっているという事実すら知らなかった。アラブの繰り出した「奥の手」によって慌てふためき、六十九日間に亘って迷走することになったのは、石油の海外依存率は九十九・七パーセントにも達し、しかもその大半を中東産が占める、他ならぬ我々日本だった！　欧米の通信社から配信されたニュースでは、原油公示価格の値上げ幅が十七パーセントと記載されていたり、二十二パーセントと記載されていたりして、複数の情報が交錯していた、七十パーセント即時引き上げという現地報道の、ソースはどこなのか？　そもそも欧米の石油会社との合意も抜きに、アラブ側の一存で大幅値上げを決めることなど本当に可能なのか？　その日一日だけでも、外務省本省資源室の事務官から駐クウェート日本大使宛てに、五本のテレックスが入った、そのたびに彼はわざと慇懃に、同じ文言を打ち返した。「七割増嵩《ぞうすう》は誤りにあらず。仮に現行公示価格を三ドルと置けば、新公示価格は五ドル十セントとなる計算」クウェート外務省の次官からと、加えて現地石油会社の総支配人からも、値上げ幅は新聞報道の通りで間違いないことの確認が取れていたのだ。石油は無尽蔵とまではいえないにしても、今後の数世紀間枯渇する心配のない潤沢な地下資源なのだと、当時は考えられていた、安価で高品質な中東産石油は、いつでも欲しいときに欲しい量だけ購入できる、そう信じ切っていた日本の石油業界や電力業界、総合商社、それに通産省は、アラブ産油国が一方的に打ち出してきた「石油戦略」に狼狽《うろた》えこそしたものの、まだどこか真剣には受け止めていない風情があった、長年の付き合いのある欧米系の巨大石油資本「メジャー」に頼み込みさえすれば、今や世界第二位の経済大国となったお得意様に限っては守って貰えぬはずがないという、情緒的な憶測を捨て去れずにいたからだった。

しかし自分自身に甘いそんな憶測はあっさりと打ち砕かれた、極めてビジネスライクに、欧米の石油会社は値上げ分と生産削減をそっくりそのまま消費国に転嫁してきた、世界の石油市場を支配する「メジャー」ともあろう大企業群が、アラブの強硬策にこうも簡単に屈服するとは信じられなかったが、むしろこの機に乗じて代表的油種の国際取引価格を上昇させて、自らの利鞘《りざや》を増やそうという魂胆も透けて見えた。緊急に開催された国連安全保障理事会で停戦決議案が採択され、イスラエルとエジプトがこれを受け入れた後も、追い討ちをかけるようにアラブ産油国は、十一月の原油生産量をいきなり二十五パーセントも削減すると発表した、いやいや、それはおかしい！　前回の声明では毎月五パーセントずつの削減といっていたではないか？　停戦が成立したにも拘わらず生産削減を更に強化、過激化するというのは矛盾、単なる意《い》趣《しゅ》返しではないか？　さすがにこの期に及んで日本の政府と行政も、どうやら一番酷いとばっちりを受けることになるのは自分たちらしいと気づき始めた、とんでもなく悪い事態が起こりそうな予感が官僚たちの間に広まりつつあった、この調子で月毎に供給量が減り続ければ、半年後か一年後、いや、下手をすれば三カ月後にも、日本には石油が一滴たりとも入ってこなくなるのではないか？　原油タンカーは待てども入港せず、製油所の備蓄も尽きたとき、国内の電力、交通、製造業は燃料抜きで、どのような非常手段をもって稼働できるというのだろう？　マスコミは興奮を隠すことなく、明日にも石油の輸入は途絶え、孤立したこの国は世界じゅうから兵糧攻めに遭うかのような、煽動的報道を繰り返した、それは実質経済成長率十パーセント超という繁栄の続いた十余年の間、彼らマスコミがずっと待ち侘びていた、彼らの飯の種でもある、大いなる災厄なのかもしれなかった。

　増幅された不安は恐ろしい速度で、地方から地方へと伝播していった、大阪府内の新興住宅地で小さな騒動が持ち上がった、たまたまなのだろうがその場所は、三年前にアジアで初めての万国博覧会が開催された、あの会場の隣接地でもあった、夕暮れ時、一人の中年男性が、食材の買い出しのため商店街を訪れていた、男性は地元の中学の美術教師だったが半年前に退職していた、八百屋の店先にはプラスチック製の籠に盛られた、朱色に輝く、熟れた柿が並べられていた、しばらく迷ってから元美術教師は、一山八十円の、その半分を紙袋に詰めて貰って金を払った。彼は団地二階の西向きの部屋に一人で住んでいたが、丸っ切りの孤独というわけでもなかった、向かいの部屋の家族と会えば挨拶は交わしたし、野菜や漬物を分けて貰うことだってあった、この日は彼の方から隣家のドアをノックした。「ちょうど食べ頃のように見えたので」大振りの柿を二個、紙袋から取り出した、恐らく彼よりも四、五歳若いご内儀《ないぎ》は、困ったような笑みを浮かべながらあっさりと受け取った。「抄紙機《しょうしき》に使うオイルが足らないって。団地の水洗便所はトイレットペーパーしか駄目だから、塵紙を流すと詰まってしまうから、明日にでも買っておいたら？」独り身の気楽さから、生活必需品の一つや二つ抜きでも、困ったりはしないはずだった、しかしこのときに限っては、彼は素直に、翌朝再び商店街へと向かったのだ、じっと目を凝らして空を見ていると、青色が徐々に遠ざかっていくかのような、秋晴れの朝だった、登校する小学生の列に付き添って、父兄が並んで歩いていた、だが駅に近づくにつれその人数はたちまち増えた、幹線道路上に懸架された陸橋は、葛折りの行列で道幅一杯に塞がれていて、遠くに見えるその先頭はスーパーマーケットの入り口へと繋がっていた。確かにこの日は月末の水曜日で、新聞にもチラシ広告の入る、毎月恒例の特売日ではあった、しかしそんな理由付けなど吹き飛んでしまうほど、この朝の人出は異常だった、二百人か三百人、もしかしたらそれ以上の老若男女の全員が、食品や衣類には目もくれず、トイレットペーパーだけを買い求めにきていた。「誘導員の指示に従って！」「子供の手を握って！　放さぬように」「お一人様、一パック限りでお願いします！」一袋四巻き入り百三十八円の特売品は、開店と同時に客同士が奪い合うようにして持ち去られた、怪我人こそ出なかったものの、行列はまだ途切れていなかった、やむなく在庫してあった二枚重ねの高級品を一袋二百円で店頭に出してみたところが、それも物の十分、十五分で完売してしまった、スーパーマーケットの店長からしてみたら、それだけでもじゅうぶんに驚愕すべき事件ではあったのだが、翌日の新聞を読んで、輪をかけて驚かされた、「紙の狂騒曲」という見出しに大勢の客でごった返す雑貨売り場の白黒写真が付された記事には、「……品不足を逆手に取って、客の見ている目の前でしゃあしゃあと、一袋百三十八円から二百円に、六十二円も値上げした……」と書かれていたのだ。

繰り返すが当時の日本人の大半は、こうした騒動の現場に立ち会ったわけではなかったのだ、目撃したのは商品の入荷が途切れた後の、空っぽになった棚だった、にも拘わらず、主婦たちによるトイレットペーパー争奪戦のニュース映像が今だに放送され続けるのは、それは過去の時代のある一点を恣意的に抜き出して拡大して、単純化して揶揄するという、我々の思考回路に染み付いた悪癖に他ならないわけだが、それはともかく、じっさいこの時期には電車に乗って中吊り広告を見上げても、目に入ってくるのは「原油値上げで、サラリーマンはマイカーを手放す」「火の車ニッポン、原油値上げでGNP大国は束の間の夢」「石油危機で大幅値上がりする品目一覧」「ボーナスは出ず、出費は大幅増で家計はどうなる?」「石油・灯油の配給制度が日本を襲う」などの週刊誌、月刊誌の特大の見出しばかりという有り様だったのだ。そんな風にマスコミが熱心に喧伝してくれたお陰で、石油の枯渇は日用品不足と物価の高騰を引き起こし、きっと庶民の生活を脅かすに違いないという、寒心に堪えない風潮ができ上がってしまった、憂慮は感染力の強い疫病のように日本列島全域に蔓延した、トイレットペーパーの次には洗濯用洗剤と上白糖《じょうはくとう》が品切れになった、それらは石油をちょくせつの原料としているわけではないのだろうが、製造段階の何れかの工程で、もしくは機械の動力源として、石油が必要不可欠なのかもしれなかった。翌週には濃口醤油と味噌が店頭から姿を消した、更に次の週には、これは現実には起こり得ないはずの事象なのだが、日本専売公社が製造と流通を管理している食塩までもが売り切れになった、となると、次に売り切れる日用品は何だろうか? 売り切れになる順番には限られた人々のみが知る、ある種の法則性が潜んでいるのではないか? 消費者は疑心暗鬼に陥った、不安に駆られた彼ら彼女らが特定の商品を狙い撃ちにして、普段購入する量の二倍、三倍を買い増しするたび、商店ではその商品は品薄となる、商品を買い逸《はぐ》れて焦った顧客は隣町まで出向いていって、少々割高でも購入してしまうから、売り切れと値上げの連鎖は地域を越えて広がっていく、市場経済の観点からすれば、とつぜん消費量が増えたわけでも、供給量が激減したわけでもないのだから、このとき起こっていたことはじっさいには、店頭に並んでいた商品在庫が消費者の自宅の棚に移し替えられたに過ぎないのだろうが、けれどもこうした愚かな振る舞いにも一分の情状酌量の余地があるとしたら、それは当時の大人たちには戦中戦後の、所持金はあっても物が買えなかったあの耐乏生活が、肉体に刻まれた生々しい記憶としてまだ残っていたということだろう、自分が生き延びるために必要な物資を他人に先んじて確保することは、ほとんど本能にも近い部分に痛いほど刷り込まれた、条件反射的な行動でもあったのだ。

世の中が殺気立ってくればくるほど、その不平不満の矛先が役人へと向かうのは、今も昔も変わらない、何しろ彼らは我々が支払う税金で養ってやっている、従僕か何かだと思われているのだ。この年の夏に通産省の外局として発足したばかりの、資源エネルギー庁の外線電話は十六人のオペレーターで対応していたが、早朝から夜の八時、九時までベルが鳴り止むことはなかった、かかってきた電話の多くは、燃料小売店の灯油の売り惜しみや、日用品の不当な価格吊り上げに対する消費者からの苦情だったが、中には資源エネルギー庁の石油業界への指導が甘過ぎるからかかる混乱が各所で生じ、消費者は不利益を被っているのではないかという意見もあった。それらはいちいち庁内の担当者へと繋がれた、情報集めと打ち合わせ、会議用の資料の作成で残業続きで、ただでさえ疲労困憊していた若手職員たちは、電話口で延々と捲し立てられる文句にまで付き合わねばならなかった、重そうに弛《たる》んだ瞼に開いたままの口、頭垢《ふけ》だらけの髪の彼らから、前途有望な東大や一橋大の学生だった頃の面影と自信は消え去っていた。そんな気の毒な部下たちをちらちらと横目で見遣りながら廊下を通り過ぎる、上司であるエネ庁長官も、もう四晩も続けて帰宅できずにいた、石油危機が国内に波及してから以降、ほとんど毎日のように閣議が開かれていた、過去には聞いたことのない、異例な頻度だった、非常事態だという理由で、閣議には閣僚と自民党三役に加えて、大蔵省、通産省、外務省の次官、幹部クラスも揃って出席した、実務を司る現場の長として、エネ庁長官も陪席せねばならなかったのだが、そこで繰り返されていたのは、いつ終わるとも知れない堂々巡りだった、日用品不足騒動が起こったきっかけは、近い将来に中東からの原油輸入が途絶えるかもしれないという、国民が抱いた危機感であることに間違いはないのだろうが、現時点においてはまだ、石油の供給量は減らされてはいなかった、ガソリンスタンドに到着したのに車が給油できず戻った、などという事例は聞いたことがなかった、そもそも不安を煽られた消費者が買い漁って、市場が大混乱に陥っているのは、トイレットペーパーや洗剤、砂糖といった、石油を主原料としない商品ばかりだった、マスコミによる報道だけではなく、全国から収集した消費動向調査の数値を見ても、物価の上昇は明らかな傾向として現れてはいたが、政府と行政の立場からすると、目下の現象は現実味を欠いていて、どこか得体が知れなくて、経済の問題の範疇をはみ出しているように思われてならなかった。

閣議の主宰はもちろんあの、新潟の牛馬商の息子の総理大臣だったが、あるとき総理大臣はおもむろに椅子から腰を浮かせて、中腰の姿勢になった、そして通産事務次官の後ろに座る、資源エネルギー庁長官を凝視し、右手の人差し指を向けた。「もしも本当に、明日から石油が入らなくなったら、我が国は何日間生き延びられるのか?」「四十九日間です」間髪入れずに返ってきた、その回答に継ぐべき言葉を、閣僚たちは見つけられなかった、やむなくエネ庁長官じしんが発言を続けた。「四十五日分は精製会社の工場で内航タンカーやタンク車に積まれ、油槽《ゆそう》所、給油所まで移送中の、いわゆる流通在庫なので、純粋な国内備蓄という意味では、四日分になります」その合計が四十九日間という計算になるのだが、じつをいうとこの日数も出所はほとんど眉唾だったのだ、国内の石油会社や、大口需要家である電力会社、高炉メーカーに問い合わせてみても、何を警戒しているのか、それとも単に繁忙なだけなのか、正確な情報を提出することを拒まれてしまった、仕方なく通産省の手持ちの資料と過去五年間の傾向値から大雑把に推測で積み上げたのが、この四十九日という日数だったのだが、偶然とはいえこれは余りに不吉だった、死者の没日から数えて四十九日目の追善《ついぜん》供養《くよう》になど、安易に符合させるべきではなかった……どうせならばもう一日足して、数字を丸めて、「五十日間前後」とでも答えておけばよかったものを……とエネ庁長官が悔いたときには、もう手遅れだった、総理大臣は赤ら顔をますます紅潮させて俯いて、自らにいい聞かせるように呟いた。「国じゅう掻き集めて、たった四日分しかないのか……何とも間抜けなことだ……」このときの反省から後に政府は「石油備蓄法」を制定し、不測の事態にも対処できるよう、国家としての備蓄を始めることになるのだが、しかしこの時点で講じることができる手立てといえば、できる限り石油の使用を抑えるよう要請を出して、時間を稼ぐぐらいしか思い浮かばなかった、民間の工場、事務所が使用する電力と石油の一割削減、マイカー利用の自粛、広告ネオンの停止、百貨店の営業時間短縮、週休二日制の推奨、室内暖房二十度以下設定の徹底などからなる、「石油緊急対策要綱」が施行されたものの、この行政指導は庶民からは

「節約令」とか、「幕府の倹約令」とか呼ばれて揶揄されていたぐらいで、実効性は端から疑問視されていた、そこには多分に、国難を乗り切ろうとしているせめて気構えだけでも有権者に示しておかねばならないという、総理大臣個人が囚われている、一種の強迫観念が見え隠れすることも影響していたはずだった。

法的拘束力のない行政指導では生温い、やはり罰則を伴う法令をもって律しない限り、物価上昇の要因となる、便乗値上げや売り惜しみ、買い占めのような動きを抑え込むことはできない、そうした議論が進められていたある日の閣議の席上、一人の若手閣僚から、新たな法案を国会に提出するには及ばないのではないかという意見が出た。「現に『物価統制令』という法律があるのだから、それを使ったら一網打尽でしょう」戦後闇市が横行し、急激に進んだ日本国内のインフレーションを抑え込む目的で、GHQは強権的に「物価統制令」を制定した、あらゆる物資、商品を対象に公定価格を定めることで売値を凍結し、それに違反した者には十年以下の懲役、もしくは十万円以下の罰金を科することができた、その後の日本経済の復興、商品市場の安定と共に適用除外が相次ぎ、現時点でも統制の対象となっているのは、工業用アルコールと公衆浴場の入浴料の二品目のみだったのだが、法律じたいは亡霊のように、しぶとく残り続けていた、手遅れになるより前に、今すぐにでも「物価統制令」を振りかざして、政府は全面的な価格の統制に踏み切るべきだという強硬論者は、与党自民党内には少なからずいたのだ。「たまたま昨晩、車で銀座の中央通りを通り過ぎたのだが、煌々とネオンサインが灯っている店が何軒も残っている。性善説に基づいた指導では、どうしても限界はある」変わり身の素早さから「風見鶏」と陰口を叩かれていた通産大臣の発言には、敢えて誰も同調しようとはしなかった、円卓に向かって全員が一斉に煙草を吹かしたので、立ち昇る煙で目の前が白く霞んだようになった、総理大臣が口を開くのを待っていたのだが、じつはその総理大臣は閣僚たちの議論などほとんど聞いていなかった、隣席に座る大蔵大臣の様子が気になって仕方がなかったのだ、元大蔵官僚で価格統制には一家言《いっかげん》あるはずの重鎮が、瞼を閉じて両腕を組んだまま、ずっと口を結んだままでいた、額と目元は紫色に染まり、生え際から脂汗も滴り落ちていた、見るからに体調が悪そうだった、きっと重篤なのに違いない、すぐさま閣議など終わりにして、この男を医者に診せなければならない……そんな焦りから出た、その場を収めるために発した、総理大臣なりの軽口だったのかもしれない。「違反した奴らはまとめて、巣鴨プリズンにでもぶち込むかな？」「ふざけるな！　敗戦国に退行する積もりか！」唸るような低い声で一喝したのは、四国香川出身の、自分ほど政治家に不向きな人間はいないと考えていた、あの外務大臣だった、総理大臣に面と向かって凄むことができるのは、自民党内でも外務大臣ただ一人だった。

けっきょくＧＨＱの置き土産の発動は見送られ、代わりに「石油緊急二法」と呼ばれる、石油の適正な供給量確保と必要に応じた使用節減の権限を政府に与えることを定めた「石油需給適正化法」と、価格高騰や極度の品薄の恐れの生じた生活必需品については、政府は流通量と価格の操作ができることを定めた「国民生活安定緊急措置法」が、翌月開催の国会へ提出されることになった、法案本文の原案作成はもちろんのことながら、通産省と大蔵省、運輸省、経済企画庁、内閣法制局といった関係省庁との意見調整、政府与党及び野党への事前の根回し、閣僚への個別説明、そして閣議決定という、通常であれば数カ月から半年を要する仕事も、三週間で終わらせなければならなかった。霞が関の官吏たちの、庁舎内の会議室に寝泊まりする日々が続いた、十一月も半ばを過ぎて、夜の気温は五度を下回っていたが、中央省庁はどこも暖房機器の電源を切っていた、民間企業に節電を呼びかけている手前、役所は自らがその模範を示さざるを得なかった、通産省入省六年目の二十代の職員は、毛布を両肩に巻いたまま机に向かって作業を続けていた、一昨日も昨日もわずかな仮眠を取っただけだったが、不思議と睡魔には襲われず、ただ右腕が曲がらないほど怠いだけだった、窓の下には桜田通りを走る車のテールランプの赤い列と、その先の虎ノ門交差点の信号機が見えた、優等生として育てられたばかりに、成人してからも損な役回りばかり押し付けられる、エリートという侮蔑を黙って受け容れなければならない、自分の呪われた人生を恨んだが、こんな殺風景な事務室の片隅で、書類とファイルの山に囲まれたまま、長時間残業で殺されてなど堪るものかという反骨も、言葉には出さずとも胸中で絶やすことはなかった、それはけっして冗談でも、大袈裟な表現でもなかったのだ、徹夜仕事の連続で、胃潰瘍を発病し吐血して入院したり、風邪をこじらせて肺炎になったり、腰痛が悪化して動けなくなった職員は、もう数え切れないほどいた、いつ死人が出てもおかしくはない、いや、本当はとっくに死人は出ているのだが、組織内部においてはその死因は、「持病の悪化のため」としか報告されないものなのかもしれない、これからほどなく国会が開会する、会期中は国会議員と省内幹部へのレクチャー、委員会資料の作成、本会議での閣僚答弁原稿の作成が加わり、官僚の仕事量は倍増するが、今のこの絶望的、末期的な状況の中で、いったいどこにそんな時間が残されているというのだろう？

そうした政府と霞が関の惨状を、もどかしく、腹立たしく、情けない思いを抱えながら、混乱の発端となった遠い異国の地から、在クウェート日本国大使は見つめていたわけだ、アラブ産油国による「石油戦略」の発動後も、大使はクウェート外務省や石油省に足繁く通って、情報の更新を怠らなかった、ときにはペルシャ湾を渡ってアラブ首長国連邦の首都、アブダビを訪問し、同国の副首長や石油大臣とも面談したが、アラブ側の内情をよく知るはずの彼らの漏らす囁きが教えてくれたのは、日本に対する制裁などまだ何一つ確定されていない、アラブ石油輸出国機構としての声明は発表されたが、今後具体的にどのような措置を講じるかについては、個々の産油国の判断に委ねられているという事実だった。当時の日本のマスコミは、あたかも自らがアラブ産油国全体のスポークスマンであるかのように振る舞い、「制裁対象からの除外を希望する国の政府は、即時にイスラエルと断交せよ！」などという過激な発言で注目を集めていた、「精悍なアラブ戦士」と形容するには少々無理がある小太りで丸顔の、サウジアラビアの石油大臣の動向ばかりを追い掛け、談話が出るたびに大々的に報道していたが、日本国大使が現地要人たちから聞いた話では、王家一族が政治経済の要職を独占するのが当たり前の中東圏にあって、一般市民の出自ながら権力の中枢にまで登り詰めたサウジの石油相は、自己宣伝術と狡猾な駆け引きに人並外れて長けている人物だ、という評判だった、要するにそんな曲者《くせもの》の大言壮語に日本じゅうが振り回されていたわけだが、しかし落ち着いてよくよく考えてみれば、当のサウジの石油会社だってこの時点では国有化されておらず、欧米資本との合弁企業だったのだから、大幅な生産削減などできようはずもなかったのだ。アラブ石油輸出国機構がとうとつに発表し、日本全国で日用品買い占め騒動を引き起こすきっかけともなった、あの二十五パーセントの生産削減にしても、じつは極めて邪智《じゃち》深い表現だった、二十五パーセントには既に禁輸を決定している米国向けとオランダ向けも含まれていたが、両国向けの輸出分を合わせるとこの内の十五パーセントを占めていた、つまり日本を含めた他国向けの削減率は、じっさいには前月発表された十パーセントから変わっていない、内容的には同じなのに声明の言い回しだけを変え、いかにもアラブが捨て身の強硬策に打って出たかのような、中東からの石油供給はほどなく途絶えてしまうかのような恐怖心を、世界じゅうの消費国の国民感情に植え付け、狼狽させる狙いだったのだ。

いくらアラブ人の祖先が砂漠を旅する遊牧民だったからといって、彼らだって石油を飲んで生き長らえることなどできない、自国の経済と市民生活の水準を維持するためには、石油を輸出して外貨を獲得するしか方法はない、生産削減だって一年も、二年もの長きに亘って続けていたら、西側先進国が降参するよりも先に、アラブ産油国側の財政が破綻してしまう、伝家の宝刀を抜くかのように発動された「石油戦略」だが、それも早晩引っ込めざるを得なくなるのは目に見えている、東大法学部や経済学部を立派な成績で卒業して、国内最難関ともいわれる国家公務員試験一種を突破した秀才たちが、どうしてこの程度の簡単な見通しを立てられないのか？　何をそんなに恐れているのか？　大使の彼には理解できなかったが、現地に派遣されている外交官のとうぜんの責務として、外務省本省には一度ならず二度も、三度も、「提言」を送っていた、「忠告」といった方がよいのかもしれない。「二十五パーセントの生産削減は、内容としては前回声明から何ら変わっておらず、少なくとも日本が多大な打撃を被るものにはあらず」「具体的な措置については、それぞれの産油国に一任されており、現時点まで船積み拒否の事例はなし」「政府、官庁が報道に惑わされて周章狼狽することは、国民の不安を助長するのみ。冷静沈着を旨として、状況の変化に対応されたし」しかし彼の送ったこれらの電信は、ことごとく無視された、世界各国の大使館から日々送り付けられてくる情報の洪水の中で、クウェート発と印字された薄紙は埋もれてしまっているのかとも思ったが、そうではなかった、本省職員が内容を吟味した上で、「採用するには値しない、独断的、楽観的な憶測」と判断され、黙殺されていたのだ。彼が時間と労力を費やして集めた情報は、日本側で活かされることはなかった、けれどもそれも仕方なかったのかもしれない、いみじくも彼じしんが電文中で述べた通り、このときにはもう、永田町の政治家も、霞が関の官僚も、日本国内からは石油が消えてなくなる、最悪の事態が迫りつつあるという、世の中に蔓延する雰囲気に完全に飲まれてしまっていた、独自の分析を伝える大使館公電に耳を貸す余裕などなかったのだ。たった一袋のトイレットペーパーを手に入れるために、長蛇の列に何時間も並んだ庶民を笑えたものではないが、それにしても世の中の雰囲気という敵は、アラブ産油国以上に手強く、厄介だった、相手は数的に優位な立場から威圧してくるだけではない、同じ困難に直面して、同じ苦しみを分かち合っているかのような、錯覚に根差した同時代的結束で、自分たちとは異なる考えの他者をことごとく排除してしまうのだ、自分たちこそが敏感な感受性を持ち、健全な危機意識を抱いていると信じて疑わない人々にとっては、彼らが浸っている雰囲気だけが唯一の現実であることに、昔も今も変わりはない。

十一月のある平日の晩、日本国大使の彼は、スペイン大使館が主催するレセプションに出席した、スペイン産農産物の売り込みのため中東各国を訪問している議員団を迎えての、一流ホテルのプールサイドを借り切っての宴席だった、平静を装っていたこの街でも、やはり人々の気持ちの奥底には戦争の緊張が燻《くすぶ》っていたのか、停戦の成立を喜び合うかのような、笑い声の混じる和やかな会話が交わされていた、プールの淡青色の水面には、砂漠からの乾いた風に揺れる篝火《かがりび》が映っていた、テーブルにはトルティージャやピンチョスといった、大皿に盛ったスペインの郷土料理が並べられ、通常であれば提供が禁じられている発泡酒までもが、この日は特別に振る舞われていた。グラスを片手に彼がぐるりを見渡していると、スペイン大使の両脇で談笑する人々の陰に隠れて、猫背な姿勢でゆっくりと葉巻を燻《くゆ》らせる、消し炭色のスーツ姿が目に入った、宣教師の息子のアメリカ大使だったが、こういう場所でその人の顔を見るのはとても珍しいことだった、この年の三月に「黒い九月」と名乗るパレスチナ過激派組織が駐スーダンのアメリカ大使を殺害して以降、当地クウェートのアメリカ大使も極力外出を控えていた。「対米禁輸措置はいつまで続くと思うか、あなたの見立てを教えて欲しい」世界最強の情報収集力を誇るアメリカ合衆国の特命全権大使が、同盟国大使に教えを乞う、というのもまた珍しいことだった、日本の大使はこれは飽くまでも私見だと前置いた上で、「短ければ三、四カ月、長くても半年」と答えた。「それ以上続ければ、サウジアラビアは外貨準備高不足に陥るだろう」はにかんだような微笑みを口元に浮かべたまま、宣教師の息子は俯き、幼児がするように腰の辺りで手のひらを小さく振りながら、その場から立ち去った。体調がよくないのか、それとも何かしらの個人的な理由があって、気弱になっているようにも見えた、いったん別れた直後、彼は気になって金髪のアメリカ人を探し回ったが、宴会場のどこにも見つからなかった、数分の間に人質にさらわれた可能性もなくはなかったが、さすがにそれは考え過ぎだろう、長い廊下を抜けてロビーに出ると、溢れ出る怒りをやっとのことで押し留めているかのような、低く震える声が聞こえた。「世界を敵に回す暴挙に加担する理由など、どこにあるというのか？　二十世紀の文明国家として、恥ずかしいと思わないのか？　近い将来に仇《あだ》となって、あなたたちに降り掛かるぞ！」アメリカ大使が対峙していたのはあの、着任後間もない彼にこの地で友人を作るよう助言をくれた、クウェートの外務大臣だった、巨漢の大臣は仁王立ちしたまま、頭上から小柄なアメリカ大使を睨みつけ、ロビーじゅうに響き渡る大声でいい放った。「アラブの大義のためだ！」すると次の瞬間、民族衣装の真っ白な腹目掛けて、下から抉り上げるように飛び出した、二発の赤黒い鉄拳が見えた、傍で状況を見守っていた彼も、思わず反射的に身構えてしまったほどだったが、もちろんそれは現実ではない幻視、映画の一場面のフラッシュバックだった。三十代の終わりに日比谷の映画館で妻と一緒に観た、その年話題のハリウッドの大作だった、噴き出した石油が天にも突き刺さるほどの大油田を掘り当てた、頭髪から足先まで全身油まみれのジェームズ・ディーンが、今にも崩壊しそうな襤褸トラックに乗って、牧場主のロック・ハドソンの屋敷へやってくる、「後から後から噴き出るでかい油脈だ」「俺は大金持ちだ」と息巻きながら夫人のエリザベス・テーラーに迫り寄るが、ロック・ハドソンに肩を摑まれ顔面を一撃され、その場に崩れ落ちる、しかし去り際に隙を突いて、ジェームズ・ディーンがロック・ハドソンの左頰に一発、鳩尾《みぞおち》に二発、油だらけの握り拳をお返しするそのとき、ロック・ハドソンの着ていた綺麗にアイロン掛けされた純白のシャツを見るも無惨に汚す、黒褐色の粘性の液体には疑いようもなく、暴力と破滅への暗示が込められていた、石油はその一世紀余りの歴史の始まりにおいて既に、人間同士の争いを招く火種に他ならなかったことに、日本国大使の彼は今更ながら思い当たったのだった。

熱源、動力源としてのみならず、建設業、農業、繊維業、窯業など、今日の我々のほとんど全ての社会活動が、この炭化水素を主成分とする鉱物資源に依存している現実と考え合わせると、驚きを通り越して嘘臭い作り話めいて感じられるほど、石油の歴史は短い、商品としての石油を最初に発見したのはもちろん俳優のジェームズ・ディーンではなく、米国東部コネチカット州ニューヘイブンに住む一人の中年男だった、安《やす》宿《やど》に部屋を借りて、妻の忘れ形見の娘と二人で倹しく暮らしていた。あるとき父娘が男は鉄道会社の車掌として働いていたのだが、健康を損なって仕事を休んでいた、宿の食堂で夕飯を取っていると、英国風のツイード地の背広に身を包んだ、自らは実業家だと名乗る男が話しかけてきた、ロック・オイル、つまり石油を地中から採掘する事業に参加しないかという誘いだった、岩の亀裂から滲み出てくる石油は、昔からその存在は知られていたが、止血薬や鎮痛剤として使われていただけだった、実業家が大学の研究室に持ち込んで石油の成分を調べてみたところ、ランプの光源燃料として理想的な、高価な鯨油《げいゆ》の代替にもなり得る液体を抽出できることが分かった、もしも大量の石油を地下層から掘り出すことに成功すれば、一攫千金も夢ではないと実業家は力説した。聞けば聞くほど、こんな儲け話に乗るのは余程の愚か者か、まともな定職に就けない前科者ぐらいのように思われてならなかったが、それでも元車掌の中年男が礼まで述べて事業への参加を引き受けたのはひとえに、愛してやまない一人娘のためだった、大人にばかり囲まれて育った娘は無口で、まだ八歳の誕生日を迎えたばかりだった、娘が成人するまでは何とか自分も生き延びて、それなりの蓄えも残してやらねばならなかった。粉雪のちらつく冬の寒い朝、男は採掘現場となるペンシルバニア州の山間の小さな村に到着した、そこは恐ろしい未開の原生林で、村人は先住民からの襲撃に怯えながら材木の切り出しでわずかな収入を得ていた、通信手段は週に二回やってくる郵便馬車だけだったが、男は到着してほどなく、村人から一通の封書を手渡された、表書きには「大佐殿」という宛名が書かれていた、それ以降村人たちは男のことを「大佐」と呼び、男も自分自身は合衆国陸軍の「大佐」なのだと信じ込むようになった。

試掘に明け暮れる日々が始まった、「大佐」は四人の鉱夫を雇って、手作業で斜面を掘り進んだ、最初は週単位で報酬を支払っていたが、鉱夫たちは疲れるとすぐにウイスキーを飲んで横になってしまうので、一フィート掘削したら一ドル手渡す出来高払いに変更した、当時の常識では石油は炭田や石炭層からの滲出物に過ぎず、地中には埋蔵されていないと考えられていたが「大佐」の仮説は違った、岩塩を取り出すのと同じ要領で深淵な井戸を掘れば、潤沢な量の石油を採取できるはずだった。そのためにはもはや手作業では無理だ、専用のドリルを用いたボーリング試掘を始めねばならない、大至急追加の資金を送るよう、「大佐」は実業家宛てに手紙を書いた、試掘を始めてから半年が経ち、春になっていた、ニューヘイブンの安宿の日当たりの悪い小さな部屋では、一人娘が父親の帰りを待ち侘びているに違いない、早いところ決着をつけねばならなかった。櫓《やぐら》が組み上げられ、掘削機が設置された、井戸を掘り始めた谷底の湿地は、幾度もの試行錯誤の後で、この真下には石油が埋まっているはずだと「大佐」が確信した場所だった、しかし十五フィートほど掘り進んだところで硬い岩盤層にぶち当たり、作業は止まってしまった、蒸気エンジンを使って掘削機のドリルを回そうと考えた「大佐」は、更なる資金援助を要請した、出資者との交渉に手間取ったが実業家は何とか二百ドルばかりを掻き集めて、「大佐」宛てに送金した。その後も作業は難航した、夏の夜の大雨で機材が流されたり、盗難にも遭った、ある朝「大佐」が現場に到着すると、鉱夫が一人残らず消えていた、何も出てこない穴をそれでも掘り続ける「大佐」は、とうとう狂ってしまったと笑われていたのだ。しかし「大佐」本人は自分でも不思議だったのだが、いく手を障害に阻まれれば阻まれるほど、その障害は最終的な逆転勝利を担保してくれているように思えてならなかった、自分を馬鹿にした連中を見返すときは、ほどなく到来するはずだった、一方、資金繰りに行き詰まっていた実業家は、ここらが潮時だろうと考え始めていた、採掘現場を決めて作業を始めてから、既に一年半が経過していた、事業をこれ以上続けることは、元車掌の人生のみならず、実業家じしんの生活と家族をも壊しかねなかった。八月の終わりの蒸し暑い午後、井戸の周囲の地面がとつぜんドーナツ型に陥没した、井戸の深さは六十九フィートに達していた、ドリルの先端が地層の割れ目に嵌ったようだったので、この日の作業は終わりにして、「大佐」も鉱夫たちも帰宅することにした、翌朝一番に到着した鉱夫が井戸を覗き込むと、手を伸ばせば掬い取れそうな近くまで、真っ黒な水が迫り上がってきていた、「大佐」は慎重に手漕ぎポンプで液体を汲み出し、桶に移した、そして火を点したマッチを放り入れると、頼りなく揺れる、紫色の炎がうっすらと立ち上った、液体は紛れもなく石油だった、「大佐」の信念が勝利した瞬間だった。ちょうどそこへ、一人の村人が「大佐」宛ての手紙を恐る恐る持ってきた、差出人は実業家で、二週間前の日付の便箋には、努力はじゅうぶん尽くした、石油の採掘は潔く諦め、機材を売り払い、作業場を閉鎖して、懐かしいニューヘイブンに戻るようにとの、撤退の指示が書かれていた。

偽「大佐」の石油の発見によって、ペンシルバニア州の山奥の寒村の人口は倍増し、土地の価格も急騰した、谷底には無数の井戸が掘られ、噴き出した石油はウイスキー用の樽に詰めて出荷された、それはちょうど十年前にカリフォルニアで起こった、ゴールドラッシュの再現のようだったが、金《きん》が水路を掘っていて偶然見つかったのに対して、石油は当初から事業として、儲けを得ることを目的とするビジネスとして、計画的に採取された「商品」だった。じっさい精製されて照明用燃料となった石油、いわゆる灯油は、それまで使われていた鯨油や松脂《まつやに》を駆逐してしまうほど、品質的にも価格的にも優れた新商品だったのだ、灯油のもたらす光は力強く、夜の屋内を昼間のように明るくした、日が暮れたらベッドに入って眠るしかなかった、当時の人々の生活を一変させた、子供や老人を咳き込ませる悪臭も出さなかったし、その上素晴らしいことに安価だった。ペンシルバニア産石油を原料とする灯油は、米国人の日常に欠かせぬ必需品となり、ヨーロッパにまで輸出されるようになった、石油産業の草分けたちは莫大な利益を得たが、偉大なる発見者であるはずの「大佐」には、愛娘との質素な暮らしがかろうじて維持できる金額の年金が支給されただけで、その「大佐」を粘り強く支えた実業家にも、わずかばかりの報酬しか与えられなかった、事業が生んだ利益の大半は出資者、資本家に還元されるというアメリカ型資本主義の原則が、このとき既にでき上がっていた、富める者はその富が更なる富と余裕を作り出し、貧しき者はその貧しさがゆえに生涯に亘って身を粉にして働き続けねばならない、現代にまで続く人間同士の争いと亀裂を生じさせる禍根が、この国の近代産業史には予め組み込まれていたのだ。偽「大佐」が石油を発見してから二年後、オハイオ州クリーブランドに事務所を置く、小麦や豚肉など農畜産物の運搬会社が、ペンシルバニア産の石油の輸送も手掛けるようになった、経営者はまだ二十一歳の若者だった、友人と二人で会社を興したのだが、取り扱い商品に石油を入れることに反対した友人は去っていった、石油の商売なんてしょせんは山師が一儲け狙う仕事だと蔑んだ目で見ていた人々も、この頃は少なからずいたのだ。しかし若い経営者は石油の取り扱いを増やした、農畜産物を運ぶよりも石油を運ぶ方が利益効率がよいことが分かると、今度は製油所の建設にまで乗り出した、南北戦争の終結後、西欧や北欧からの移民が増加し、西部の開拓が進んだ時代だった、灯油の販路が急速に拡大するのに応じて、鉄道の沿線には製油所が乱立していたが、その中でも若い経営者が作った製油所は特別だった、規模の大きな、高性能かつ効率的な精製設備から作り出される灯油は、寸分の狂いもなく均等な高品質を保っていた、どんな新商品も市場の形成期においては粗製濫造品《そせいらんぞうひん》が出回るものだが、若い経営者の工場から出荷される灯油は、それら粗悪品とは明確に一線を画しつつも、職人的拘りや芸術家肌がゆえの過剰品質とも無縁の、代金に応じて提供される対価として顧客にはぜったいに文句をいわせない、つまりは理想的な工業製品だった、そしてその商品は、後世になって振り返ってみて分かることだが、極端なまでの厳格さや、目的意識の高さ、冷酷さ、寡黙さ、禁欲、孤独といった、経営者本人が幼い頃から備えていた気質の具現でもあったのだ。

経営者はニューヨーク州北部の田園地帯で、貧しい家庭の長男として生まれた、父親は行商人で家を空けることが多く、子供たちはもっぱら厳しい母親に躾けられた、少年時代の経営者は家計を助けるため、弟と二人で野生のジャコウネズミを捕まえて、皮革仲買人に売ったことがあった、ジャコウネズミの毛皮は英国やオランダに輸出されていたので、高値で買い取って貰えたが、相手は子供だと甘く見られていたのだろう、半年経っても代金は支払われなかった、十一歳だった経営者は毎週木曜日の午後に皮革仲買人を訪ね、年齢不相応な落ち着いた口調で、督促を続けた、根負けした仲買人は紙幣を差し出したが、それを家に持ち帰るなり少年は、母親から叱責された。「あと一ドル七十五セント、利息を受け取ってきなさい」周囲の人々の目にはこうした態度は、がめつさ、欲深さの表れと見えていたに違いないのだが、当の母子からしたら、自分たちは規範に忠実であるに過ぎなかった、じっさいこの家族にとって、勤労の成果として然るべき報酬を得ること、数字に厳密であることは、宗教的戒律にも等しい、守られるべき規範だった、倹約と蓄財こそが美徳であり、享楽や無駄遣いはぜったいに許されなかったが、恐らくそれは女遊び好きで浪費家だった父親に対する反発でもあった、禁欲は長い生涯に亘って貫かれた、世界一の金持ちになった後でもこの経営者は、アルコールはいっさい口にせず、葉巻を嗜《たしな》むこともなかった、ルーレットにもトランプのカードにも触れることさえしなかった。

高校を卒業後、彼はクリーブランドの運送会社に雇われ、帳簿係として働き始めた、エリー湖に面したこの港湾都市では、東部からの移住者と、英国やドイツからの移民の流入によって人口が急増していた、几帳面な性格の彼には、現金出納帳や得意先台帳と睨めっこをする経理の仕事が打って付けだった、感情や気分に流され誤りを犯す人間と違って、帳簿上の数字はいつでも冷静で、単純明快で頼り甲斐があって、正しい評価と合理的決断への導きとなる、資本主義精神世界における聖書正典のように彼には感じられた。入社後ほどなくその優秀さを認められた彼は、異例の昇給で厚遇されたが、二年目の夏に同僚のイギリス人と共に独立することを決め、開業資金四千ドルを折半で出し合って新しい会社を興した、貧しい出自の彼じしん驚くべきことだったが、二十歳の若造がたった三年でそれほどの大金を蓄えていたのだ、南北戦争の特需が追い風となり、会社は順調に成長したが、イギリス人の友人とは経営方針をめぐってしばしば対立した、農畜産物や岩塩の輸送で利益が上がっていることに友人は満足していたが、彼の考えは違った、好景気が過ぎればこんな商売などあっさりと淘汰されてしまう、油断した途端に足を掬われると、危機感を募らせていた、ちょうどその頃ペンシルバニアの山奥で発見された、新しい照明用燃料の輸送を始めるかどうかでも、二人の意見は割れた。「ある日とつぜん噴き出したロック・オイルなのだから、明日いきなり枯渇するかもしれない。賭博のような商売に、家族の生活は委ねられない」捨て台詞を吐いて、友人は去っていった、じつをいえば、残された彼の気持ちの奥底にも、失敗への恐れは確かにあったのだ、今回ばかりは儲け話に目が眩んだのだろうか……たった一度の誤りによって、借金まみれの人生の敗残者となるのだろうか……悲壮美《ひそうび》の醸し出す甘い誘惑に打ち勝つため、いかなる犠牲を払ってでも、どんな卑劣な手段を使ってでも、石油の仕事を成功させてやると彼は自らに誓った、自前の石油専用樽と倉庫を用意し、鉄道会社に支払う運賃は極限まで値切った、クリーブランド在住のある化学者が、石油を硫酸で洗浄する新しい技術を開発したと聞けば、すぐに彼はその化学者を雇い入れて、自社の製油所を建設して精製設備にその新技術を適用した、灯油は品質が安定していて、炎が長持ちして、明るい光を放つと評判になった、一年も経たぬ内に、石油の商売は農畜産物取引を遥かに凌ぐほどの利益を会社にもたらした、しかし若き経営者は事業を強化する手を休めようとはしなかった、近隣の製油所が安値で灯油を販売し始めれば、そのライバル会社に彼はちょくせつ乗り込み、二つの選択肢を提示した、彼の会社に買収されるか、もしくは自ら廃業するかの何れかを選べと、慇懃に、殺し屋の無表情で迫ったのだ。

四年後には彼の会社は、アメリカの石油精製能力の九割までを支配するに至っていた、無数に存在したはずの競合相手のほとんどが、彼の会社の傘下に屈していた、買収を拒んだ製油所は廃業に追い込まれた、ペンシルバニアの産油地から東部のフィラデルフィアやニューヨーク、更には北のバッファローにまで延びる長距離のパイプラインも建設して、輸送網も押さえていた、それほどの急成長を遂げた企業としてはとても珍しいことだが、彼の会社は銀行や金融業者からの借り入れに頼ることのない、自己資金と剰余金だけによる無借金経営を続けていた、他人に頭を下げて金を借りる屈辱が耐え難いという理由以上に、細かな景気の変動に右往左往したり、外部から余計で的外れな口出しをされることで事業の進行が妨げられることを、彼は何よりも嫌った、実行すると決めた計画は、たとえ戦争が始まって自宅の庭に大砲が撃ち込まれたとしても成し遂げられねばならなかった、彼にとっては会社を大きくする計画も、幼い頃に母親から叩き込まれた、守るべき規範だったのかもしれない。買収を繰り返し、競合他社を圧倒する生産規模、供給網、売上金額を実現した会社は、アメリカの石油市場を制覇した、その有り様は資本主義社会における理想的な成功事例でありながら、自由と独立と公正な競争を重んじるアメリカ建国の精神からもっともかけ離れた、血も涙もないマフィアのようでもあった、新たに参入してきた石油精製業者に対してけ、その地域の灯油の相場だけ値下げして採算が合わなくなるように仕向けて、早々に退散させた、歯向かってきた相手の商売は徹底して邪魔した、灯油を入れる樽を買い占めて操業を麻痺させたり、社員の醜聞を流布したりして、破産させられた会社も数知れずあった、父親が失業した結果、何千もの家族が路頭に迷い、子供たちは高校への進学を諦めたのだ。じっさい彼の会社は大衆から忌み嫌われていた、国や時代が違っても、悪童に突き付けられる脅し文句の類型は変わらない、この頃のアメリカでは、母親たちは聞き分けのない息子に向かって、最後にはこういい放ったものだった。「二度と同じ悪戯をするんじゃあない！　さもないと、奉公人としてクリーブランドの石油会社に出してしまうよ！」そうした世論の趨勢を政治家やジャーナリストが利用しないはずもなく、彼の会社を糾弾する一大キャンペーンが沸き起こった、同業他社を恫喝して買収し、市場の独占を進めている、鉄道会社から多額のリベートを受け取って、不当な収益を上げている、自社に有利なように灯油の価格を操作し、消費者に損害を与えているといった記事が、新聞には連日掲載された、報道を問題視したペンシルバニア州議会も、経営者である彼に宛てて召喚状を送ったのだが、なぜだかそれは公聴会の直前に取り消されてしまった。時期を同じくして会社は方針を転換して、今後は企業買収をいっさい行わないと宣言する、各社の独立は維持したまま、株主から議決権付きの株式を「信託」されて、預かる方式に変えるのだという、最初の数週間はその方針転換が何を意味するのか、判然としなかったのだが、もちろんその目的は以前にも増して強固な、中央集権の確立だった、実質的に、彼を含むごくわずかな人数の幹部が、傘下の企業の人事権、監督権を掌握することになり、灯油の販売価格を調整したり、出荷量を増やしたり絞ったりできるようになったために、彼の会社による市場支配と独占的状況は、より一段と盤石なものになってしまった、しかも厄介なことには、彼の会社が編み出した「信託」「トラスト」と呼ばれるこの狡猾な抜け道け、優秀な弁護士を集めて検証させてみたところで、付け入る隙もなく合法であることが明らかだったのだ、強者がその強さを生かして圧倒的に強くなった石油業界を真似て、鉄鋼や綿織物、蒸留酒といった業界でも次々に「トラスト」が形成され、市場を独占する企業が生まれた。

それに続く世紀末までの二十年弱の間に、アメリカ以外の世界の各所で、巨大な石油鉱床が発見された、帝政ロシアでは、しばらく後に「ダイナマイト王」「死の商人」といった世評に居た堪れなくなって贖罪としてノーベル賞を創設することになる実業家の、その実兄が、フランスの資産家一族の資金援助を得てカスピ海沿岸の街バクーで油井を採掘し、製油所の建設を始めた、数年の内にロシアは米国にも拮抗するほどの大産油国になった、フランスの資産家一族は、イギリスの海運業者が進めていたアジアへの販路拡大も支援した、海運業者は地中海と紅海を結ぶスエズ運河を利用して、ロシア産の石油を東南アジアへ輸出した、その一方で英国領ボルネオ島の東部で新たな油田も掘り当てた、精製された石油は日本へ送られ、その大半を旧日本軍が消費した。そうした燎原《りょうげん》の火のように急速な、世界規模での石油市場の拡大と、潤沢な資金力と開拓者的な行動力、機動力を兼ね備えた競争相手の出現という変化の最中にあっても、クリーブランドに本社を置く彼の会社は、相変わらず無敵無敗の巨人として世界の石油業界に君臨していた、アメリカ国内での市場占有率は八十五パーセントで依然として圧倒的で、南部や西部で大油田が発見されても、その権利はけっきょく彼の会社に押さえられてしまうので、現状を覆すことはほぼ不可能に近いという諦めの雰囲気ができ上がっていた、東アジアや欧州ではロシア産石油を担ぐ新興勢力が善戦していたが、それでも彼の会社が販売するアメリカ産の石油を打ち負かすことはできなかった、どういうからくりなのか誰にも分からなかったが、海外市場で取引される石油相場までをも、彼の会社は思いのままに吊り上げたり、下落させたりすることができた。アメリカ有数の巨大企業となってからは、本社をニューヨーク、マンハッタン島南端の九階建ての新築ビルに移転させたが、組織を指揮する彼じしんの生活は、毎日判で押したように変わることがなかった、早朝五時に起床し、パンと牛乳、林檎一個という前世紀の入植者のような質素な献立を、年老いた母親と二人だけで向かい合って食べた、七時に理髪師に髭を剃らせてから最寄りの駅まで早足で歩き、高架鉄道でウォール街へと向かった、会社の幹部のほとんどが馬車を利用していた中で、社長の彼だけが汽車通勤を続けていた。会社のビルには裏口から、掃除夫や料理人に紛れてこっそりと入り、午前中は社長室に籠ったまま誰とも会わずに過ごした。昼食は最上階の会議室で、八人の幹部からの報告を聞きながら取った。社長はたいがい黙って聞いているだけだったが、わずかでも発言に驕りや油断、怠慢に起因する遅延を嗅ぎ取った場合には、容赦なく責め立てた。午後は一組か、二組の来訪者にのみ限って応対した。夕方五時半になると秘書に短く別れを告げて、まっすぐに帰宅した。週に何度も新聞に名前が載るような著名な実業家、資産家の中で、ニューヨークの社交界に出入りしていないのは唯一、彼だけだった。いつでも葉巻を吹かしている、背広がはち切れんばかりに肥満した金持ちや、老いた肉体を宝石や毛皮で飾り立てた女たちを、彼は心の底から軽蔑していた。猿にも劣る奴らの愚かさによって、いずれ人類文明は跡形もなく滅び去るのだと、半ば真剣に信じ込んでいた。彼はもう四十代だったが、誰とも結婚せぬまま独身を貫いていた。

石油会社の経営は憎らしいまでに堅調で、死角はもはやどこにも存在しないように思われたが、新たな脅威はとつぜん意外な方面からやってきた。ニュージャージー州の発明家トーマス・エジソンが、改良型の耐熱白熱電球を商品化することに成功したのだ、発光部分となるフィラメントに、日本から輸入した京都八幡《やわた》産の真竹が使用されたものだった、我々は長く生きている内に、いったんそれを体験してしまうと、以前の自分たちの生活が古めかしく、酷くみすぼらしく思われてしまうような破壊的な技術革新と、少なくとも一度か二度は出会うものだが、百時間も連続して眩しく輝き続ける白熱電球とは、当時の人々にとって正しくそうした衝撃だった。石油という資源が、当初から利益を得ることを目的として発掘されたのとも似ているが、発明王エジソンにとっても白熱電球の開発は、趣味や学問、科学の発展のためではなく飽くまでもビジネス、金儲けのために他ならなかった、そしてアメリカという国家には、いつでも拝金主義にすり替わり兼ねないそうした欲望を無防備に認めてしまう、楽天的な土壌があった、発明王は自らの名前を冠した発電会社を興し、東部から中西部の大都市へ送電線を延ばしていった、指先を少しばかり動かして、スイッチを入れるだけで煌々とした、火災の危険のない安全な光が灯る電球には、抗し難い魅力があった、かつて鯨油や松脂が淘汰されたとき以上の素早さで、今度は灯油ランプが白熱電球へと置き換わっていった、一つの時代が終わり、石油は世の中から必要とされなくなったのだ。「新しい産業が勃興し、爆発的に成長したかと思うと、急速に衰退する、その周期は一人の人間の一生よりも、余程短い」誰からそう教えられたわけでも、読書を通じて学んだわけでもないのに、石油会社の社長は現実の法則をよく知っていた、敗北を受け入れねばならない頃合いなのだろう、死ぬまで何不自由なく生活できるだけの財産は、とっくの昔に蓄えてあった、引退する用意はできていたのだ。ところが、歴史上の成功者、権力者の多くが時運、あるいは悪運を味方に付けていたのと同様に、このときの彼にも思いもかけない救いの手が差し伸べられた、それは電球の登場によって失われた市場を補って余りある、途方もなく大きな、しかも長続きする需要を予感させる救いの手だった、ミシガン州デトロイトに住んでいた、エジソンの照明会社で働く一人の技師が、「馬なし馬車」つまり自動車を設計し、製作した、それまでにも蒸気機関や電動機を動力源とする自動車は試作されていたが、馬に比べて余りにも見劣りする鈍重さと、運転者の鼓膜を破いてしまいそうな騒音のために、商品化までは至っていなかった、デトロイトの技師が組み立てた自動車には、ガソリンを燃料とする内燃機関が搭載されていた、蓄電池とモーターによる駆動は諦め、ガソリンエンジンを動力とすべきだと推奨したのは、他ならぬ発明王エジソンだった、過去の歴史に仮定を持ち出すことじたい意味を成さないが、しかしもしこのとき電気駆動の自動車が生まれていたら、人類は化石燃料に支配され、侵略戦争に明け暮れた一世紀余りを過ごさずに済んだのかもしれない。

出力二十馬力で軽快に走り、悪路にも強く、最高時速は四十マイルにも達する、通り過ぎた後にはウイスキーめいた芳香を残す、新型の自動車は評判を呼び、短期間の内に全米じゅうに普及した、一台八百二十五ドルという価格はもちろん手頃とはいえなかったが、馬を一頭飼うよりは遥かに経済的だった、原油から灯油を抽出する過程で生じるガソリンは、溶剤か暖房用燃料ぐらいしか使い途のない、ほとんど残滓《ざんし》のようなものと考えられていたのだが、自動車の出現によって状況は一変した、灯油と入れ替わるようにして、ガソリンは石油産業の主力商品に格上げされたのだ。彼が経営する石油会社も、灯油の販売不振で落ち込んでいた業績を回復したが、内燃機関に用いるべき、もっとも適した燃料として石油が選択されたという事実は、ビジネスの世界の話だけに留まらない、ヨーロッパの大国間の軍拡競争を加速させる要因ともなっていく。地球上の陸地の二割、三千万平方キロメートルにも及ぶアフリカ大陸全域が、ヨーロッパの列強たったの七カ国によって分割し尽くされ、植民地化がついに完了しようとしていた、その前年の夏、一隻のドイツの軍艦が、モロッコ南西部の港アガディールに入港した、モロッコの統治を進めていたのはフランスであり、アガディールも小さな貿易港に過ぎず、戦略上の重要拠点というわけではなかったのだが、見過ごそうと思えば見過ごすことも不可能ではなかったこの事件に、激しく反応したのはイギリスだった。「明日の朝、ドイツ艦隊がポーツマス軍港に攻め寄せてきたとしても、驚きの感情は芽生えもしないだろう」ドイツ皇帝は世界制覇を企てている、近い将来、ドイツとの戦争は不可避であると、イギリスの海軍大臣は確信していた、しかし本当に奇襲を受けた場合、自軍は対抗できるだけの戦力を保持しているのか、不安も抱いていた、当時の、世界最先端の工業国はアメリカだったが、ドイツの技術力はそのアメリカに追いつこうとしていた、ドイツが建造中の、三万五千馬力のエンジンを持ち、速力二十二ノットで航行する超弩級《ちようどきゆう》戦艦には、恐らく今のイギリスの戦艦、駆逐艦では太刀打ちできない、中世以降の歴史が証明している通り、海戦を制するのは、もっとも速く進む艦隊なのだ！　その速さ、スピードこそが今、イギリス海軍の艦船に求められているのであり、それを実現するのが石炭から石油への燃料の転換なのだ！と、海軍大臣は主張した。とうぜん国会議員の多くは、産業革命以来イギリスの工業を支えてきた、豊富で良質なウェールズ産の石炭を放棄することに猛反対した、政府と石油産業の間には癒着があるのではないかという噂も広まったのだが、内燃機関の燃料を液体の石油に変更することによって熱効率が上がり、戦艦は現在よりも四ノットも速く航行することができる上に、加速性能も向上する、海上での燃料補給も可能になる、火夫のみならずときには砲手までも駆り出さねばならない、石炭の運搬、倉庫からの搬出、ボイラーへの投入などの、乗組員の負荷を軽減できることは、戦闘能力を高めることにもなるといった、石油の利点を次々に掲げて、海軍大臣は半ば強引に、わずか三年の間に、イギリス海軍の全ての艦船を石油燃料船へと改造してしまった、それは来るべき戦争の時代に備えての、大英帝国の命運を賭けた大博打でもあったのだが、しかしまだこのとき、英国王も、当の海軍大臣も含めた、大半のイギリス国民の胸の内には大きな疑問が残されたままだった。「ところで、その肝心の石油は、いったいどこにあるのか？　必要にして十分な量を確保できるという、当てはあるのか？」

失敗すれば国全体を敵に回す、背筋が寒くなるような見切り発車ではあったが、しかし当てはあるにはあったのだ、それはアメリカでも、ロシアでもない、中東の石油だった、ペルシア南西部の拝火教寺院の近隣では、昔から油の滲み出しやガスの燃焼が見られたが、油田はどこにも発見されていなかった、世紀が変わってほどなく、ペルシア国王から許可を得たイギリス人実業家が、東南アジアでの石油発掘実績を持つ技術者を現地に派遣した、日中は摂氏四十度、夜は氷点下まで気温の下がる荒地での作業は、困難を極めた、病気が蔓延し、採掘はしばしば中断した、七年が経過し、とうとう事業の中止が決断されようとしていた、正にその寸前、まるで半世紀前の偽「大佐」の逆転勝利をなぞるかのように、井戸から真っ黒な石油が高々と噴き出した、それは後々明らかになる通り、地球の石油埋蔵量の半分以上が集中する地域での、権益争奪戦の始まりを告げる合図でもあったのだが、その中東産石油に逸早く目を付けたのが、イギリスの海軍だったのだ。海軍大臣は、ペルシアの石油会社に出資することによって、軍艦に必要な膨大な分量の石油を確保しようと考えていた、しかしそのペルシアの石油会社は、財務内容が悪過ぎた、計画を大幅に超過してまで採掘を続けていたので、借金を繰り返して債務超過に陥っていた。「文明発祥の地メソポタミアにほど近い、アジアで最大の油田を大英帝国が守ってやらなければ、マフィアのようなアメリカのトラスト、ロシアのシンジケートの餌食になってしまうだろう！」海軍大臣は議会で演説し、世界の石油利権を独占しようとする巨大企業を悪者に貶めることで反対派を抑え込んだが、本心では虎の子の石油をドイツが横取りすることをもっとも恐れていた、石油会社への出資法案は二百五十四対十八という圧倒的票差で可決された、イギリス政府が企業の株を保有するのは、半世紀前のスエズ運河会社以来のことだった。イギリス主導による、ペルシアでの油田開発が始まった、工事が始まってすぐに明らかになったのは、この土地にはアメリカのペンシルバニアやロシアのバクーにも匹敵する、世界最大規模の天然資源が埋まっているという事実だった、二、三百メートルの深さの井戸を掘るだけで、面白いように石油が噴き出したのだ、するとその影響はあらぬ方向へ飛び火してしまった、この時代のペルシア湾沿岸の首長国はいずれも、遊牧民時代の風習を色濃く残す、近海で採れる海産品の輸出と聖地巡礼者相手のささやかな商売を主な収入源とする、貧しく慎ましやかな、牧歌的と表現しても差し支えのない群小国家だったのだが、それら小国の一つ、クウェート国は、深刻な経済荒廃に見舞われていた、街中の商店の多くが閉店、破産し、白昼堂々窃盗が行われていた、漁船は浜辺に打ち捨てられ、水夫は砂漠を流浪する生活に戻るか、物乞いになっていた、衰退の理由は単純で、国の外貨収入を支えていた、ダイヤモンドにも勝る価値の富の象徴として高額で取引されていた天然真珠の交易が、とつぜん途絶えてしまったからなのだが、そんな危機的状況を招いた元凶、憎むべき敵は、クウェートから八千キロ以上離れた極東の国、日本に住む、一人の商人だった。

真珠の養殖は長らく不可能と思われてきたのだが、世界で初めて人工真珠の製造に成功したのが、三重県鳥羽《とば》町で海産物を扱っていた、その商人だった、アコヤ貝の外套膜、いわゆるヒモの部分の内側に、別の貝殻の破片を挿入することで、それを核として真珠が形成されることを発見した商人は、政治家を後ろ盾としながら半ば強引に、地元の漁民を追い出すような形で養殖場を拡張し、人工真珠の大量生産に乗り出した、大きさにばらつきのない、支払われる金額に対して過不足のない高品質の養殖真珠は、やはり理想的な工業製品を思わせるところがあったのだが、その「新発明品」は日本国内で皇族華族、有産階級の装身具として人気を博したのみならず、ヨーロッパやアメリカでも販売されるようになった。あるときロンドンの夕刊紙に、日本産の真珠を取り上げた記事が載った。「昨今出回っている養殖真円真珠は、精巧に作られた模造品、紛い物であり、それを真珠と称して売るのは詐欺行為に他ならない！　日本から来る真珠など、買ってはいけない！」ロンドンの宝石商組合は、従来の天然真珠に比べて安価でしかも明らかに良質な、養殖真珠を排除しようと画策していた、この偽真珠騒動は連日報道され、パリやニューヨークにも波及して大騒ぎになったが、二カ月半後、オックスフォード大学の海洋生物学教授が、生物学的組成から見ても、宝飾品として見ても、天然真珠と養殖された人工真珠との間には、何らの差異も認められないという見解を発表したことで、あっさりとけりがついた。するとその権威によるお墨付きによって、不思議な、鮮やかな逆転現象が起こったのだ、いびつな形状で、燻《くす》んだ色合いの天然真珠よりも、大粒で、完全なる球形の、銀白色の輝きの縁にときおりうっすらと桃色と薄緑の弧が浮かぶ養殖真珠こそが、真珠らしい真珠、本物の真珠なのだと、世界じゅうの消費者たちが思い込んでしまった、これ以降は真珠といえば養殖真円真珠を指すように、世の中一般の常識が変わったのだ、その転換にはもちろん、天然真珠の三分の一の代金で購入できる、養殖真珠の商品としての価格優位性も大きく寄与していたことは間違いない、しかしその影響をちょくせつ被ることになったのは、真珠の養殖法を開発した日本人商人の名前はおろか、日本という国家の所在さえ正しくは認識できていない、素潜りで採集してきた天然真珠を仲買人に売ることで日々の生計を立てていた、ペルシア湾沿岸の首長国に暮らす庶民だった。養殖真珠のとつぜんの登場によって、中東産の天然真珠は世界の宝石市場から駆逐されてしまった、真珠が売れなくなった水夫たちは仕事を失い、家族も離散した、巨岩を切り出して作った美しい街は廃墟と化し、飼い主のいないラクダが餌を求めて歩き回るばかりとなった、そうした自国の惨状を、クウェート首長は悪夢を見るような思いで呆然と眺めていたが、その悪夢から目覚めることができるかどうかも、ひとえに自分の胆力と才覚に委ねられているのだという重圧に、ほとんど押し潰されそうになっていた。

八年前、急死した叔父の跡を継いで三十六歳の若さで君主となったクウェート首長は、じつはそれまでの人生の大半を国外で過ごしていた、イングランド南部の名門パブリック・スクールに通い、ケンブリッジ大学では工学科で流体力学を修めた、教師や友人からは高貴な皇族の子弟と見られていたが、財力だけ見るならば自分の家族はロンドンの中流家庭よりも貧しいことも自覚していた、前世紀の終わりにイギリスの保護下に置かれてから以降も、クウェートという国はどこか聖域めいた独立自尊を保っていた、砂漠を旅しながら何代にも亘って過酷な環境を生き抜いてきた遊牧民、ベドウィンとしての誇りが、西欧文化の流入を頑なに拒んできたという建前になっていたが、インドや南アフリカなど、かつての大英帝国植民地に比べてこの国からの経済的貢献は期待薄と思われ、放っておかれたことが幸いした、というのが本当のところだった。白らの治世《ちせい》が何年続くか知らないが、年月の境目があやふやになるほど来る日も来る日も変わらぬ生活が続いて、とにかく大過なく過ぎてくれたらそれが望ましいと考えていた、そんなクウェート首長の思惑は崩れ去った、自国は今、衰亡の危機に瀕していた、その上悪いことに、ニューヨーク、ウォール街の株価大暴落に端を発する世界大恐慌が、瀕死のクウェート経済を打ちのめした、とうとう国民の飲み水と主食の米までもが枯渇しつつあった、日陰の地べたに座り込んで物乞いをする、痩せこけた幼い子供たちを見るに至って、クウェート首長も腹を括った。「命と引き換えてでも、この国を建て直してみせる」十年ほど前に、アメリカの調査団が公表した報告書の、「アラビア半島内陸部、ペルシア湾沿岸に、石油鉱床が存在する兆候は乏しい」という指摘によって、アラビアの砂漠からは石油は出ないと信じられていたが、海を挟んだ隣国のペルシアでは、イギリス政府の出資した会社が、大規模な油田開発を進めていた、この一万八千平方キロメートル足らずの小さな領土のどこかしら地中深くにも、石油は埋蔵されているのかもしれない、藁をも摑むような、そんななけなしの可能性に賭けてみる以外に、自国を救う選択肢は残されていなかった。だが探鉱作業を始めるというその決断を実行するにしても、時期が最悪だった、世界じゅうに波及した景気の後退で、ガソリンや灯油の需要は落ち込み、石油の市場価格は下落し続けていた、明らかな供給過剰だった、ただでさえ石油はだぶついているのだから、新たな油田の発掘など、少なくともこの時点では誰からも望まれていなかったのだ。

クウェート首長は自分の星回りの悪さにつくづく呆れ果てたが、どん底の状況はしばしば臆病な人間をも開き直らせ、大胆な行動に走らせることにもなる、側近一名だけを連れてこっそりと、首長はペルシア南西部の小さな町、アバダンを訪れた、空一面を褐色の雲が覆う、肌寒い冬の午後のことだった、ホテルに到着してほどなく、首長は一人の男を自室に招き入れた、男はイギリス政府の高官だった、純白のディスダーシャに包まれた、西欧人でさえ見上げるほどの長身に圧倒された様子だったが、首長が流暢な英語を話し始めると、笑みを浮かべて握手を交わした。「我が国全領土の石油採掘権を、独占的に、一社のみに与える、入札を実施する」政府高官は真剣な表情で聞き入っていたが、用心深くメモは取らず、機嫌取りめいた発言もいっさいなかった、イギリス人が退出するとほとんど入れ違いのように、別の男がやってきた、それはあのクリーブランド出身の、冷酷で禁欲的な経営者の興した、アメリカ最大の石油会社の代理人だった、十中八九間違いなく、二人の男はホテルの薄暗い廊下ですれ違ったはずだが、それはクウェート首長が仕組んだ企みでもあった、競争相手の存在を、互いに強く意識させたかったのだ。「極めて危険な振る舞いだ」先々代の、首長の父が国を治めていた時代から、副首相兼内務大臣を務める老人は、首長の取った行動を厳しく非難した。「世界でもっとも貧しい、この弱小国が、大国イギリスとアメリカを相手にして、上手く立ち回ることなど不可能だ！　国民も、領土も丸ごと、召し上げられてしまうぞ！」ところがそれら大国の、クウェート側のあずかり知らぬ階層で、事態は急転していたのだ、戦争の時代は今後もしばらく続くと予想していたイギリス海軍大臣は、「早晩再び、市場はガソリンや重油を求め始める！　中東の石油利権は押さえられるだけ押さえろ！」と命令を発していた、入札には英米のみならずドイツやフランスも参加するかもしれなかった、クウェートの砂漠から本当に石油が出るのかどうか、試してみなければ分からないが、中東での石油争奪戦でドイツに出し抜かれるようなことだけは、天地がひっくり返ってもあってはならなかった、そうしたイギリス政府と海軍の動向は、とうぜんアメリカの石油会社でも把握していた、会社としてはペルシアでの利権獲得に失敗していたので、同じ轍を踏むことはぜったいに許されなかった、今回は是が非でも勝利しなければならない、創業者の冷徹な経営哲学は、会社の内部に今もしぶとく生き続けていたのだ。

今まで見向きもされなかった中東の小国の、あるかないかも判然としない石油の採掘権を求めて、英米二大国は激しく争い始めた、破格の前渡金や無償での道路整備、石油が発見されるまでの年間支払い額保証など、好条件を競い合ってクウェート政府に提出したが、六カ月も経たぬ内に、そうした不毛な争いは双方にとって無益であることに気がついた、もしくはそれは、絶対に受注しなければならないという両国担当者の悲壮感が生んだ連帯だったのかもしれない、イギリスとアメリカは等しく五割ずつ、折半出資の合弁企業を設立して、その新会社として入札に参加する旨をクウェート政府に申し入れた、それは入札競争でどちらか一方が負ける可能性を排除する、唯一の方法だった。クウェート首長は、内心ほくそ笑んでいた、これはある意味クウェート国にとって、もっとも理想的な決着なのかもしれなかった、出資者である二大国が互いに牽制し合うことで、クウェートは属国扱いをされたり、過剰な干渉を受けたりせずに済むからだった、首長はクウェート国全土を対象とする、七十五年間の石油利権を英米出資の新会社に与える協定に調印した、前渡金として三万五千七百ポンドを受け取り、潤沢な油脈が発見されるまでの保証金として年間七千百五十ポンド、油田開発が始まってからは年間一万八千八百ポンドが支払われる、そしてもちろんこれは産出量に応じて増額されるという内容だった。日本産の養殖真珠による脅威を退け、経済破綻を回避し、世界に名だたる産油国として国を建て直し、国民を救済した英雄として、首長の名前はクウェートの歴史に長く刻まれることとなった、この首長の実父の兄弟の子、従兄弟に当たる人物が、ちょうど四十年後に在クウェート日本国大使が天皇御璽の押された信任状を捧呈することになる、二代後のクウェート首長なのだ。

日本国内に蔓延する、石油の輸入はほどなく途絶え、再び終戦直後のような困窮生活に戻るのではないかという恐怖心は、変わっていなかった、むしろ状況は悪化していた、マスコミのみならず、外交評論家や行政担当官までもが悲観的な先行きを予想したことで、こうなったら形振構わずに今までの日本の外交方針から百八十度転換し、イスラエルとは袂を分かち、アラブ諸国の思想に同調する政府声明を発表して、早いところ「友好国家」として認めて貰うしかない、そうすれば中東からの石油供給も継続される、そんな世論が日増しに強くなっていた、「風見鶏」と陰口を叩かれていた日和見主義者の通産大臣などは、さっそくアラブ寄り政策への支持を表明していたが、当然ながら事はそう簡単な話ではなかった、イスラエルとの断交は即ち、ユダヤ系資本が金融業界を牛耳るアメリカ合衆国に反旗を翻すことを意味した、アメリカの庇護下にある日本国が、そんな身の程知らずの畏れ多い行為に及んだことなど、ポツダム宣言受諾以降一度たりともなかったのだ。タイミングの悪いことに同じ月の半ばには、アメリカの国務長官が来日する予定になっていた、政府与党内でも意見が割れて方針も定まらぬまま、穏やかな秋晴れの午後、国務長官は羽田空港に降り立った、いきなり総理大臣に会談させるのは危険だと考えた、あの香川出身の、生真面目な性格の外務大臣は、まずは自らが外務省内の接見室で非公式に話し合うことにした、国務長官自身もまた、ヒトラー政権による迫害を逃れてドイツからアメリカへ亡命した、ユダヤ系の移民だった。「貴国とは異なり、国内に天然資源を持たない日本は、アラブ諸国と良好な関係を維持し、石油やガスの供給を受け続ける必要がある。その違いだけは理解して欲しい」「中東の和平は着実に前進している、そのためにアメリカ国務省は全力を尽くしている。日本もアラブ諸国からの理不尽な圧力に屈することなく、従前通りの外交方針を堅持されることを望む」「最悪の場合、もしもアメリカ同様に日本も禁輸措置を講じられたら、アメリカは国内産の石油を分与すると約束できるか？」「申し訳ないが、それは今この場では、約束できない」冗談の積もりなのか、口元は笑っていたが、黒縁眼鏡の奥の両目は、日本の外務大臣を睨みつけていた、国務長官は最後にこう付け加えた。「イスラエルとの断交など、ゆめゆめ考えぬよう」このときの日本は、アラブとアメリカの間で板挟みになり、揺れ動いていたわけだが、同じ状況を「政治の決断」という角度から見たならば、経済民生《みんせい》と外交防衛、どちらを優先すべきか、答えなど出るわけのない難問を突き付けられていたことにもなる、外務省内でも、通産省内でも、大臣と次官、担当課長で、それぞれに意見が分かれていた、背に腹は代えられないのだから、イスラエルとの関係を犠牲にしてでも、アラブ寄りの外交方針へ転換すべきだと考える者もいれば、目先の情勢に惑わされず、アメリカとの同盟関係をこそ最優先に据えるべきだと主張する者もいた、しかし言葉には出さずとも、誰もが明確に気づいていたことだが、今回ばかりはどのような選択をしようとも、日本が無傷のままに留まる可能性などなく、多数の国民に遺恨が残ることも目に見えているのだから、それほどまでに重い責めを負える人物はただ一人、総理大臣以外にはいない、そして政治的にもっともダメージの少ない時期を見極めて、内閣総辞職によって禊《みそぎ》を祓《はら》うこととなるに違いない、なぜかそういう落とし所は閣僚のみならず、霞が関の事務方にまで行き渡っていたのだ。

「俺が総理と話す。二人が出てくるまで、誰も入るな」いつもの唸り声でいい置いてから、外務大臣は総理大臣執務室の両開きの扉を閉めた、外務大臣と同じく貧しい家庭で生まれ育った、赤ら顔の総理大臣は、応接ソファーに深々と背中を沈めて、煙草を吹かしながらぼんやりと、藍色の秋の空に浮かぶ雲を眺めていた。「腹は括ったぞ。アラブさんのお望み通り、イスラエルの侵攻を非難して、日本の外交政策を見直す声明を、明日にも官房長官に読み上げさせる」「イスラエルという、戦争で迫害された民族がようやく作り上げた国は、日本が鼓を鳴らして攻めねばならないほどの、悪い国なのか？」この期に及んでさえも、外務大臣の覚悟が定まっていないことが、総理大臣には驚きだった、てっきり自分を説得し、声明発表を促すために、誰も交えず二人だけで話す時間を取ったものだとばかり思っていたのだ。「窮地を切り抜けるために、矜持も哲学も持たぬまま、場当たり的な対処と逃げ口上を繰り返した挙句、いつの間にか、何となくでき上がったに過ぎないのが、戦後の日本ではないのか……ときには熱い湯に浸かったまま、じっと我慢することも、俺たちには必要なのではないか……」長年の付き合いのある総理大臣もほとんど忘れかけていたが、この男は今でも枕元に聖書を置いている、過去と自らを省みずにはいられない性分なのだ、この男ほど政治家に不向きな、まっとうで正直な人間もいないのだ。「ならばせめてもの筋道ぐらい、通すことにしようか……」声明文を事前にアメリカ政府に提示して、了解を取り付けた上で、それから官房長官談話として正式に発表することを、総理大臣は提案した、外務大臣は小さく一度頷いたが、しばらくは黙ったまま握り締めた拳を脇の下に隠して腕を組んで、天井を睨んでいた、その様子は一年前、北京の宿舎で過ごした、日中国交正常化交渉が暗礁に乗り上げかけていた、あの重苦しい一夜の再現のようでもあった。

声明文は、外務省の中近東アフリカ局から北米局へ回され、北米局の担当官によってワシントンの日本大使館へ打電された、電報を受け取った職員は駐アメリカ合衆国日本大使に手渡し、日本大使は直ちに文面を携えて、車で十分ほどの距離にあるアメリカ国務省を訪問したのだが、どこかの段階で、何らかの手違いがあったのか？　何者かが無意識のうちに、もしくは恣意的に、電報の趣旨をすり替えてしまったのか？　それとも通訳の単語の選択の単なる誤りだったのか？　駐米日本大使は、あのユダヤ系の、黒縁眼鏡をかけた国務長官と対面するなり、あろうことか、こう述べたのだ。

「日本時間の明日の午前十時、日本国政府が以下の声明を発表することを、アメリカ政府に通告する」言葉の上ではわずかな違いかもしれないが、事前に「了解を乞う」と頼むのと、決定済みの内容を一方的に「通告する」のでは、発言の立ち位置がまるで違う、挑発的な意味合いさえ醸し出されてしまう、とうぜんのことながら、アメリカ政府は激怒した、国務長官も「アラブの国々が石油を人質に世界を脅迫しようとするのを何とか阻止している最中、重要な同盟国である日本が彼らの側に味方するというのは、とうてい理解し難い」という、日本批判のコメントを発表したが、日本政府は予定通り翌日の昼前、パンダの来日を伝えたのと同じ銀髪オールバックの官房長官が、中東政策転換の声明文を淡々と読み上げた。「……我が国政府は、イスラエルによるアラブ領土の占領継続を遺憾とし、全占領地からのイスラエル兵力の撤退を強く要望する……今後の諸情勢の推移如何によっては、イスラエルに対する我が国の政策を再検討せざるを得ないであろう……」それは結果的にではあるが、太平洋戦争敗戦から今日に至るまでの七十八年の間で、たった一度だけ発せられた、アメリカへの従属に日本があからさまに逆らう内容の、公的告示ともなった。

翌日のクウェート地元紙朝刊は、「日本全面降伏」という大見出しを付けて、官房長官の談話を伝えた、民族衣装を着たアラブ人の足元に跪いて、汗を拭っている、銀縁眼鏡をかけた日本人の戯画まで載せている新聞もあったが、その描き方は余りに意地が悪くて、四十年以上昔、日本産の養殖真珠に苦しめられた恨みを今になって晴らしているのではないかと勘繰りたくなるほどだった。何度も送った現地の情報や忠告が活かされることなく、けっきょく日本側の、政府の独断と外務省本省の思い込みで、対中東外交の方針転換が発表されてしまった顚末に、駐クウェート日本大使は落胆した、長年続けた外交官の仕事からも身を引こうかとさえ考えたが、二日、三日と経つ内に、今回の騒動は今回の騒動で、日本にとっては良い薬だったのかもしれないと思うようになった、そもそも今まで日本は欧米の巨大石油資本との関係ばかりを重視して、中東の小国とはまともに付き合おうとさえしなかった、国内のみならずアメリカまで巻き込んで、とんでもなく高い勉強代を支払わされはしたが、今後ますますアラブ石油輸出国機構の発言力が強まることを考えれば、今の段階からアラブ寄りに日本外交の舵を切っておく方が、むしろ賢明なのかもしれない……声明発表から三日目の晩には、フランスとクウェート出資のコンソーシアム銀行の、総支配人交代パーティーが開催された、場所は総支配人の自宅だったが宮殿のように広大で、庭には小さなプールとテニスコートまであった、立場上の責任から仕方なく出席した日本大使は、目立たぬよう壁際で息を潜めたまま、ナツメヤシから作られた冷たい飲み物、ジャラブをときおり口に含んでいた、するとつぜん、破顔しながら近寄ってきた、見憶えのないアラブ人から握手を求められた。「おめでとう！　今や日本は、アラブ民族の友人だ」周囲が振り返るほどの大声を発した人物は、クウェート中央銀行の副総裁だと名乗った、めでたい雰囲気に呼び寄せられるようにして、大使の周りには続々と人が集まってきた。「日本の勇気を讃えたい」「石油の供給は途絶えることなく、日本経済も発展し続ける」中には顔見知りのクウェート外務省の次官や石油省の副大臣もいたが、この場にいる誰もが屈託のない笑顔で、日本政府がアラブの主張を支持したことを、好意を持って受け止めたと教えてくれた、そんな勧善懲悪のような、単純に割り切れる話ではないと注釈を付そうかとも思ったが、今日に限っては素直に喜びたいというのが、このときの日本大使の偽らざる気持ちだった。日本が正式にアラブ諸国から「友好国家」として認められるのは、これから更に一カ月後の、楽天家の副総理が政府特使《とくし》として中東各国に派遣されるのを待たねばならないのだが、それは単なるセレモニー、手締め式に過ぎなかった、大使の彼はこの晩のパーティーでの、この地の「友人」たちから寄せられた祝意を通じて、日本の戦後最大の危機が過ぎ去ったことを確信していた。

この作品はフィクションです。
執筆にあたっては左記の資料を参考にさせていただきました。

『昭和ニッポン　一億二千万人の映像』講談社
『日中国交正常化』服部龍二著　中公新書
『大平正芳回想録』大平正芳回想録刊行会編著　鹿島出版会
『パンダ』R&D・モリス著　根津真幸訳　中央公論社
『上野動物園百年史』東京都恩賜上野動物園編　第一法規出版
『パンダがはじめてやってきた！――カンカンとランランの記録』中川志郎著　中公文庫
『ビジュアルNIPPON　昭和の時代』伊藤正直、新田太郎監修　小学館
『翔ぶ夢、生きる力　俳優・石坂浩二自伝』石坂浩二著　廣済堂出版
『女優　浅丘ルリ子』原田雅昭、青木眞弥編　キネマ旬報社
『ふるさとの思い出写真集　明治大正昭和　銀座』小森孝之編　国書刊行会
『チェーホフ一幕物全集』米川正夫訳　岩波文庫
映画『絶唱』滝沢英輔監督　一九五八年公開　日活
『純情ババァになりました。』加賀まりこ著　講談社文庫
『大特撮――日本特撮映画史――』コロッサス編　本多猪四郎監修　朝日ソノラマ

『映画「ハワイ・マレー沖海戦」をめぐる人々 ~円谷英二と戦時東宝特撮の系譜~』鈴木聡司著 文芸社
『テレビドラマと戦後文学——芸術と大衆性のあいだ』瀬崎圭二著 森話社
『倉本聰コレクション11 2丁目3番地』倉本聰 理論社
『偽りの民主主義 GHQ・映画・歌舞伎の戦後秘史』浜野保樹著 角川書店
映画『ハワイ・マレー沖海戦』山本嘉次郎監督 一九四二年公開 東宝
映画『告白的女優論』吉田喜重監督 一九七一年公開 日本ATG
『増補版 昭和・平成家庭史年表』下川耿史監修 家庭総合研究会編 河出書房新社
『オイル外交日記 第一次石油危機の現地報告』石川良孝著 朝日新聞社
『NHKスペシャル 戦後50年 その時日本は 第5巻 石油ショック/国鉄労使紛争』NHK取材班編著 日本放送出版協会
『証言 第一次石油危機 危機は再来するか?』電気新聞編 日本電気協会新聞部
『石油の世紀 支配者たちの興亡』上巻、下巻、ダニエル・ヤーギン著 日高義樹・持田直武訳 日本放送出版協会
『タイタン ロックフェラー帝国を創った男』上巻、下巻 ロン・チャーナウ著 井上廣美訳 日経BP出版センター
『人物叢書 御木本幸吉』大林日出雄著 日本歴史学会編 吉川弘文館

*初出　「文學界」二〇二一年十月号、二二年六月号、二三年四月号、二四年一月号

装丁　関口聖司

著者略歴

1965年生まれ。2007年、『肝心の子供』で文藝賞を受賞しデビュー。『終の住処』で芥川賞、『赤の他人の瓜二つ』でBunkamuraドゥマゴ文学賞、『往古来今』で泉鏡花文学賞、『日本蒙昧前史』で谷崎潤一郎賞を受賞。他の著書に『眼と太陽』『世紀の発見』『電車道』『鳥獣戯画』『金太郎飴 磯﨑憲一郎 エッセイ・対談・評論・インタビュー 2007－2019』などがある。

日本蒙昧前史《にほんもうまいぜんし》　第二部《だいにぶ》

二〇二四年六月十日　第一刷発行

著　者　磯﨑憲一郎《いそざきけんいちろう》
発行者　花田朋子
発行所　株式会社　文藝春秋
〒102－8008　東京都千代田区紀尾井町三－二三
電話　〇三－三二六五－一二一一（代）
印刷所　大日本印刷
製本所　加藤製本
DTP制作　ローヤル企画

ISBN978-4-16-391856-3